定年待合室

江波戸哲夫

潮文庫

目次

おもな登場人物

大和田宏　元「丸高百貨店」新宿店営業部部付部長
浜村正夫　元軽衣料メーカー「グッドリム」社長、通称「社長」
船木和夫　「東日本印刷」ベテラン職人、通称「ふーちゃん」
深田綾子　スナック「AYA」のママ、一人娘の香織が手伝っている
松川達也　「丸高百貨店」外商部員
塚本冬樹　「丸高百貨店」新宿店販売部部付部長
栗木光一　「新田自動車東京販売」新宿店長
森慎二郎　元「新田自動車販売」営業マン
春日次郎　元「グローカル不動産販売」営業課長
澤田一太　Y市市民福祉部主任
麻生高志　「丸高シティ開発」アメニティ事業部部長
森村恭子　「ふれあいサロン・ジュライ」スタッフ会議議長、通称「ビッグマザー」
富川　丸富食品社長、Y市K商店会会長
染谷　染谷酒販社長

定年待合室

装丁　泉沢光雄
装画　漆原冬児

1話

クレームの迷路

1

ドアの足元に小さじ一杯ほどの白い粉があった。

初めての客なら、たぶん見逃すそれを、大和田宏の目は最初から探していた。

(まだ、やっているんだ)

ノブに手をかけ「ＡＹＡ」と表示のあるドアを押し開けると、懐かしい匂いと有線の古い流行り歌に体を包まれた。一気にあの日々に戻ったような錯覚にとらわれた。

照明を抑えた小さなカウンターから、来客を確かめるようないくつかの視線が向けられた。

「あら～」天井を響かせる声が上がった。

「オーさん」

生きて、とまでいいかけた言葉を呑み「おどろいたわ」と切り換えた。声の主、「AYA」のママ深田綾子はその冗談がタブーだと知っているのだ。

カウンターには二人の客がいた。片方は顔くらい見たことがあるが親しいわけではない。軽く頭を下げて大和田は端に座った。

奥に二つあるボックス席の一つにも客がいた。女の子の嬌声が聞こえたが、彼女に声を上げさせた客は期待していた奴らではない。

「どこだったかしら」

綾子は大和田に背を向け、棚の中に並んだボトルの群をチェックし始めた。

「いいよ。ビールを出してくれ」

しかし綾子は振り向かない。赤いワンピースの後ろ姿は以前とさほど変わらない。心持ち肉がつき、くびれがなだらかになったかもしれない。

「あったー」

大きな声でいって振り向き、綾子はサントリー角のボトルをカウンターにトンと置いた。黄ばんだタグを外し、明かりの近くにかざした。

「二年と三ヶ月、あ、四ヶ月たつわ」

「よくあったな」

「あるに決まっているわよ、ボトルもあたしもオーさんのこと、ずっと待っていたんだから」

「まだアイスクリームトーク、やってるんだ」

「ひどーい。本心に決まっているでしょう」

綾子はすねたようにいい、眉間《みけん》に小さなしわを立てた。もう四十代も半ばのはずだが、左右の焦点が微妙にずれた大きな目も、ぷっくり膨らんだ唇も十歳は若く見える。

綾子はどの客にも惚れているかのような甘い言葉をかける。常連たちは「アイスクリームトーク」といって聞き流していたが、なかには本気にする客もいる。

綾子は氷が多めのオンザロックを作り、チェイサーを添えた。大和田の飲み方を忘れてはいないのだ。

ひと口含み、店内を見回すようにしてからいった。

「盛り塩の効果はあまりないみたいだな」

二年前のこの時間は、大和田もよく知る常連客たちで、もう少し賑わっていた。

「そんなことはないわ。あのおかげでオーさんが来てくれたじゃない」

「みんな、どうしてる?」

「来てくれてるわよ、社長も、ふーちゃんも。ちょっと回数は減ったけど、それでもオーさんほど減りはしないわ」

「すまない」

そこからの会話はぎこちなくなった。

さっき口にしかけた冗談が冗談にならない理由を知っているとすれば、綾子も何をしゃべっていいか分からないだろう。こちらから切り出すしかない。

「社長から聞いたんだろう？」

「何のこと」

綾子は不審そうに目を丸めた。焦点のずれが少し大きくなった。嘘を上手につけない性格は変わっていないようだ。

「おれもつい三月前、ママと同じように独り者になってしまったよ」

綾子はまだ不審そうな表情をくずさない。

「おれは、できるだけのことをした。それでも結果の出ないこともある、分かっていたけど思い知らされたよ」

いっているうちに胸がざわめきだした。

「ご愁傷さまです」

綾子は知らないふりをやめてささやくようにいった。大きな目に涙が盛り上がり、ぽろりと数つぶ頬を伝った。

それを見た瞬間、大和田もこみ上げるものを感じたが、奥歯を噛み締め声が出るのをこらえた。

2

二年と少し前、妻の百合子にガンが見つかった。風邪をこじらせたといって医者にかかったら、食道ガンだと診断された。しかも症状はかなり進んでいた。

夜遅く帰宅して、百合子からそれを報告された大和田は、不意に目の前が暗くなるようなショックを受けた。思いつめた顔で話す百合子は、半日で十歳も年取ったように見えた。事態の深刻さをくぼんだ目がストレートに伝えてきた。

当時、大和田は「丸高百貨店新宿店」の営業部部付部長で、もう定年までの残り二年、消化試合のような仕事をやっているだけだった。入社以来いくつもの部署を体験して、どこでも目覚ましい結果を出した。同期の出世頭だった。それが大事なところで、社長候補と目されていた専務の逆鱗《げきりん》に触れ、コースを外れることになった。外れるまでは仕事に全精力を傾けていた。丸高マンであることに誇りを感じていた。本業ばかりでなく、仕事か遊びか区別がつかないような付き合いも旺盛にこなしていた。家はただの塒《ねぐら》で、育児も家事も、姑つまり大和田の母の相手も、すっかり百合子に任せていた。大和田にとって百合子は風通しのいい空気だった。消化試合になってからもそれは変わらなかった。

その空気が突然どす黒くよどんでしまった。大和田は本当に呼吸が苦しくなるような気がした。自分でも驚いた。こんな風になるとは思ってもいなかった。

大和田はネットで食道ガンの情報を調べつくしてから、百合子と一緒に病院に行き医者の話を聞いた。あとでもう一度こっそり医者を訪ね、詳しい看立てを聞きただした。

「五年後生存率は二〇パーセントといわれていますが、もうⅣ期ですから、そんなにのんびりと考えないほうがいいと思います」

それを聞いて覚悟が決まった。当時、丸高百貨店は早期退職制度を導入している最中だった。まったくその気のなかったそれに応募することにした。そうすればずっと家にいて、百合子にこれまでの罪滅ぼしができる。

一年間は検査や手術、X線・抗がん剤治療にべったり付き合った。その合間に、百合子を小さな旅行に連れ出したり、一緒に歌舞伎や芝居を見た。遠出が辛くなってからは、家や近場でゆっくりと過ごした。都内では珍しいほど宏大な池のある公園は、丁寧に散策すれば一級の観光地と一緒だった。

嫁いでいた娘の真佐子もときどき見舞いにやってきたが、大和田は百合子と二人だけでいたいと思った。罪滅ぼしするのに真佐子は邪魔だった。

やがて百合子は寝たり起きたりとなり、さらに寝た切りになり、三ヶ月前、とうとう大和田の目の前からいなくなった。大勢の人が出入りしたが、通夜も葬儀もどうやり遂げたのか、覚えていない。思いつく限りのことをやりつくした後、その対象がいなくなったという虚脱感が、耳も目も、頭も心も働かなくしていた。その状態に身を任せるしかなかった。それがどれほど続くか自分でもわからなかった。

ゆっくりと回復した。周囲の音が聞こえ始め、眺めが目に入ってきて、頭がそれを理解し、心が動き始めた。途方もなく大きな空虚の流れに身を任せていたら、いつの間にか浅瀬に乗り上げたという思いだった。

3

一時間ほどでボックス席のグループが入れ替わった。やはり大和田の知らないサラリーマンらしき三人組が座り、カラオケをやり始めた。思わず顔を見てしまうほどうまかった。三人で歌合戦に来たようだ。

彼らがふた回り歌った後、綾子が大和田にすすめた。

「オーさんもいかが、八代亜紀だったわよね」

「そのうちね」

確かにここで八代亜紀を何度か歌ったことがあるが、親しい飲み仲間がいて興が乗ったときに限っていた。若い頃は初めて訪ねた店でも臆することなくマイクを握り次々と歌った。いまとなってはそのときの心境がわからない。自分の心の啜《すす》り泣きを見知らぬ相客に披露などしたくない。

　綾子は携帯を手にし、ボタンを押してしばらく耳に当てていたが諦めた。

「社長もふーちゃんもどこへ行っちゃったのかしら」

「いいんだ、これからはいつでも会える」

「また二年後でしょう」

　何度かこのやり取りを繰り返した。社長は奥さんと暮らす自宅が歩いて八分のところにある。ふーちゃんは勤務先も独り住まいのマンションも「ＡＹＡ」から十分である。連絡がつけばすぐに飛んでくるだろうが今日でなくてもいい。今日は綾子に会えた。一歩ずつ社会復帰ができればいい。

　ボックス席にいたサラリーマンのグループが帰り支度を始めたとき、「ぼくもお勘定ね」と大和田が綾子にいった。もう十一時を回っている。

「いま二人が来るから、ちょっと待っててよ」

「またにするさ」

「だいじょうぶ、もうすぐ来るから」

　ボックス席で客の相手をしていた女がカウンターに来た。ほっそりした体に可愛い顔をしている。綾子が紹介した。

「麗華ちゃんというの」

「よろしくお願いします」

中国か韓国の出身のようだ。綾子より十歳以上若いだろうが、綾子のほうが色っぽく見えた。

「香織はどうしたの」

綾子の一人娘がときどき手伝っていたはずだ。

「他にバイトをやっているから、ここには週二くらいかな。今日は来ないわ。少しは自立させないと」

母親の顔になって笑った。

十年ほど前、綾子は女にも金にもだらしない夫の、何度目かの浮気に辛抱の糸を切らせて家を飛び出した。香織と二人で暮らすようになってすぐ生活のために「AYA」を開店した。ほとんどずぶの素人だったから無我夢中で商売をしたという。勘定は相場より二割ほど安くし、どんな客でも全力で接客をした。それが当たった。

大和田はたまたま開店早々に知人に連れてこられ、他で見たことのない綾子の行き届いたママぶりに惹かれ、月に一、二度通うようになった。やがて馬鹿話をいいあう常連客もでき、仕事が絡むことのない唯一の行きつけとなった。

ボックスに戻った麗華が三人組とデュエットでひと回り歌うまで待った。もういいだろう。お勘定してくれと綾子に目で合図をした。

「社長たち、がっかりするわよ」

「また来るって」

綾子は客の死角で伝票に素早く書き込み、大和田の目の前に置いた。

そこには数字ではなく「カンバンまでいてください」とあった。大和田の脳裏に疑問符が点滅した。

(何事だろう)

想像もつかなかった。店が終わった後、寿司屋や焼肉屋に連れて行ったこともあるが、こんな意味ありげなやりかたではなかった。

綾子を見ると、視線を合わせてから祈るようにゆっくりと目を閉じた。何か切実なものがあるようだ。仕方ない。大和田は寝入ったふりをすることにした。そうでもしなければ、他の客の手前、久しぶりに来た自分が、看板までい続けるわけにいかない。

カウンターにひじをつき、あごを掌《てのひら》に乗せて目をつぶった。船をこぐふりをしているうちに本当に眠ってしまった。

「さ、カンバンよ」

綾子の声で目を開けた。店内は静かになっていた。ボックス席は空のままで、麗華の姿もなく、歌の上手な三人組もいなくなっていた。最初からカウンターの奥にいた中年男以外、大和田と綾子しかいない。

男は五十歳前後だろう。がっしりした体つきで精力的な雰囲気を漂わせている。背中にいく筋もしわの寄ったスーツに水玉のネクタイを締めていた。額は三分の一ほど後退し、その額も頰も酔いで赤くなっている。

「ダンさん、これです」

綾子が伝票を渡すと男がよく聞き取れない低い声でいった。

「……へ行こうよ」

「今日は、ちょっと」

「こないだも、今日はちょっと、だろう」

「ごめんなさい」

綾子がこのためにメモを渡したことに気づいた。気づいたとたん声を上げていた。

「ママ。今日はおれと先約があるじゃないか」

男がこちらに首をひねった。綾子に向けていたにやけた顔が一瞬で狂暴なものに変わっている。

「何だよ、じいさん。邪魔するなよ」

「じいさんはないだろう。あんたとそう変わらんよ」

「怪我するから、引っ込んでいな」

「ＡＹＡにはいつから暴力団が入り込むようになったんだ」

「ふざけるなよ」

男は立ち上がった、その拍子に座っていた止まり木を蹴り倒した。それに構わず近づいてくる。横幅ばかりではなく背も高かった。

「ダンさん、やめて」

綾子の言葉を無視して男は大和田の胸倉をつかんだ。首が絞まった。夢中でその手を押さえた。

「おい、乱暴をするな」

両手で男の手を押さえながらふいに既視感を覚えた。

遠い昔、こんな風に胸倉をつかまれたことがある。「丸高百貨店」でクレーム担当を兼務していたときだ。派遣店員の接客態度に頭にきて、居丈高になった客を売り場から押し付けられた。そのときは怒りで真っ赤になった客を手品のようにたちまちおとなしくしてみせ周囲に驚かれた。

しかし今日は最初からクレーム処理の原則を踏み外している。男を挑発するようなことをいくつもいってしまった。作戦を変えなくてはいけない。

一つ二つは殴られてやろうと思った。服装から見てしょぼいサラリーマンだ。大怪我するほど暴力を振るう無鉄砲は持ち合わせていないだろう。

「あんた、もうれっきとした中年だろう。こんなことして恥ずかしくないのか」

いいながら男の手を押さえていた手を緩めた。

とたんに男のパンチがあごにきた。あたり損《そこ》ねだったが、大和田は自分からドアの傍らの傘立てまで飛んでいった。それにもたれるようにしてずるずると倒れこんだ。置き傘が何本か吹っ飛んだ。

「ダメよ、ダンさん、そんなことしちゃ。怪我でもしたら、どうするの」

綾子が甲高い声を上げ、カウンターから出てきた。大和田に手をかけて起こそうとした。その耳に、おれに任せておいてくれ、小さな声を吹き込んだ。

大和田は傘立てに手をついてよろよろと立ち上がった。

「おい、いい年をした坊や。おれはついこの間、女房に死なれたんだ。怪我なんか少しも怖くない、いっそ坊やに殴り殺されて、女房のところへ行きたいくらいだ。でもおれに怪我させれば、坊やは手が後ろに回るぞ。仕事も何もパーになる。さあ、やってみろ。ママさん、警察、呼んでおいてくれ」

大和田は男に向けてあごを突き出した。いっているうちに本心と張ったりの区別がつかなくなっていた。おれは女房のところへ行きたいのだろうか？

「嘘をつけ」

「嘘じゃない、ママが証人だ」

　にらみ合った男の目の中を気弱げな色が通り過ぎた。


「オーさんて、ああいう人だったかしら」

「おれは丸高でクレーム処理をやっていたこともあるんだ」

「丸高さんならちゃんとしたマニュアルがあるんでしょう。あんな乱暴なことはやらないでしょう」

「クレーム処理の一番の基本は臨機応変さ。相手によって状況によって、最善の対応をする、という以外に正解はない」

　男がいなくなったカウンターに大和田と綾子が並んでいた。大和田はオンザロックの残りをやり、綾子はグラスに半分ほどカンパリソーダを作った。色つき水のようなこれを綾子が好きだったことを思い出した。

「殴られて怪我でもしたら、どうするつもりだったの」

「あいつ、粋がっていたけれど、ただの冴えないサラリーマンだ。ただのサラリーマンに人を怪我させるような度胸はない」

「初めて会った人でしょう」

「スーツもネクタイも髪型も、表情だって、サラリーマンだよ」

「クレーム処理をやっていたのか、知らなかった」

綾子はカンパリの細長いグラスを明かりにかざした。白い頬が赤く染まってきれいに見えた。

「あの松川さん、いまもたまに来てくれるのよ。つい昨日も来てた」

記憶を探るまでもなく思い出した。

松川達也。大和田が新宿店でファッションフロアの責任者だったとき、そこに配属された新入社員だ。ファッションには情熱を持っていたが、趣味なのか仕事熱心なのか区別がつかなかった。大和田がコースを外れる少し前、部門の集まりがあった帰り、方角が一緒だということで同じタクシーに乗り、「AYA」で途中下車したことがある。

「あいつ、どうしている？」

「いま外商部にいるわ」

外商部？　丸高百貨店の人事には確たるジョブローテーションの方針はなく、大和田も三十代の半ばに郊外店で短期間、外商部にいたことがある。店にいて客がくるのを待つのではなく、こちらから一軒一軒客を探しに行くのだ。ほとんどが「間に合っているわ」で、ドアさえ開けてくれない。松川にやれるのだろうか？　頼りなかった松川の接客を思い浮かべたとき綾子がいった。

「ねえ、オーさん。松川さんの相談に乗ってあげてくれる」

「おれはまだリハビリ中だ」

「オーさんなら大丈夫」

「何の根拠があるんだ」

「自分でいったじゃない」

そんな覚えはない。

「一番の基本は臨機応変だって。それが身に付いていりゃ、何が来ても怖くないってことでしょう、なんでも解決できるってことでしょう」

無茶な言い分に大和田は返す言葉を失った。そういえばこれまで何度か店のトラブルをめぐってこの天真爛漫に振り回されたことがある。大和田にとってそれがこの店の魅力の一つでもあった。

「いいでしょう？」

念を押され、ついうなずいてしまった。

家に帰ると大和田はまず奥の和室に行く。そこに親の代から大和田家に伝わる仏壇がある。

ロウソクにマッチで火をつけて燭台に立て、その火で線香を焚いて香炉に差し、両手を合わせ、ゆっくりと長い時間、頭を下げる。仏壇の傍らの遺影に語りかけることもある。

おい、すまないな、今日は酒を飲んできたよ。友達とは会えなかったが、ちょっと面白い事件があった。

仏壇の真ん中に百合子の位牌がある。その後ろに大和田の両親の位牌が、左右から百合子を見守るようにおかれている。

二十年ほど前に父親が亡くなったとき、大和田は百合子と娘の真佐子を連れて郊外のマンションからこの家に戻ってきた。それから十数年、母親と百合子は世間によくある嫁姑の葛藤を繰り広げた。世間によくあっても、自分で体験すれば神経をすり減らすような苦痛がある。

しかし大和田は仕事へ逃げこみ、すべてを百合子に任せた。百合子が恨み言をいうこともあったが、「おれは会社の仕事がノルマだ、家の仕事はきみのノルマだろう」と突っぱねた。年とともにわがままになる母親を相手に百合子はよくやった。そのことが大和田を早期退職制度に応募させ、残りの日々を百合子の看病に打ち込ませた一番の理由かもしれない。

4

ラウンジに入ると、奥の席で男が立ち上がり頭を下げた。まぶしいものを見るように大和田を見た。松川達也だった。

その前に女が座っていた。綾子だ。一緒に来るとは聞いていなかった。二人は、少し年の離れた恋人のようにも、母と息子のようにも見えた。

「すみません。お呼び立てをしまして」

また頭を下げた。

「なんだ、お前ら、できているのか」

「まさか」「ばかね」

二人が声を揃えるようにいった。

松川は記憶にあるより少し大人びて、グレーのスーツがよく似合っていた。長めの髪は真ん中からふわりと両側に広がっている。片頬を持ち上げる照れ笑いは記憶にあるが、少年ぽさは消えていた。

最後に会ったのは二年半くらい前か。もう三十一、二歳になっているはずだ。この時期に男は急速に大人びてくる。

「ご愁傷様でした」

百合子のことを綾子に聞いたのだろう。

「ご愁傷は、もう卒業したよ。これからは娑婆《しゃば》に戻らなくてはと思って『AYA』に行ったら、さっそく娑婆臭い話が次々と飛び込んできた」

「その武勇伝をうかがって、ますます部長が頼りになると確信しました」

「頼られても困る。定年待合室に二年もいた後、今度は家に二年いた。仕事のことは何もかも忘れちまった」

「そうは思えません」

「オーさん、頼りになるわよ、びっくりしちゃった」

綾子が店とは違う笑みを浮かべて松川を見た。松川が、綾子の視線にどう映るかという目で見たら、ジャニーズ系といわれる部類に入るような気がした。

松川と軽いジャブを交わすような昔話をしていると、じれったいように綾子がいった。

「ねえ、早く相談したらどうなのよ」

松川は最初の一言を口ごもった。

「きょ、去年の春から外商にいるんですけど、この不景気でなかなか大変なんです」

この十数年、百貨店は不景気と関係なしに大変だ。どこもずるずると減収減益を続けている。ちょっと贅沢なランクのあらゆる商品を一つの店で買えるというビジネスモデルが時代とすれ違ってしまったのだ。

「それでも、つい先日、大きな商売が取れまして、喜んでいたんです。ソフトエージェントの福田忠志さん、ご存知ですよね」

「新聞や雑誌によく出てくる有名人だからな。どこで摑《つか》まえたんだ」

「高校の先輩なんです。同窓会経由でご縁ができました」

福田忠志は企業向けの画期的なビジネスソフトを開発販売しているIT企業「ソフトエージェント」の創業者である。いまでは個人向けのアプリケーションも提供し、そちらが成長を引っ張るようになった。その目覚ましい活動がときどきテレビのニュースや新聞雑誌に取り上げられる。

「一億円の宝石でもぽんと買ってくれたか」

「ソフトエージェントは今度十周年を迎えます。その記念の品として、うちで置時計をご用意することになったんです。パーティーの出席者と関係者を合わせて一万個、うちの売値は一つ六千円になります」

「六千万円か。やったな」

「それがですね。三日ほど前に急にキャンセルをいわれまして」

松川のジャニーズ顔が少し歪《ゆが》んだ。

「何があったんだ？」

松川は首を傾げた。

「理由のないキャンセルはないだろう」

「説明はいろいろ紆余曲折しまして、ひと言でいいますと気が変わったということになります」

松川の言葉に他人事のような響きがあった。「丸高百貨店」にいたとき、若手のこんなしゃべり方を聞かされる度に苛立ったことを思い出した。

「キャンセルがもう動かないんだったら、どうするんだい？」

「通常ならキャンセル料をもらうのですが、それが微妙でして……」

自信なげに行きつ戻りつする松川の説明によれば――、

「ソフトエージェント」の十周年記念用の時計を発注したのは、日本ではそう大きくブレークもしないが、長いこと世界の時計業界で存在感を示しているスイスの老舗「ブロッチ」。

キャンセルが申し出られたのは、納品の四十三日前だから契約上、キャンセル料は一〇パーセントである。しかし福田忠志や「ソフトエージェント」との今後の取引の可能性を考えると、「取らないほうがいいのではなかろうか」と外商部長の野々村勝彦がいい出している。

別の記念品はどうかと先方に提案してみたが、十周年記念行事推進室長は「悪いが君のところでは扱えない商品を考えているんだ」と取りつく島がない。肝心の福田は松川の高校の先輩なのに、会ってくれないどころか電話やメールさえつながらなくなっているという。

「ねえ、ひどいでしょう。意地悪をしているとしか考えられないのよ」

綾子が唇を尖らせた。

「松川君、何かこんな仕打ちを受けるようなことをやったんだろう」

「まさか」

「きみみたいな若者は自覚症状なしに、失礼なことをしていることが、けっこうあるんだ」

「そんなことないわよ。松川さんは最近の若者にはめずらしいほど配慮がゆきとどいているわ」

こんなところでもアイスクリームトークを忘れないようだ。

「それでこれからどうしようと思っているんだ」

「ですから、大和田部長にお知恵を拝借したいと思いまして、来ていただいたわけで」

松川は新宿店時代の大和田の肩書を口にした。そこまで昇進すれば、定年待合室に放り込まれるはずはなかった。あのトラブルさえなければ、役員になる道も残されていたろう。

「おれがあの日、『AYA』に行かなきゃ、きみの相談を受けることはなかった。そしたら、きみはどうした？」

「もう少し推進室長に食い下がって、もっと本当の理由を伺うとか」

「もっと本当の理由があるのか」

「そうとしか思えません」

「どう食い下がるんだ？」

松川は言葉を失い、なかなか口を開かない。

「きみの偉大な先輩のほうはどうなんだ」

「連絡がつかないんです」

「連絡もできないくらいなら、今後の取引にはつながらんだろう。さっさとキャンセル料を取っておさらばして、他の客を開拓したほうがいい」

「それでも」

口ごもる松川に綾子が助け舟を出した。

「本当に連絡を拒絶されているのか、まだはっきりしないんでしょう」

「それじゃ、そこんところをはっきりさせろよ」

「はい」

「可及的速やかに、だぞ」

部長時代に得意だった台詞《せりふ》が口をついて出た。松川がうなずいたが、もう少し詰めておく気になった。

「どういうやり方を考えているんだ?」

「福田社長のお宅に夜討ち朝駆けします」

苦し紛《まぎ》れにいった。部下に自らギリギリの方針を提案させ、それを手がかりに追い込んでいく。それが大和田のやり方だった。

「きみにそんなことができるのか」

「ええ」

「タイムリミットは」

「三日間で決着つけます」

松川がいいきった。

5

オーさん、なつかしい。

カウンターにいた大和田に、後ろから抱き着いてきたのは、綾子の一人娘、香織だった。背中に胸のふくらみが当たるのも気にしていないようだ。こっちが気になった。「AYA」に来なかった二年の間にすっかり女っぽくなっている。十八歳だったのが二十歳になったはずだ。

「おう、かおり、お母さんよりきれいになったじゃないか」

「あっちは、おばさん。当然でしょう」

「おれたちから見れば、お母さんはお嬢さんなの、なあ」

そうそう。大和田の両側にいたふーちゃん、社長とうなずきあうと、香織が掌で口を覆いわざとらしい声を上げた。

「おえ！」

カウンターの中から綾子が娘をたしなめた。

「あたしがお嬢さんに見えるから、店がやっていけて、お前が一人前になれたんでしょう」

「そうらよ、かおりはおれたちが食わせているようなもんら」

だから触らせてくれ。回らない口でふーちゃんがいい、香織の尻にゆっくりと手を伸ばしたとき、頬に軽い平手打ちの音が鳴った。一九分けに撫でつけられた長髪が乱れて、頭頂部の禿《はげ》があからさまになった。ひれえな、かおりは。ふーちゃんはあわてて奥のトイレに駆け込んだ。

「かおりちゃん、いいね」社長がいった。「きりっとしていて惚れちゃいそうだ」

「惚れるのは母さんだけにしといてくれる」

「ますます、いい」

おえーとまた香織がうめいた。

今日、大和田が「AYA」に来ることを伝えると、綾子が社長とふーちゃんに連絡を取ってくれた。もう一時間ほど思い出話に花を咲かせている。

この店で社長と呼ばれているのは、かつて小さな会社の社長だった浜村正夫。十五年も前から中国で寝具や軽衣料などを作らせ、日本で信じられない安値で販売していた。ところが四年前、「賃金も高くなってきたし、おれはもうこんな乱暴な国とは付き合いたくない」と息子にあとを任せた。その息子はあっという間にIT企業に業態変えをして業績を伸ばし、浜村は、社長風も父親風も吹かせられなくなったらしい。社長時代に毎日のように重い荷物を担いで鍛えた体は、いまでもボディビルダーのように筋肉の鎧で覆われている。

ふーちゃんの本名が船木和夫であると知っているのは「AYA」でも数人である。本人が、あの歌手と同じだとからかわれるのを嫌がっていおうとしないからだ。その理由を初めて聞いたとき大和田はいった。

「字が違うんだからいいじゃないか」

「呼ばれるときは字なんて関係ないらろう」

五十代も後半のふーちゃんはこれまで色々と女出入りがあったことを仄《ほの》めかすが、今は正真正銘の独身。いつも呑んだくれていて滑舌が悪く、頼りない男に見えるが、びっくりするほど多方面の教養がある。東日本印刷のベテラン職人で、仕事上扱ってきた文章がそのまま身についているらしい。

二人とも以前は毎日のようにここへ通ってきていたが、いまはそうでもないようだ。

ふーちゃんがトイレから出てくると同時に、表のドアが開いて細身の男が入ってきた。大和田と待ち合わせていた松川だった。

「いらっしゃい」

ふーちゃん用のお絞りを手にしていた香織が、すばやく松川に近づいていった。松川もついこぼれ出たという笑みを浮かべている。見交わす顔を見て大和田は一気に了解した。綾子ではなくこっちが恋人同士なのだ。綾子がこんなに松川に親身になっているのは、若いイケメンに舞い上がっているのではなく、娘の恋人への愛情なのだ。

「じゃあ、あっちに移るか」

大和田が立ち上がると、社長もふーちゃんも付いてきた。綾子が二人に経緯を話してしまったから巻き込まざるをえない。喋っていいことと悪いことの区別はできるし、少しは参考になる意見が聞けるかもしれない。

　ボックス席は二つとも「ご予約席」となっている。話がもれないよう隣も空けたのだ。綾子はすっかり力が入っている。

　香織がビールとグラスを運んできた。そのあとをあわてて綾子の声が追いかけてきた。

「ダメでしょう、話が済むまでビールはお預け」

　綾子のいう通りだが、社長とふーちゃんはカウンターでもうかなり飲んでいる。

　大和田が声をひそめて切り出した。

「それで、どうなった」

　一昨日、昨日と松川は福田邸に夜討ち朝駆けをしている。

「やっぱり会えませんでした。朝も晩も、車の中が見えないベンツで出入りしていますし、帰ってこない日もあります」

「ベンツの前に飛び出したりはしなかったんだ」

「事故でも起こしたら大変ですから」

　松川は皮肉に気づいていない。

「じゃあ、どうする？」

「お屋敷への出入りのときは、車が通過するだけですから何もできませんが、前もって家の中に入っていることはできるかもしれません」

「どういうことだい？」

「昨日の朝、家を見張っていたら、中からおばあさんが出てきたんです。お手伝いさんです。ゴミバケツを持っていたのですが、重そうだったので手伝ってあげました。たいそう感謝してくれましたから、事情を話せば入れてくれるかと」

社長が口をはさんだ。

「お手伝いさんが、社長が避けている男を家に入れてくれるって？　そんなの漫画の世界の話だろう」

そうかな？　松川はかすかに頬を膨らませた。

「まあ、きみが可能性があると思うことはなんでもやってみるさ」

とことんやればどこかに道がつく、どうしても道がつかなければ諦める。丸高時代、それが大和田の仕事の流儀になっていた。

「野々村のほうはどうなんだ？」

「必ず結果を出せ、っていわれています」

野々村とは知らない仲ではない。一匹狼で外商をやらせるなら、地味な風貌に似合わない馬力を発揮するが、チームを束ねられる男とは思えなかった。そんな奴が部長になるところに、丸高百貨店の限界がある。不意にある男の名前を思い出した。

「あいつ、どうしている？　塚本冬樹」

「ツカモトフユキ？」ちょっと顔をしかめた。「噂は聞いたことがありますが、私はお会いしたこともありません」

二十年以上前、大和田が郊外店で畑違いの外商をやらされたとき、本店にいた塚本と組んでお客を囲い込むアトラクションをやったことがある。塚本のケタ外れのアイデアや行動力に舌を巻いた。外商を離れてからも何度か彼のエピソードを聞いたことがあるが、松川とは出会っていないのだ。

ふうむ、自然に視線が遠くに向かった。あいつ、どこにいるんだろう。視線を松川に向け直していった。

「とにかく何としても、福田でもそのお手伝いでも捕まえるんだな。そこから道を切り拓けるかどうかが、きみの丸高人生を左右するぞ」

松川はパンチでも食らったように二度三度と瞬《まばた》きをした。

ふーちゃんがこれで話は終わったとばかりに立ち上がってボックス席を出た。振り返ると、綾子がカウンターの客の背中に手を置いてビールを注いでいた。その背中に見覚えがあった。あの夜、綾子を無理に誘おうとした中年男だ。

触ったりするからその気になるんだろう、その思いが別の思いに押さえ込まれた。そのくらいやらなきゃ、「ＡＹＡ」はやっていけないのだ、おれは二年もご無沙汰したし、社長もふーちゃんも毎晩来ているわけではない。

「ふーちゃん、何か飲むかい」

トイレに向かうふーちゃんに呼びかけた。

「もちろん」

「何でもご馳走するぞ。社長も好きなもの頼んでよ。長期欠席のお詫びだ」

カウンターから中年男がちらっとこちらを見たが、そ知らぬ顔で視線を戻した。

6

雨戸の隙間から差し込む太陽の直撃を受けて目を覚ました。枕元のデジタル時計は「11:18」を表示している。ようやく暮らしを朝型に立て直しかけていたのに、昨日の深酒でまた狂ってしまった。

何にも拘束されない独り住まいの時間はとりとめなくただ流れて行く。時間を型にはめたほうが楽だ、百合子の不在がそれほど心を切り刻まなくなってから、そんな風に思い始めている。

食事はたいてい一日二食、一食のこともある。簡単なものは自分でも作るが、ほとんどはスーパーの惣菜や外食で間に合わせている。

たまに真佐子がやってきて何か作ってくれる。娘の料理の腕がいいことに初めて気づいた。どんな外食よりうまい。

一度、「父さん、うちに来る?」といわれ、「とんでもない、おれは自由を楽しんでいるんだ」とっさにそう答えた。

娘の家に行くことなんか思い浮かべたこともないが、自由を楽しんでいるわけでもない。おぼつかない父の暮らしを見て、真佐子も思わずいったのだろう。これからどういう暮らしをしたいのか、そのことを考えてみる心境にまだなっていない。

起きるとまずポットの電源を入れ、ペーパーフィルターでコーヒーをいれるようになった。それを飲みながら、仏壇に線香をあげ、百合子の遺影と何か言葉を交わす。最近では「おはよう」くらいしか言葉が出てこないこともある。

コーヒーを飲み終えると、近所の大きな池のある公園まで歩いていく。

水の中の生き物の気配を探りながら、周囲を好きなだけ歩いてからは、隣接する図書館に行くことが多い。十ほどの新聞に目を通し、目に付いた雑誌をぱらぱらと見てから、一回目の食事をとりに図書館を出る。

家から五分のところに商店街があり、悪くない食事処をいくつか見つけてある。洋食レストラン、寿司屋、チェーン店の定食屋。

夜の部のアルコール関係も手ごろな小料理屋やスナックがある。

どの店にもそう頻繁には行かない。週に一回か多くても二回。流され続けているあいまいな自分のままで、店員らと馴染みになりたくない気分がどこかにある。

最近、一回目の食事を終えた後、街に出ると途方にくれるようになった。

（これからの長い時間をどうすごしたらいいのか？）

そのまま当てもなく歩き続けるか、とぼとぼと家に帰るか、駅の近くの喫茶店「茶イム」に行くのかを選ばなくてはならない。「茶イム」は店員と顔を突き合わせなくて済むので、気が向けば週に三回でも行く。街をさまよいながら、いまはまだリハビリ中なのだ、と自分に言い聞かせている。

「茶イム」にさしかかったところでポケットの携帯電話が鳴りだした。表示を見ると登録したばかりの〈松川達也〉だった。機先を制していった。

「お手伝いさんのほうはうまくいったか」

「それが、あの人、お手伝いさんじゃなかったんです。社長のお母さんだったんです」

そんなもの見間違うな、と以前なら叩きつけていた言葉を辛うじて呑み込んだ。

「それなら余計いいじゃないか」

「よくないんです。事情を話し始めたら、あんたは丸高百貨店の人か、すぐに出て行ってくれと追い出されてしまいました」

「丸高の何を怒っているんだ」

「わかりません」

「それくらい、聞き出せないのか」

「聞こうとしたんですけど追い出されて」

「聞くしかないだろう。それがキャンセルに関係しているんだ」

「そうでしょうか」

「そうさ。お手伝いさんなんかに当たったって無駄だと思っていたけど、福田のお袋か。まさか、こんなにすぐ道が開けるとは思わなかった」

「しかし」

「きみ、ついているな」

7

旧山手通りに面した、小学校の校庭ほどもある宏大な公園の東の外れの喫茶店で、松川は呆然として電話を切った。

大和田にいわれたことがまだよく頭に入っていない。

（あのおばあさんがキャンセルに関係しているだって？　根拠もなしによくいうよ。

追い出されたのに、ついているだって？　よくいうよ。あのおっさん、奥さんに亡くなられて頭がおかしくなったんじゃないか？　あんなおばあさんが「ソフトエージェント」の創立十周年の記念品に関係あるわけないじゃないか）

頭をかっかとさせたまま、この店オリジナルのゆずソーダを半分残して席を立った。店の前のテラスには、たぶん近くのインターナショナルスクールに子供を送ってから一息入れている母親たちがさざめいていた。

彼女らを見るともなく見ながら、きれいに街路樹の並んだ旧山手通りを渡り、福田の私邸のほうにではなく、帰路を辿る代官山駅に向かった。エンジュが淡い緑の葉をつけた枝を空いっぱいに広げている。

角のブティックを曲がりかけたところで足が止まった。自分の意思ではなかった。舗道に貼り付けられたように前に進めなくなった。大和田の電話を切ったときからおばあさんの言葉が頭の中でリフレインしていた。

（あんたは丸高百貨店の人なのかい、すぐに出て行ってくれ）

一瞬の後に体の向きを変え、もう一度同じ道を逆に歩き始めていた。

静かな住宅街のなだらかな坂の途中で立ち止まった。

目の前に武家屋敷か寺院のものと見まがう大きな門がある。屋敷の全景は石垣のような塀の奥に隠れて見ることはできない。こんな大豪邸に住んでいるのだ、ブロッチのキャンセル料金など痛くもかゆくもないに違いない。

門の傍らに通用口がある。この通用口から福田忠志の母はゴミ袋を持って出てきた。この屋敷の女主人がそんなことをするはずがないと思い込んでいたから、お手伝いと間違えた。田舎の年寄りが着ていそうな割烹着もそう思わせた。

背中を伸ばし肚《はら》に息を吸い込んでからインターホンのボタンを押した。指先に微妙な音が生じて中につながったのが分かる。自分の姿が見られているはずだ。「ごめんください」あわてていったが、何の応答もなく回線が切られた。最初から相手をしてもらえるとは思っていなかった。

三十分に一回ボタンを押すことに決めた。二度目のときも中につながったのが分かった。声を上げる間もなく切られた。なんだかやけくそになってきた。丸高では穏やかな好青年と見られているらしいが、本当はある限界を超えるとどこまで行くか自分でも怖くなることがある。

三度目はつながることも期待していなかった。三日間のタイムリミットはご破算だ。今日がダメだったら明日、明日がダメだったら明後日もやってやる。

顔に冷たく当たるものがあった。見上げると黒い雲が頭上を覆っていた。雨はすぐに大粒となった。通用口とは反対の門の内側に、一杯に葉をつけた桜がある。あの下なら少しは雨がよけられる。ちらっとそう思ったが濡れるに任せていた。濡れ鼠《ねずみ》になれば少しは心を動かしてくれるのではないか。

　雨はスーツを濡らすだけにとどまらなかった。Yシャツを濡らし下着まで濡らし体の熱を奪っていった。自然と足踏みをしていたが、頭にはただインターホンであの老女を呼び出すことだけがあった。

　雨が行き過ぎ、五回目のボタンを押して間もなく背後から肩を叩かれた。

「きみ、ここで何をしているんだ」

　高圧的にいったのは制服を着た警官だった。自分と同じくらいの年齢に見えた。その後ろに親父くらいの警官がいた。

「このお宅をお訪ねしているんです」

「近所の住民から、不審者がうろついていると警察に通報が入ったんだ。ちょっと署まで来てもらおうか」

「不審者じゃありません。私は丸高百貨店の外商部の松川といいます。会社に問い合わせてもらってもいいですよ」

　松川はスーツの襟の社員バッヂを示し名刺を出した。

　年配の警官がその場を離れて携帯を取り出した。短いやり取りをしてから近づいてきた。

「とにかくきみ、住民に迷惑をかけているのだから、ここを引き上げなさい」

「人の家を訪問してはいけないのですか。日本の警察はそんなことを禁止するのですか」

若いほうが松川の両手を持って引いた。やめてください、やめろ。体中に力を入れて足を踏ん張ったが、警官は重機のように強力だった。舗道に靴の踵《かかと》を削られ、ずるずると福田家の門前から引き離されていく。背中から道路に寝そべる形となって、スーツがまくれ上がり、シャツがまくれ上がり、道路が背中の肉を削った。痛た、たたたた。自分でも驚くほどの悲鳴を上げていた。

「あ、ちょっと、そんな乱暴はしないでください」

どこかで甲高い声がして、警官が足を止めた。

「福田です、そこまではやらないでください」

声はインターホンからだった。ふいに警官の手から力が抜けた。

「あんたをひどい目にあわせるつもりはなかったのよ」

通用門の内側で福田の母親がいった。松川の後ろには二人の警官が立っている。農家の年寄りのような印象はまだ消えないが、わずかに胡坐《あぐら》をかいた鼻だけではなく、福田に似た部分が顔のあちこちにあるのに気づいた。

「とにかくあんたがいくら頑張ったって、あんたと話す気はないから帰ってよ。これ以上しつこいと、本当にお巡りさんに連れて行ってもらうよ」

「丸高百貨店がどんな失礼なことを福田様にしたのでしょうか。それをお伺いしないと、丸高は反省して改善することができません」

自分でも驚くような口上がするすると出てきた。

「反省も改善もないわよ」老婦人のほうが口ごもった。

「デパートの店員は店員らしく、警官は警官らしく、若い衆は若い衆らしく、……みんな自分のやるべきことをちゃんとやればいいのよ」

「申し訳ありません。うちの社員が奥様に対して、デパートマンとしてやるべきことをやらなかったのですね。どんな不行き届きがあったのか教えてください」

「もういいわよ」

「奥様のお叱りは、必ず売り場の責任者にお伝えし、是正させます。ですからソフトエージェント様の晴れの十周年記念品は、ぜひとも丸高百貨店にお手伝いさせてください」

「いいから、帰ってちょうだい」

老婦人が痩せた手の甲を払いながらいったとき、門の外から声がかかった。

「どうなさったんですか、お母様」

警官の後ろにサングラスの女が立っていた。薄いパープルのドレスをまとった手足はすんなりと伸びて、辺りを払うようなオーラを発していた。黒いベンツが門の前に停まっている。福田忠志の妻だと気がついた。三年前に再婚した元モデルのマキだ。女性週刊誌で何度も話題になっていた。

「あなたこそ、どうしたの？」

「社長にいわれて書類を取りに来たんです」

マキは笑みを浮かべたが、しゃちょう、と呟いた老婦人の頬に硬い線が走った。

「あら丸高さん」

マキが松川の襟の社員バッヂを見咎《みとが》めた。これを見分けられるほど丸高のことを知っているのだ。

マキは松川と警官に不審げな視線を投げた。

「さあ、あんた、もう帰ってよ」

老婦人の言葉は松川にかけられたのだが、マキは肩をすくめてベンツに戻った。

いくぞ、年配の警官が松川の肩を叩いた。

「ぜひ丸高に雪辱戦をやらせてください」

あわてて老婦人に頭を下げた。

「しつこいわね、あなたも。雪辱戦て、何をするっていうの」

「ですから丸高マン一同、今後奥様に決して丸高マンの名に恥じることない接客をいたします」

老婦人の額のしわが深くなった。

「もちろん奥様ばかりでなくどんなお客様にもそのようにいたしてきたつもりですが、今後いっそう力を入れる所存です」

いってから後に言葉の具体的な中味を噛み砕いていた。丸高の店員には正社員もいれば、派遣もアルバイトも、メーカーからの派遣社員もいる。彼らを全部管理することなどできはしない。

「そんなこと約束できるの?」

「もちろんです」

いい切ってしまった。

「面白いことをいうのね」

硬くなっていた頬にシニカルな笑みを浮かべた老婦人は驚くべき提案を口にした。

8

「お前、そんな無茶なことを約束しちまったのか」

外商部長の野々村勝彦は、少し後退した額まで赤くして松川を怒ったという。日ごろ自分のほうが部下に気を使っている野々村には、めったにないことだった。それなのに松川は余計なひと言を返してしまった。

「丸高マンの名に恥じない接客をするというのは当然のことですので、約束できないとはいえません」

「馬鹿やろう」怒鳴り声はフロア中に響き渡ったらしい。「同じように頭を下げても、喜んでくださるお客もいれば、慇懃《いんぎん》無礼で失礼だと思う方もいる。福田の奥様がうちの接客にけちをつけようと思えば、いくらでもけちをつけられるんだ」

（でも約束できないとはいえません）

今度は胸の中だけでいったが、野々村は嵩《かさ》にかかって続けたという。

「それにここには正社員だけじゃなくて、派遣も嘱託《しょくたく》もアルバイトも混じっている。どうやってお前が約束した一週間、全員に、奥様に失礼と思われないような接客をさせるんだ」

たしかにとんでもない約束をしていると約束している最中に松川も思っていた。しかし建前からいえば当然のことを確認したに過ぎない。

来週、丸高百貨店新宿店に彼女か、彼女が依頼した人物が買い物に来るのだが、そのとき少しの失礼もない接客ができれば、松川の話を聞いてあげてもいいというのだ。しかし一週間のいつ、どこの売り場に誰が来るか、どんなことを失礼と思うのかは分からない。

「頭が変なんじゃないの、そのばば、あ、おばあさん」

松川の話が終わると、最初に口を開いたのは綾子だった。

社長こと浜村正夫は、いやな婆あだよほんとに、と相槌を打った。中国の工場を使っていたころの武勇伝を語らせれば、誰もが浜村の剛腕に一目置くのだが、この店で綾子に異論を唱えることはまずない。

大和田は腕を組んで黙っている。松川の長い説明はときどき大和田の意識の外にはみ出した。どこかでまだ娑婆とは薄紙一、二枚隔てて向き合っているらしい。

四人は「AYA」のボックス席に座っていた。営業時間が始まったばかりで他に客はいない。席にはビールもウィスキーもなく、汗をかいた麦茶のグラスが置かれている。

ねえどうしたの、と綾子が大和田の顔を覗き込んだ。

「それで、これからどうしようっていうんだ」

ようやく大和田が松川にいった。

「野々村部長からもう一度、支店長室を通じて各売り場に、接客の基本を忘れないように注意をしてもらい、来週は一日中、フロアを回るようにします」

「接客の基本なんかいつも店中にいい聞かせているだろう。いまさら改善なんかされまいよ」

松川が口ごもると、綾子がかばうようにいった。

「あっちが無茶をいってるんだから、他にやりようがないじゃない」

「奥さんは、なぜ無茶をいっているんだ？」

「うちの誰かが、奥さんをうんと怒らせるような何かをしたんでしょう」

「何かって、なんだ」

「わかりません」

「それを聞き出しにあの家に行ってきたんだろう」

「教えてくれませんでした」

大和田は麦茶を口に含んだが、苛立ちを紛らすことはできなかった。

「ママ、もうそろそろビールいいだろう？　なあ社長」

大和田は浜村の肩に手を回した。重たい商品の箱をいやというほど担いだといつも自慢するだけあって、浜村の肩は鋼のような筋肉に覆われている。

ママがビールを取りに行っている間にいった。

「真っ正直に教えてくれないってことはとうにわかってるだろう。その奥さんの言葉の行間を読まなきゃダメだ」

「デパートの店員は店員らしく、どんなお客にも普通に親切にすればいいの、と当たり前をいったんだろう」

「ええ」

「当たり前の裏っかわに何かあるんだろう」

松川は眉間にしわを寄せ、自分の頭の中を覗くような表情をしたが、言葉は出てこない。

綾子が戻ってきて四つのグラスにビールを注いだ。

大和田、社長、松川そして綾子。注がれた順番に勢いよくグラスを呷《あお》った。

客の行間を読む。昔よくこの言葉をいっていた奴がいる、誰だったっけ？

綾子が注ぎ足しているグラスの泡に目をやっていると不意にその顔が浮かんだ。

「塚本冬樹」

「は？」

「松川君、塚本冬樹とすぐに会えるようにしてくれないか」

「どこにいるか、知りませんから」

「そんなもの探せるだろう」

吐き出すような口調になった。

「行間？」

9

久しぶりに踏みしめる階段は少し朽《く》ちて角が擦り減っている。一段上がるごとに、仕事漬けだった日々へと時間をさかのぼる気がした。

客で込み合ったテーブル席の奥の小さな座敷に二人の姿があった。年配のほうが立ち上がって大和田に頭を下げた。

「ご無沙汰しました」

「変わらないね、塚ちゃん」

「すっかりメタボですよ」

塚本は自分の体を見回すようにした。確かに記憶にあるよりふた回り肉がついている。あの切れ味にも肉がついてしまったろうか？

椅子に座りながら塚本が意外な言葉を口にした。

「大和田さんは相変わらず、健さんですな、ちっとも体形が変わらない」

「健さん？」

若いほうの松川が不思議そうにいったが説明はしなかった。二年後輩の塚本は大和田のことを〝健さん〟と呼ぶことがあった。ずっと前にカラオケで高倉健の「網走番外地」を歌ったときからだ。大和田にそんなイメージがあるともいった。仕事が絡んだのは短かったがウマが合った。何度か一緒に酒を飲んで、カラオケをやり仕事の話をした。

歌舞伎町の中ほどにあるこの居酒屋にも来たことがある。最後に会ってからは三年くらい経つだろうか。

生ビールを注文し乾杯の真似事をしてから、大和田は無理やり塚本の名刺を出させた。肩書に「販売部部付部長」とある。

「きみたいな男が何でこんなところに行かされたのかね」

「さあね」

「心当たりくらいあるだろう」

「さっぱりですよ」

「金持ちの心理は読めても、会社の思惑はわからんか」

いいながら自分も、会社の思惑なぞわからなかったと苦笑いが漏れた。丸高百貨店に、創業者につながる社長派と銀行につながる会長派とがあると、みななんとなく思っていた。しかし実際は確固たる派閥などありはしない。〝虫が好くとか好かない〟とか〝こんな商売のやり方が肌に合っている〟といった気分が、幹部たちがつるんでいる背景にあったと、今では思う。

塚本がジョッキを半分ほど干してからいった。

「会社の思惑は辞めてけってことですよ」

「そうしたらいいじゃないか」

「すぐに撤回されるだろうと思っていたので、タイミングを逃しました」

ふうん、腑に落ちないのでそんな声が出た。

「娘の結婚の話が出てましてね。女房や娘には腐っても丸高らしいですわ」

それならわかる。大和田も母が元気だったり、百合子があんなことになっていなければ、早期退職制度に応募できなかった。本題に移ることにした。

「きみに金持ちの心理を読んでもらいたいと思って、忙しいところを来てもらったんだ」

隣で松川がぴょこんと頭を下げた。

「変な話だろう」

松川からすでに話を聞いているはずだった。

「よくある、変な話ですな」

「よくある?」

「そもそもお客のクレームっていうのは、敵は本能寺にありですからな」

それは大和田も思い知らされている。たいていは文句をつけていることと違うところに、客の本当の不満がある。

「どこが本能寺なんだ」

「松川君に、奥様とのやり取りを克明に再現してもらったのですが、まだ分かりません。それでも接客の基本を見直すなんて笑い話ですよ」

松川がまた頭を下げた。

そこから焼酎に変え、松川が自分と大和田にはお湯割りを、塚本にはロックを作った。

「どうしたらいい」

「その奥様に当たるしかないでしょう」

「もう会えそうもないですよ」

松川がいった。

「会えないなんてことは、絶対にないよ」松川にいってから、塚本は大和田を見た。

「私はこれまで九州から北海道までの無数の大金持ちを攻め落としてきました。巨大企業のオーナーから、闇の金貸し、風俗の帝王、フィクサー、奇人変人、横柄、うつ病、躁病までいましたが、丸高百貨店外商部の看板を背負っていて会えなかった相手は皆無です、あ、一人いたか、関西の安売りの鬼神にだけは、とうとう会えなかった」

大和田は笑い出した。

「まったく定年待合室にいる男とは思えないな。もう少し丸高のために稼がせたいよ」

「大和田さん、愛社精神が残っているんだ」

意表を突くことをいわれて、つい早口になった。

「そんな大物たちをどうやって攻め落としたんだ」

「大きな岩石があって、こっちは小さな金槌しかもっていないとします。どうしたって割れそうもない。でもね、よくよく岩石を観察していると、どこかにヒビが入っているのが、うっすらと見えてくる。専門用語では節理《せつり》というそうですが、それに沿ってぽんと金槌で叩くとあら不思議、大岩は音も立てずに真っ二つに割れます」

「あの奥さんにヒビがあるというのか」

「奥様は、松川君が警察官に乱暴なことをされそうになったとき、見過ごすことができなかった。これは間違いなくヒビなんです。つまり泣き落としが、まったく効かないことはない人なんですよ」

なるほど。うめきのような声が出た。

「もう一つ、かすかに見えているヒビがあります」

「なんだい？」

「いま話して大外れだったらカッコ悪いから、しばらく預からせてください」

「きみは聞いているのか」

松川に聞くとあわてて首を左右に振った。何のことだろうと思いながら、大和田はお湯割りを口に運んだ。自分の気づかなかった何を、塚本の鍛えこんだ眼は捉《とら》えたのだろう。

「それで、これからどうする？」

「キャンセルの理由を探します」

「こんなケースがあったのかい？」

「トラブルの理由は千差万別、ほとんどいつだって初体験です。いつだって観察しては攻め、攻めては観察する、この繰り返しですよ」

「時間がないんだ」

「いまはインターネットで相当なことが調べられますし、福田忠志もマキもあの一家は経済誌や週刊誌なんかに色んな痕跡を残していますからね。松川君に二日くらい寝ないで頑張ってもらいましょう」

塚本は焼酎ではなくチェイサーのグラスに手を伸ばした。喉をごくごくと鳴らして一気に飲み干した。アイスペールの溶けた水をグラスに移し、それも飲んでから松川に「今からうちに来い」といった。夜を徹して松川にネットの情報を拾わせ、塚本が読み解いてみるという。

「相変わらずやることが速いな」

「もう錆びついてしまったと思っていましたが、いっぺんに戻ってきました。健さんのおかげです」

自分こそもうとうに錆びついていると思った。おれは戻ることなんて決してあるまい。

10

しばらく待たされたが、最後の曲目の前に係員に案内されて会場に入ることができた。二階の隅とはいえ、こんな急に二つ並んだ席が取れたのは奇跡だ、と松川は腹の底がまだヒヤリとしている。

はるか遠くに見えるステージで、松川も聞き覚えのある交響曲がいまスタートした。きれいな音が会場いっぱいに広がっていく。クラシックなど趣味ではない松川も体中が揺さぶられるような気がした。

ちょっと腰を伸ばし、前の人の間から一階席の前列を見下ろした。座席表と見比べながら目指す相手を見つけた。

「あの、右から五番目の白髪の人です」

松川が隣の塚本にささやいたが、座席表を手にした塚本はすでにその人を凝視していた。ネットや手に入れた週刊誌にいくつもの写真があった。松川が屋敷でじかに見たのとは別人のように端然としていた。

銀髪の指揮者に操られた音はいくつも重なりあいながら盛り上がり始めている。

ふいに塚本が松川の肩に手をふれ席から立ち上がった。そのまま廊下に出て行く。あわてて後を追った。人気のない階段を降り、一階のメインロビーに向かった。中央のドアを背にした長椅子に、スーツを着た大和田の姿があった。穏やかに座っているのに、辺りを払う空気感はとうていリタイアした還暦には見えない。

「思った通りでした」塚本が大和田の隣に座り込んだ。

「奥様は嫁さんと一緒じゃなかったです。誰か友達と来ていました。奥様が避けたのか、嫁さんが避けたかですよ」

「福田忠志も最初からそのつもりだったのかもしれないな」

塚本と福田家の資料を調べ始めて間もなく、松川は丸高百貨店も後援しているこのコンサートのチケットを、福田忠志に請われてプレゼントしたことを思い出した。福田は嬉しそうに「すまないね、お袋と女房が喜ぶぞ」といったのに、奥様の隣には、奥様と同年輩の女性がいた。

それは塚本が想像していた通りだった。

一昨日、松川と一緒に夜を徹して資料を調べ、昨日、広告代理店の社員や雑誌記者など幾人かの関係者に当たった塚本は、ブロッチの突然のキャンセルの理由について大和田に仮説を話した。

「福田家には深刻な嫁姑争いがあるんです。一昨日、預からせてもらったヒビとはそれなんです」

「どういうことだ」

「松川君が福田邸を訪ねたときチラッと見かけた光景というのが気になりましてね」

「どんな話だっけ？」

松川は、奥様と若い妻がすれ違った短い場面を再現してみせた。大和田に話さなかったのは、キャンセルに関係あると思えなかったからだが、塚本からは呆れるほど細部まで全ての場面と会話を聞かれ、そのことにも触れた。

ネットの情報や関係者の証言の中に、塚本の仮説を支える材料がいくつもあった。

結婚三年目になる福田マキは最近「ソフトエージェント」の経営にもくちばしを入れるようになり、社員に評判が悪いこと。福田の起業当初、実家に資金的にバックアップしてもらい、福田は親に頭が上がらないこと。結婚して間もなく父親が亡くなり、母親と福田夫妻は代官山の豪邸で暮らしていたが、最近は六本木のマンションにマキが別居し、福田は二つの住居を行ったり来たりしていること……、嫁姑の確執についてもいくつもの記事があった。

「一番びっくりしたのは、マキは以前ブロッチの広告のモデルをやっていたんですよ。いまそれほど人気でもないブロッチを十周年の記念品にするなんて不思議に思っていたんだけど、これで辻褄が合う」

自分が育てたと思っている息子の「ソフトエージェント」の十周年記念パーティーにくちばしを入れる嫁に怒った姑が息子に文句をいい、困った息子がとりあえずブロッチをキャンセルすることで母親をなだめたのだ、と塚本はいった。

「嫁姑かよ」

「あくまでも仮説です。観察しては攻め、攻めては観察して」

「そんな時間はないんだよ」

「よけい攻めるしかないでしょう」

ホールの中からこれまでと違う音が響いてきた。松川は盛大な拍手だと気がついた。交響曲が終わったのだ。間もなく客が出てくる。奥様もそのひとりになるのだ。

11

大和田と塚本はほぼ同時に、会場からあふれ出る人の洪水の中に奥さんの姿を見つけた。奥さんは友人と寄り添って会話しながら、人の流れに身を任せている。

大和田と塚本は流れの横から入り、そっと二人の後ろについた。松川は顔を見られないような場所に移動させてある。

会場の玄関を出て広い階段を降り、隣接する高層ビルの縁を回るところまで来て、二人が交わす言葉が耳に入った。

「よかったわ。ありがとう」

友人が声を震わせてお礼をいっている。

「今度はあたしにごちそうさせてよ」

そのまま二人は高層ビルに入っていき、大和田と塚本もあわてて後を追った。

女二人にわずかに遅れて、大和田と塚本は隣のテーブルにつくことができた。入るとき塚本がウェイターに万札を握らせて「いまのご婦人の隣に席をとってくれ」といったのには驚いた。ウェイターがその通りにしたことにもっと驚いた。

窓から手の届きそうなところに新宿の高層ビルの明かりが見える。目はそちらに向けたまま大和田の全神経は、後ろの席の会話に向かっていた。彼女たちはコース料理を注文したようだが、こちらはビールとオードブルを頼んだ。BGMで聞き取りにくかった声が、神経を集中しているうちに聞こえるようになった。

「……息子なんて、つまらないわ。何もかも、嫁のいうとおり」

奥さんの言葉に心臓が飛び上がった。ほとんど同じことを母にいわれたことがある。そのとき自分が聞き流したのか、そんな馬鹿なといったか今では覚えていない。

「そうかしら？　あんな立派な……」

友人の声のほうが小さかった。テーブルの幅の分だけ遠い塚本には聞き取れまい。大和田がこちらに席を取ったときから、大和田が奥さんを攻めるという暗黙の了解があった。いや嫁姑問題は自分も経験したと語った昨日からそうだったかもしれない。

「あの子は、ゼロから作り出したわたしの作品なのに、いまではみんな嫁のものになってしまったわ」

「何があったのよ」

友達が奥さんの大仰な愚痴に笑ったところに料理が運ばれてきた。奥さんの答えはウェイターの声と食器の音に消されたが、大和田はその声を聞き取れたような気がした。

「いいのよ、あなたの気持ちを通せば。忠志君が苦労していたころ、あなたがすごい応援していたの、あたしみんな知っているわ」

ウェイターがいなくなって友達の声がはっきり聞き取れた。奥さんの返答はない。

「あなたはすごい母親なのよ、あんな立派な坊ちゃんを育てたんだから。十周年くらい好きにやらせてもらいなさいよ」

それでも奥さんの返答はない。

ふっと気配を感じて後ろを振り向くと、奥さんが席を立って出口に向かうところだった。トイレだろう。

体をテーブルの上に折り曲げるようにして塚本にささやいた。

「きみの仮説があっていたようだ」

顔を近づけてきた塚本に聞いた。

「きみならどうする？」

「当たって砕けるしかありませんよ」

大和田は立ち上がりトイレに向かった。出口を通り過ぎるとき、ガラスの壁に自分の姿が映った。塚本があああいうだろうと聞く前からわかっていた。

「女子トイレ」の表示が目に入ったとき、頭の中は空白だった。どんな言葉も行動も用意されていなかった。

表示の前でちょっと立ち止まってから、ゆっくりと足元を確かめるように歩を進めながら通りすぎた。十メートルほど行ってぐるりと体勢を入れ替え戻り始めた。十メートルすぎてまた戻りかけるとトイレから人影が現れた。

奥さんだった。大和田に視線を向けることなく傍らを通りすぎようとする。松川から見れば老女だろうが、大和田には少し年の離れたお姉さんだ。

斜め前に立ち、軽く頭を下げてからいった。

「失礼ですが、福田忠志社長の母上でいらっしゃいますね」

びっくりした顔で大和田を見た。まだ足はレストランに向かっている。大和田の真っ白な頭から言葉が湧いて出た。

「私の母も奥様と同じことをいって私を怒りました」

足が止まった。

「お前は嫁さんのもんになっちまったじゃないか、と」

目が一杯に見開かれた。その中で不安と疑問が揺らいでいる。頭というより体の奥から、大和田がいままで思い浮かべたこともない言葉が湧いてくる。

「そんなことはないんです。息子にとって母親は永遠に母親です、いつだって自分の幸せの原点にいるのです、息子は、母親を幸せにしたいと思いながら大人になるのです」

自分でしゃべっている気がしなかった。

「母親にそうじゃないように見えたときは、息子は悲しんで、苦しんで、のた打ち回っているのです」

「うそっ」

「その苦しみに耐え切れなくて、私は逃げ出しました。そして母も妻も苦しめました、すみません」

誰に謝っているのか分からない。

「息子も母も妻もりっぱな大人なのに、この苦しみの前ではまるで子供です。お互いにお互いの心を奪い取りたくて、どうにもならなくなってしまう」

見張った目に潤むものが膨らみ始めた。それが大和田にも感染してくる。

「三人のうち誰かが大人になって、両手を広げて他の二人を受け容れれば平和が回復するのに、誰もそれができない。私は深く後悔しています。ときどき夜眠れなくなります」

潤むものが奥さんの目の外にこぼれ出そうとしたとき、奥さんはくるりと大和田に背を向けて逃げ出した。いや、女子トイレに駆け込んだのだ。

奥さんの姿が目の前からなくなって、自分の目から涙がこぼれたのに気づいたとき大和田は自分を取り戻した。まだ口にした言葉が自分のもののような気がしていない。奥さんがもう一度出てくるのを待とうとは思わなかった。

大和田が席に着くとグラスにワインを注ぎながら塚本がいった。

「うまくいったでしょう」

「どうして？」

「かかった時間がちょうどいい。健さんは口説くだけ口説いて、奥様は心を静めにもう一度トイレに行かれたんでしょう」

「お前って奴は」

感嘆の声になっていた。

五分ほどして奥さんが席に戻ってきた。一度座ってから奥さんは隣のテーブルに大和田を見かけて大和田のところへやってきた。

大和田があわてて立ち上がると、塚本も立ち上がって姿勢を正した。奥さんの目から涙の跡はなくなっていた。

「あなたは丸高百貨店の方なのね？」

「はい、先ほどは失礼を申し上げました」

大和田は深く頭を下げた。塚本はもっと深く頭を下げた。

「わたしが子供だったわ。わがままをいって息子を試そうとしてしまったの。恥ずかしいわ」

12

「オーさんて、やっぱりすごいわね」

綾子がカウンターの中から大和田にいった。焦点の少しずれた目が嬉しそうに細められている。

綾子のもとに「ソフトエージェントの記念品のキャンセルが元通りになった」と松川から連絡があったという。

大和田のところには昨日の真夜中、松川から電話が入っていた。今日は野々村と共に各フロアに謝りに行くから、「大和田さんにお礼に伺うのは少し遅くなります」と浮かれた声を上げた。

氷になじんだウィスキーを舐めながら大和田がいった。

「すごいのはおれじゃない、おれの昔からの友達だ」

「すごい友達を持ってこともすごいんだよ」

いま来たばかりのふーちゃんこと船木和夫は、まだ酔ってはいないからまともなことをいう。

「自分もすごい友達だって、いいたいんでしょう」

綾子の突っ込みに「するどい」とふーちゃんがずっこけて見せた。苦笑いをしながら大和田がつぶやいた。

「すごい友達ならあちこちにいたんだけど、みんな闘う場所から引き離されて、すっかりやる気を失っている」

なあ、と相槌を求められたふーちゃんが口を開く前に綾子がいった。

「どこへ行っても、闘えばいいじゃない」

綾子のように自分の城で目いっぱい闘っている女には分かるまい、と大和田は思った。会社から不本意な評価をされて先の見えてきたサラリーマンには、もはや闘う場所もなければ気力も失うのだ。

「それでね」綾子がいった。

「オーさんに、も一つ闘ってもらいたい話が出てきたのよ」

2話

埴輪の営業マン

1

細身の影が生き物のようにスーッとカウンターの内側まで伸びてきた。

「やあだ、くりちゃん、人を脅かして」

綾子が、焦点の少しずれた大きな目を見開いて甲高い声を上げた。ドアの傍らに男が立っていた。男は明るいグレーのスーツにえんじ色のネクタイをつけていた。

「すみません。突発事故で、遅くなっちゃいまして」

男はカウンターにいた社長こと浜村正夫には親しげな笑みを向け、その隣の大和田宏には丁寧に頭を下げた。

「ＡＹＡ」の看板の灯は落とされ、もう店内に他の客の姿はない。

「そっち、行く？」

綾子が奥のボックス席を、細いあごでしゃくったが、男は大和田の隣に座り込み肩で息をしている。

「どうしたの、そんなにげっそりしちゃって」

グラスを出してビールを注ぎながら綾子がいうと、男は目をしばたたかせた。将棋の駒を思わせる角ばったあごを持ち、太い眉も駒の書き文字を連想させた。

「ほら、この人があのすごおい、大和田さん」

綾子に促《うなが》されて男がいった。

「お待たせして申し訳ありません。さっきまで週刊誌の対応に追われていまして」

「くりちゃんて、そんなに有名人なの？」

「まさか。うちに奴らに狙われるようなことがあったんだ」

男はグラスを口に運びながら顚末を語り始めた。

男の名前は栗木光一、四十八歳。「新田自動車東京販売」の新宿店長になって一ヶ月になる。東京郊外の別の店で店長になってまだ半年しかたっていないのに、いきなりこの辞令が出た。

栗木の前任の新宿店長は、息苦しいほどの厳しいやり方で店の成績を急速に上げ、グループ店中に名前をとどろかせていた。毎月、営業マンに過大な営業目標を与え、強引に尻を叩くのだ。

「それがいけなかったのです」

営業マンの一人が、ノルマを達成するために顧客ではなく、買い取り業者に車を売るようになった。買い取り価格は新車の値段より二、三割安いから、一〇台売れば二台分、二〇台売れば五台分、五〇台売れば一二、三台分の代金を損することになる。

その営業マンは何とか損失を隠し通し、一年足らずの間に五九台を売り上げた。六〇台目にかかったときにっちもさっちも行かなくなり、直近の売上げ八〇〇万円を持って失踪してしまったという。

「ばかじゃないの。そんなこと続きっこないじゃない」

栗木の話に茶々を入れるのは綾子ばかり。大和田と社長はグラスに触れながら黙って耳を傾けている。

似たような話は百貨店業界にもいくらもあったし、社長は中国との取引で、日本ではありえないでたらめな経験をいくつもしている。このくらいの話では驚かない。

「それが結局、その営業マンを見つけ出しましてね。実家の父親が金持ちだったんで、何とか会社は損をしないことになったんです」

「親父は大変だ」

社長がため息交じりにいってシャツの腕をまくり、ぶっとい二の腕をむき出した。

社長は数年前に息子に会社を譲っている。何か身につまされるものがあったのか？

「まだ後があるんです。全部丸く収まった今頃になって『週刊時代』が嗅ぎつけて、新宿支店の周りをうろつき始めたんです」

「かっこいいね、くりちゃん」

綾子はミーハーの口調を変えようとしない。これもアイスクリームトークの変化球なのだ。綾子がミーハー丸出しを演じるから、客たちは偉そうに政治家の悪口をいい、経営者のやり方をバカにできるのだ。

「それで、とうとうこっちのほうから話をつけてもらったんです」

栗木は右手の親指を立てて小鼻を膨らませた。親指は親会社の「新田自動車」のことだと察しがついた。

「めでたし、めでたしか」

社長がいった。

「それがめでたくないのよ、ねえ、くりちゃん、そのことをいわなくちゃ」

ええ、と栗木は綾子の視線を意識したような気取った表情を浮かべた。

前任店長の、部下の尻を鞭《むち》で叩いてヤミクモに走らせるやり方は、短期的には効き目があっても、営業マンとしての本当の実力を育てるものではない。しかも店長も管理職も、綱渡り男の不正にうすうす気づきながら、成績のために目をつぶっていた。

新宿店のスタッフたちは、仕事の力を損なわれただけではなく、上司に対する不信感も植え付けられた。急遽リリーフに立たされた栗木がどんな手を打っても、ちっとも成績が上がらなくなってしまった。

栗木自身は営業マンとしてはまずまずの成績を上げてきたが、店長としての修業は、まだ半年しか積んでいない。それなのに、不祥事の責任問題をめぐる本社での綱引きのとばっちりで、修羅場に駆り出されたのだ。

栗木が口調を変えて大和田にすがるような目を向けた。

「先週、久しぶりにここに来まして、思わずママに愚痴を漏らしてしまったんです。そしたらすごい人がいるから会ってみたら、って急に電話をいただきまして」

「すごい人だなんて。私はただの世捨て人ですよ」

「何でもママの大ピンチを救われたり、丸高百貨店の大きな商売を成功させたりということをうかがいまして……、恥ずかしながらワラにでもすがりたい気分でして」

「そうそう、私はただのワラなんですが、たまたますごい友人がいたのでお役にたったということとです」

あ、すみません。栗木は失言に気がついたが綾子は気にも留めない。

「ねえ、すごいでしょう。能ある鷹《たか》は爪も牙も、何でも隠しちゃうのよ」

栗木がいった。

「ディーラー業界にも、そういうご友人をお持ちなんですか？」

突然、思いがけないことを問われ、問いとはすれ違う思いにとらわれた。

（おれは、なんだって、ここで、こうしてこの店長に話を合わせているのだろう？）

松川達也を助けたのは自然な流れだった。昔の部下だし、業界に土地勘もあり人脈もあった。しかし綾子のなじみ客のこのディーラーを助けるのは筋が違うだろう。

栗木はもう大和田が請け合ったと思い込んだように話し始めた。

「この十年ほどの間に、この業界はどんどん変貌しています。少子高齢化もあれば、若者の車離れもあります。ＩＴ化も進みました。新車販売から車検・保険、オリジナルグッズの売れ行き……何から何まで、店長は山ほど本部への報告業務をしないとなりません。月単位、週単位、土日単位なんてものもあります。ですから、以前のように部下の活動をいちいち丁寧に見ていることができないんです」

「なるほど」

百貨店もすさまじい変貌の波に洗われていたから想像がつく。

「そこに前の店長が道を踏み外した理由もあります。丁寧に管理していなくても、とにかく尻を叩けば営業マンは走り回ります。走り回った奴らがどこに売ろうと、売上げさえ上がれば目をつぶってしまう」

「あちこちに時限爆弾を仕掛けているようなものですな、いつかは必ず弾ける」

「それを心配していたら、今度は座して死を待つことになります」

た。

社長が浪花節をうなるようにいった。自慢の腹筋のせいか腹の底に響くいい声だった。

——進むも地獄、退くも地ごーくうぅか。

社長の肩に手をかけて大和田がいった。

「おれが浮世を離れている二年間で、日本中がそんな光景ばかりになったな」

「もっと前からだろう」

いわれて気づいた。自分が浮世を離れたのは、早期退職制度に応募した二年前ではない。さらにその二年前、突如順調なコースから外されて「定年待合室」に配置換えされてからだ。

必死で取り組むような仕事は取り上げられてしまったし、半端な仕事に力を注ぐ気にはなれなかった。それで浮世にいながら浮世との縁を断ってしまったのだ。そのほうが精神衛生にいい。

トンとカウンターを鳴らして、綾子が三人の前に小さなクリスタルグラスを置いた。三分の一ほど濃い琥珀《こはく》色の液体が入っている。

綾子が大きな目を細めて笑った。

「バランタイン17年よ。すごいでしょう」

「こんなのがあるんだ」

「もらいもの。たまには商売抜きで飲みましょうよ」

綾子がなんとしてもこの話をまとめたがっている気分が伝わってきた。なぜだろう？　栗木は綾子の男なのだろうか？

「舌がとろけるね」

社長がいった。大和田もその舌に絡んでくる芳醇な甘さを味わってから話を戻した。

「一般論ですがね、部下と向き合う時間が少なくなったとしても、向き合い方の基本は昔と変わらないんじゃないですか」

栗木は言葉を発しない。代わりに社長がいった。

「おれもそう思う。仕事の仕掛けは昔と変わったかもしれないけど、仕掛けン中にいる人間はぜんぜん変わっちゃいない。仕事の相手はいつだって、その変わらない人間だからね」

栗木はグラスを目の前にかざし、琥珀色の液体を見ている。視線はそれを貫いているようだ。その横顔に大和田が問うた。

「腕利きの営業マンだったそうですね」

「そうよ、あたしなんて、ちっともその気がなかったのに、いつの間にかくりちゃんから買うようになっちゃって」

「どうして？」

「どうしてかしら」

綾子の焦点のずれた目が一回転したが、すぐに首を左右に振った。

「忘れた」

「あ、そうだ」社長がけたたましい声を上げた。

「おれ、すごい人、知っている。これまで何人も車の営業マンと付き合ったけど、あんなに水も漏らさないような人はいなかった」

「どこの誰よ」

「それがふっと消えちまったんだ」

「消えたの？　すごい営業マンなら、後々までお客の面倒見てくれるでしょう」

「おれも不思議に思っていたんだ」

社長がよく日に焼けた顔を傾けた。

2

仏壇の前に座り、ロウソクにマッチで火をつけた。その小さな炎で線香に火を移し、線香立てに立てる。この匂いがすっかり好きになっている。

両手を合わせて目をつぶり百合子の顔を思い浮かべ、そのとき浮かんだ言葉を心の中でつぶやく。

（また変なことに巻き込まれそうだよ、ゆりこ）

断るほうが自然なのに断りっこないことが分かっていた。

ふいに綾子の台詞《せりふ》が耳元によみがえった。

ねえ、すごいでしょう。能ある鷹は爪も牙も、何でも隠しちゃうのよ。

おれはすごい人だっただろうか？　たしかに丸高百貨店では自ら手を上げるようにして、色んな仕事にチャレンジした。ブレークする前の何人もの若手デザイナーを登用する売り場を作ってデビューさせ、画期的なプロデューサーだともてはやされたこともある。彼らに厳しい注文を出し、限界ぎりぎりまで才能を引き出したと得意に思っていた。いま思えば愚かなことだ。もっと対等でのびのびした関係を作ったほうが、いいデザインが生まれただろう。

テナント任せではない自主編集売り場も大幅に取り入れた。自分でも奔放な売り場を作ったし、部下にも作らせた。あれでお客をとことん知った気がする。しかしいまひとつ中途半端だった。あれ以上、自由にやったら一つの部門が生きるか死ぬかになってしまう。会社からブレーキをかけられただけでなく、自分にもそこまでの度胸はなかった。しかしあのときの経験が百貨店マンとしての自分の土台を決めた。百貨店マンはいつだってお客に半歩先の素敵な消費生活を提案しなくてはいけないのだ。しかし、それがいつの間にか丸高の大半の経営陣の方針とすれ違ってしまった。

居間から着信音が聞こえた。あわてて飛んでいくと、脱ぎ捨てたジャケットの中で携帯が鳴っている。

「はい、大和田です」

「お父さん」

娘の真佐子だった。

「今度の週末、うちの近くまで行くのよ。寄ってもいい？　ずいぶんお線香も上げていないし」

「ああ、近所でうまい店を見つけたんだ、食わせてやるよ」

「あたしがお母さんの味を作ってあげるよ」

電話を切って小さな溜息をついた。百合子を介してしか真佐子とコミュニケーションできない猛烈社員の日々があった。ずいぶんと距離も遠かったろう。それの距離が百合子の介護を通して急に近づいた。そして、百合子が亡くなったいまのこのコミュニケーションは、まだ百合子に介されているというべきなのだろうか？

3

ボックス席で男と大和田、社長が向き合って座っている。男は「AYA」の店内に入ってから五分、まだ二言三言短い挨拶の言葉をいっただけだった。

男がしゃべらない空白を社長のお喋りが埋めている。社長は昔、自分の会社と自分の車が、男によってどれほど周到に管理されたかを話した。

「なにしろさ、車検なんて、こっちは一度も意識したことないんだ。この人の指示通りにやっていれば、いつの間にか終わっているって寸法さ。それでトラックの買い替えなんかもいつの間にかさせられてるんだ」

男は人のよさそうな笑みを浮かべたが、その話を膨らませて自慢をするでもない。視線は二人にではなくテーブルや壁に向けられている。

男の名前は森慎二郎、元新田自動車販売横浜店の副支店長までいった営業マンである。年齢は五十代に入ったばかりか、まだ黒々とした頭髪を七三に分け、黒っぽいジャケットを身につけ、最近テレビドラマでよく見かける渋い脇役を思わせる風貌を持っている。

「それで、どうして新田自動車、辞めちまったんだよ。驚いたよ」

電話で尋ねたときは要領をえなかったという問いを社長はさり気なく発した。

森慎二郎は不意に口を開いた。

「私は自動車営業が本当に好きだったんですよ。しからば自動車営業とは何か、それはお客さま第一に徹することだ、お客さま第一とは何か、お客さまのニーズを知ることだ、それにはどうしたらいいか、お客さまのすべてを知ることだ」

「なるほど」社長は軽く応じて再度問いを繰り返した。

「それならよけい辞めることなかったじゃないの」

森は目を閉じて話を続けた。

「浜村正夫、一九四九年生まれ、七二年××大学卒業後、就職もせず世界中をヒッピーとして旅する途中、八〇年にチベットで軽衣料メーカー・グッドリムの一人娘と出会いできちゃった結婚」

おい、そんなこと聞いていないだろうと、社長が分厚い掌《てのひら》で男の口を押さえようとした。大和田が社長の腕を押さえ込んでそれを止めたが、森は目を開くこともなく続けた。

「長男正太の誕生とともに、グッドリムの仕事を手伝うようになり、やがて角丸商事を通じて中国との取引を手がけるようになる。ところが八九年天安門事件をきっかけに角丸商事が中国から手を引き、浜村は自ら中国取引に乗り出す」

「分かった、分かった、もうよく分かった」

森が目を開いた。

「忘れられませんよ、私のお客さまの中でも、浜村社長は例外的に豪快な日本人ですから。まさか息子さんに会社を任せて、完全リタイアしているなんて思いもしなかった」

大和田が二人の会話に割り込んだ。

「あなただって、新田自動車をお辞めになったわけじゃないですか」

森はまっすぐに大和田を見た。社長の経歴をとうとうと解説したせいか、目にさっきまでなかった光があった。

「辞めたというのではなく、ちょっと長いリフレッシュ休暇を取っていたのです。そろそろまた現場に戻ろうかと思い始めていたときに、浜村さんからお話をいただきまして、これは神のご託宣かなと思いまして」

「ご協力いただけるんですか、ありがたいな。それなら栗木さんに会っていただかないと」

社長がいうと森は早口になった。

「会う前にミステリーショッパー風にちょっと支店を見てきたいんですよね」

「ミステリーショッパー？」

「覆面調査官です。支店の状態をこっそり観察したり、誰か営業マンに当たって接客態度を見てみて、その支店長の抱える課題をどう解決したらいいか、そもそも解決できそうなのか、考えてみたいんです」

「一度、支店長にお話を聞いてからのほうがよくはありませんか？」

「先入観を持たずにお店を見たいんです」

森の渋い表情には重みがあった。


「社長、本当だったのね」

カウンターにいた三人の客が一斉にいなくなり、ボックス席にやってきた綾子がいった。もう森の姿はない。栗木に森の話を伝えてからもう一度連絡すると決まったら、用事があるといって帰って行った。あまりの唐突ぶりにあっけにとられ大和田も社長も言葉を失っているところに綾子が声をかけたのだ。

「なんのことだ？」

「角丸商事の代わりに自分で中国と商売をやり始めたって」

「そんなこと、嘘ついても仕方ないだろう」

「スナックで嘘ついても正当防衛とおんなじなんだって、罪にはならないんだって」

「ママも正当防衛しているのか」

「あたしはいつもほんとよ。社長ひと筋っていっているじゃない」

大和田が茶化すように割り込んだ。

「おれにもそういったじゃないか」

「ああ、二人にひと筋だった」

「ふーちゃんにもいってた」

「お客さんにひと筋なの」

「気が多いな」

「そういうあたしが好きなんでしょう」

大和田と社長は顔を見合わせて笑った。確かにこんな綾子が嫌いじゃないと思った。

4

九時一分前。時計を確かめて栗木は店長席を立った。

事務スペースのある二階から一階のショールームまで、四分の三周している円形階段を下りながら辺りに目を配る。新田自動車でいま一番人気の「ペガサスS15I」がショールームの中央に置かれ、その手前のスペースに部下たちが集まっていた。私語を交わす者はなく固い雰囲気が漂っている。

毎日の朝礼には全スタッフが参加する。課長と七名の営業マン、事務が一名、工場長にサービス・フロントとメカニックと呼ばれる整備士が五名。

彼らの前に立つと、栗木はいつもとまどいを覚える。何をしゃべるか、一応の用意はしてある。しかしいざ口を開くと急に自信がなくなってしまう。

自分にこの人事を押しつけた本社の専務からは「あいつの二の舞だけはするな」と厳命されている。つまり部下の尻を強く叩きすぎて追い込むなということと、部下によく目配りをして不祥事を見逃すな、ということである。もう一度何かあれば専務の立場に影響してくるのだろう。

尻を叩きすぎるなといわれても、この新宿店にも通常の売上げ目標が課せられている。部下にそれを配分して、何としても達成させなければ、自分は店長としての責任を果たせないことになる。

この二律背反をどうしたら解けるのだろうか？

話し始めるとすぐ心の中にこの難問が浮かんでくる。自分でもまだ解答が出せないから話に迫力がなくなってくる。それでも話をしなくてはならない。

「ご承知のように、この週末も新車五台、修理が八件、点検が五件、ということで、お祭りのようだった日々が夢のような状況が続いています」

エコカー補助金が九月上旬で打ち切られるまで、栗木がひと月前までいた店も新宿店も大賑わいだった。それがぱったり止まってから栗木はここにやって来た。

「当分は待ちの姿勢でいくしかありません。それは本社でも、もちろん織り込み済みです」

まだコミュニケーションのよく取れていない部下たちの表情はさっぱり読めない。自分に直接向けられない虚《うつ》ろな目を見ながら、栗木はふっと埴輪《はにわ》を連想した。

「しかしただ待つのではなく、待ちの中に攻めを秘めておく。これこそ当社のお家芸です」

埴輪の空洞の目の奥に、嘲笑が見えた気がした。

「待ちの中の攻めとは、お客様との強い信頼関係を構築することであります。お客様が車を買いたくなったときに、いつも諸君らのことをいの一番に思い浮かべてくれるような信頼関係を作り上げるのです」

自分はそうしてきたつもりだった。それで毎年、営業成績上位一〇パーセントの「ゴールデンサークル」に入っていた。

「さらに欲張れば、お客様が諸君らの疲れた顔を思い浮かべたとき、そろそろ車を買ってやろうか、と思ってくれるような信頼関係を作り上げるのです」

若いころはよく飛び込み営業をやった。そうやって捕まえたお客と親しい関係になることができた。

「ウィークデーにお客の畑に種をまきに行って、週末にそれを刈り取る、収穫が少ないときはその分よけいに種をまく、カラスにほじくられてもまく、雨に流されてもまく。その繰り返し以外にわれわれに楽な道はないのです」

いくら種をまいてもなかなか収穫に結びつかない日々が続いている。

「お祭り騒ぎが終わったのは、うちだけではありません。ピンチはチャンスです。このピンチをチャンスに変えて、新宿店を元気にしましょう」

空咳がショールームの張り詰めた空気を響かせた。誰かは分からなかった。

「何か質問は」

いくつかの埴輪の目が少し左右に動いたが、誰も何も問おうとはしなかった。


朝礼が終わると、営業は二階のオフィスに、メカニックはショールームの裏手の工場へと戻っていく。

栗木はショールームをひと回りして、接客コーナーで、子連れの客のための熊のぬいぐるみをきちんと座らせてから、二階へ上がった。

営業課のミーティングが始まったところだった。

「ちょっと混ぜてもらおうか」

栗木は愛想よくいって営業課長の土居の隣の席に座りこんだ。

土居はフレンチブルドッグを思わせるたるんだ頰をゆがませてうなずいた。四十二歳になるこの男は、直属の部下の不祥事を見逃していたのだが、新宿店が長く実力もあるので不問にされた。ここへ送り込まれたとき、まず土居を取り込もうと、何度か喫茶店や飲み屋に誘って話を聞こうとしたが、心を開かなかった。ぼろを出すまいと用心しているのだろう。

土居は一人ずつ部下の名前を呼び、昨日の営業活動の成果をたずね、今日の予定を聞き出し、短いアドバイスをした。栗木に中身を知らせたくないと思っているような、隠語のような短いやり取りしか交わさない。

「野田君、あれどうなった？」

途中で栗木が口を挟んだ。他業種から転職して二年目二十五歳の野田のところで進んでいる商談が気になっていた。ミニバン二台の見積もりを出すところまでいっていたはずだ。

「お前、報告していなかったのか」野田を先回りするように土居がいった。

「敵の値引き攻勢がきついものですから、見送ったんです。一台、五〇ですよ」

顔色が変わりそうになるのをこらえた。本体価格二八〇万円のバンなのに、買う気がないとしか思えない値引きの数字だ。しかし穏やかにいった。

「それは話のスタートラインだろう」

「サンライズがそこまで引くっていうんですよ」

「サンライズ自動車東京販売新宿店」は「新田自動車東京販売新宿店」の最大のライバルだ。

「あっちの事務所にサンライズの営業が一緒にいたそうですから、本気でしょう、なあ」

「はったりだよ」

まだ大学生といっても通りそうな頼りなげな野田は、無表情でうなずいた。

ここから先が、栗木には分からない。馬鹿やろう、そんなことで尻尾を巻いて引き下がってきてどうするんだ、サンライズはただの当て馬だろう、といっていいのかどうか。馬鹿やろう、そんな大事なことをおれに了解も取らずに決めたのか、といっていいのかどうか。野田のほうを睨むべきか、半分は土居を睨むほうがいいのか。

店長席の肘掛け付の椅子に座りこんだ栗木は、椅子を回して壁に貼った営業マンの「達成表」を眺めた。新車の販売台数だけではなく、車検、保険……ごとに色を変え一目でわかる棒グラフになっている。前の支店では皆の前でグラフを指さし営業マンを叱咤していたが今は控えている。貼っているだけでもプレッシャーにはなっているだろう。

それから専用端末のキーを叩き始めた。土日の営業データをあらゆる角度から料理し、本社に報告する。この数年、本社から求められるデータが急速にふえている。しかし何だってこんなデータが必要なんだ、とはもう思わないようになった。

　ふと気がつくと端末の時刻表示が約束の時間になっていた。顔を起こし部屋を見渡した。営業の島には三分の一しかいない。土居がしきりと端末を覗き込んでいる。見積書でも起こしているのだろう。

　気配を消して立ち上がり、静かに部屋の前の廊下に出た。そこからショールームの接客コーナーが一望できる。

　奥にあるコーナーで、初老の夫婦を野田が接客している。自分に向けていた埴輪の目ではないが、客を引き込む安らかな笑みを浮かべているようには見えない。

　足音を立てずに階段の半ばまで降りた。そこまで来ると受付が見える。整備を担当するサービス・フロントと営業主任の加納が並んでいた。二人は言葉を交わすことなく入口を見ている。

　栗木はガラスの壁面越しに表通りを見た。目の動きだけで行き来する車の運転席を探る。彼らの車はここを通ってくるはずだ。あるいはもう駐車場に入っているかもしれない。

　再び入口に視線を向けて、はっと口をあけた。自動ドアの間を入ってくる大和田の姿があった。その後ろに七三分けの男が続いている。

　あわてて階段を上り、オフィスに戻った。自分がいては調査にはならない。デスクに戻りながら大和田の後ろにいた男の顔を思い出した。

あれが浜村社長のいった「すごい人」なのか。七三分けに小太りで地味なジャケット。現役を離れた人間の緩んだ雰囲気を漂わせ、ちっともすごい人には見えない。

小首を傾《かし》げた栗木の視線の先で土居が電話を取った。

「え、おれにかい?」

土居が驚いたようにいった。

5

「寿司清」のカウンターの後ろの十畳ほどの座敷に四人の男がいた。

大和田と社長、それに栗木と森である。

今日も「AYA」のボックス席を使おうとしたが、栗木が「もう少し静かな場所をお願いできませんか」というので、ここにした。ここなら障子を閉め切れば個室になる。「AYA」から最寄り駅の方向に歩いて三分、これまでにも店を閉めた後、綾子らを誘って立ち寄ったこともある。

最初の口上は社長がいったが、そのあと栗木と森は会話の口火を切るのをためらっているように見えた。森は塗《ぬり》の膳に置かれた刺身の盛り合わせに視線を落としているし、栗木はちびちびとビールを口に運んでいる。

社長と視線が絡んだとき大和田が思わず吹き出した。

「まあ、お二人ともそんなに遠慮されないで」

社長もよく響く低音で笑いながらいった。

「栗木店長、どんどん聞いちゃってくださいよ」

「申し訳ありません」と栗木がいった。

「私のほうからお話を切り出さなきゃいけないのに、辣腕《らつわん》の先輩ということで遠慮してしまって」

いえそんな、と森は口の中で小さくいった。

ようやく栗木が森に語りかけた。

「当店にいらして、ショールームもご覧になって、営業課長の土居君とお話しされたわけですが、いかがでしたか？　忌憚《きたん》のないご意見をください」

森は視線を合わせないまま話し始めた。

「あれだけの時間で立ち入ったことをいうのは申し訳ありませんが、なんといいますか、店の空気は死んでいました」

はあっと栗木は口を半分開けたがその先の言葉を見つけかねている。代わりに社長がたずねた。

「どういうことですか？」

「ショールームにお客さまが二組いらして、営業マンが相手をしていましたが、やり取りに生気は感じられませんでしたし、私たちもしばらく放置されていました」

栗木は太い眉の間にかすかなしわを立てたが、森のほうはスイッチが入ったようだ。目が先日の光を放ち始めている。

「やっとサービス・フロントが声をかけてきてくれて、土居さんを呼んでくれたのはいいのですが、土居さんは十分ほど話したら、ちょっと予定があるんでと店頭にいた若いのに引き渡されましたし、その若いのもやはり心ここにあらずの応対しかしてくれませんでした」

森は、新宿店の古い客から紹介されたということにして土居を訪ねている。

「店長が普通に店を把握しているときは、店内に生き生きした空気が漲《みなぎ》っているものです。それが少しも感じられなかった。もし店長がダメでも、誰か一人まともなプレーヤーがいれば、空気はどこか活性化するんですが、それもありませんでした」

大和田は小さくうなずいた。丸高百貨店の売り場でも同じことがいえた。責任者が自信を持って売り場を作っているとき、店員の動きの一つひとつにそれが伝わり、売り場の空気はまばゆい光を放っているかのように新鮮になる。大和田に任された売り場ではそれをやってきたつもりだが、ある時期もっと上から空気を澱《よど》ませる力がかかってきた。自分は結局それに押し流されたのだ。

栗木は角ばったあごを小刻みに揺らして口を開いた。

「いわれることは私も承知しておるんです。お聞きになったかと思いますが、新宿店は二重三重に足かせがつけられておって、身動きができんのです。森さんは副店長が長いということで、同じようなご経験があれば参考にさせていただこうかと……」

口調がすっかり防衛的になっている。そこまでいうと半分ほど残っていたグラスのビールを一口で飲み干した。すぐに大和田が注いでやった。

「ええ、それはうかがいましたが、店長は勘違いをされているんじゃないでしょうか」

「勘違い？」

「人事部から店長に下された指示は、つまり不祥事は起こすなということでしょう」

半信半疑にうなずいた。

「それは特別の指示ではありません、普通のことです。それを店長は重大に考えすぎたから手も足も出なくなった」

栗木は言葉を発さずまたグラスに手を伸ばした。社長が空気を和らげるようにいった。

「普通の指示なんだから、普通に店長をしていればいいっていうんだ、森さん」

森がうなずくと栗木がオウム返しにいった。

「普通に店長をする？」

「支店に与えられた目標をきちんとクリアするのが、普通の店長でしょう。営業マンに当たり前のノルマを与えて、それを達成するための普通の営業活動をフォローして、ダメな奴は叱り、成績を上げた奴は褒める」

「……」

「栗木店長みたいな方はいくら部下の尻を叩いても、追い込んで不祥事を起こさせるなんてありえません」

大和田の考えの先へ先へと森の言葉がいく。

「私と同じにおいがします。自分は追い込めても他人は追い込めない人のにおいです」

大和田は自分のやり方を思い浮かべた。自分は部下に納得ずくで計画を出させてから、その実現に向けて追い込んでいった。それでも他人を追い込むタイプに分類されるのだろうか。

森のスイッチはまだ入り続けている。

「私は副店長までしか経験していません。しかし私を鍛えてくれた店長のやり方ははっきりと覚えています。ダメな店長というのはそれぞれにダメなんですが、いい店長ってのはどこでも似ているようです。やるべきことを普通にやっているのです。私もその方のご指導で、普通が一番大事だと確信するようになって、お客さまの事情を絶えず把握して、それに合わせた営業活動をするようにしていたのです」

栗木の太い眉がかすかに動いている。

「営業マンのときは、営業に楽な道はないとみんな知っているのに、自分が店長になるといつの間にか、なんか近道がないかと誤解してしまう人が多いですよね。何でですかね」

そう自分に問うた後、森自身の回答が語られるだろうと思った。しかし不意に森の声の張りが落ちて言葉が乱れた。

「普通、当たり前、誰もが、知って、いる通りのことをやればいいんです。私が、感じたことは、こんな、ところですかね」

電源が切れたかのように森の言葉が途切れがちになり、目の光がすーっと消えた。

「どうしました？」

思わず大和田が聞いた。いえ、別に、といったが息が荒くなっている。栗木も驚いた表情で森を見詰めた。

「彼ら、大丈夫かね」

「ＡＹＡ」に向かう、盛り場の外れの道で大和田が社長にいった。森と栗木は「寿司清」を出たところでタクシーを拾い、帰って行った。

「森さんには驚いた。どっか壊れているね。あんなじゃなかったんだ」

「それで新田自動車から突然、姿を消したんだろう」

社長が連絡先を辿ろうとしても、途中のルートがなかなかつながらなかったのはそのせいだろう。

「いっていたことはまともだ」

「どうかな。普通普通ばかりいいやがって、ありゃ普通教の教祖だな」

「ほとんどの奴にその普通ができない」

「ほとんどの人にできないのなら、普通じゃないだろう」

「顧客の情報を覚えるのは営業マンとして普通だろう」

「おれのことをまだあんなに覚えているのは普通じゃないよ」

首をひねってから大和田がいった。

「普通にも幅があるってことだ」

「AYA」の入っている雑居ビルの階段を上っているとき、廊下に人の気配を感じた。向こうも気づいたようだ。

「あら、オーさん、社長」

ドアの前にいたのは綾子ともう一人、ふーちゃんだった。ふーちゃんは足元が覚束《おぼつか》ず綾子が腕を支えていた。

「なんだ、お前らこんなところで。怪しいぞ」

社長が大きな声を上げた。

そうらよ、あやしいんらよ、とふーちゃんが酔った口調でいうと綾子が笑い飛ばした。

「バカいいなさいよ。ふーちゃんが酔っぱらって、『AYA』まで辿り着けないというから、あたしが迎えに来てあげたんじゃない」

店に入ると、きゃーいらっしゃいと嬌声が上がった。カウンターにサラリーマン風の四十代が二人、ボックス席では七十前後と思《おぼ》しき白髪と禿がいた。禿のほうが麗華とマイクを握っている。麗華がそのマイクで三人に声をかけたのだ。

「ふーちゃん、もう今日はアルコール禁止よ」

カウンターの内側に入りながら綾子がいった。ふーちゃんはニコニコしてカウンターの真ん中に座った。大和田と社長がその両側に座った。

綾子はふーちゃんにウコン茶を出し、「お二人は」と聞いた。

「ビールだな」と答えるのに愛想良くうなずきながら綾子は奥の白髪頭に、「××さん、どこで練習しているのよ、うまくなりすぎ」と声をかけた。

ビールを出すのに綾子がこちらに尻を向けたとき、大和田が社長の耳元でいった。

「ママは偉いよな」

うむ、と社長が訊き返した。

「最初あんまりたどたどしかったので、この店、すぐに潰れるだろうと思っていたんだ。それが今じゃ、店中をすっかり掌握しているじゃないか。立派な経営者だ、これが普通のスナックのママのあるべき姿だよな」

なんか、あたしの悪口いっているでしょう、奥の冷蔵庫を開けながら綾子がいった。笑顔だけ返して大和田は続けた。

「しかしその普通が難しい、森さんのいうとおりだ」

ああ、と社長も小声で応じたとき、二人の前に綾子がお通しを運んできた。

「どう？　森さんて、すごーい人だった？」

「ああ、黙って座ればぴたりと当たる、だった」

「オーさんみたいにすごい人が、爪を隠してあちこちにいるんだ」

「出た！　アイスクリームトーク」

大和田が混ぜ返すのに乗らず綾子が妙なことをいった。

「オーさんが戻ってきたら、そんな人が次々と現れるっていうのは、オーさんが呼んでいるのかしら」

「オーさんじゃない、おれが呼んだんだ」

「オーさんも社長も一心同体でしょ」

「よしてくれ。おれはママと一心同体になりたいよ」

6

「忙しいところ、すみませんね」

「あ、いえ」

コットン地のパーティションに囲われたテーブルの前で、土居は落ち着かない表情をしていた。

栗木のほうから土居の予定に合わせて面談の時間を取ったのだ。何をいわれるのかと心配になるのも無理はない。

栗木はもうすっかり胆《はら》が決まっていた。

あの日、遠回りをして家まで送っていく羽目になったタクシーの中で、森はほとんどしゃべらなかった。

ワラにもすがりたい思いで浜村の提案に乗ったが、途中何度も後悔の念に襲われた。こんな内輪の恥をさらすような話をしていいのか、と。しかし会ってよかった。森は会う前に新宿店を視察したいといったが、視察しなくても栗木の迷いを解く方法を知っていた。たしかに「不祥事を起こさないこと」は、特別の指示ではない。そんなことを気にせずに支店長をやればいいのだ。

それからの三日間、栗木は脳を絞り身をよじるようにして考え込んだ。三日目の深夜、栗木はA4のプリンター用紙に太いマジックペンで「普通の支店長」と書き、自分の部屋の壁に貼った。それから声に出して「普通の支店長」といってみた。

翌朝、いつもより一時間早く出勤し、ショールームの清掃を始めた。隅から隅までモップをかけ、接客コーナーの椅子やテーブルをきちんと並べ直して雑巾で拭いた。掃除の途中で出勤してきた部下は、栗木を見て埴輪の目に戸惑いの色を浮かべた。

「おーい、手の空いている奴は手伝ってくれないか」

支店中に響く声でいっても、野田ともう一人がのっそりと現れただけだった。

その日の朝礼で栗木は部下たちに宣言した。

「昨日まで私は考え違いをしていました。この間の新宿店での残念な出来事に過剰反応をしてしまい、諸君に対して誤ったソフト路線をとっていました。諸君には申し訳ないことをしました。遅ればせながらそのことに気がつきましたので、今日からそれを改めることにします」

もう部下たちは埴輪の目でいられなかった。

「心配することはありません。ソフト路線からハード路線にするわけではありません。

誤ったソフト路線を普通のやり方に変えるだけです。新田自動車東京販売新宿店は普通のカーディーラーになります」

目の奥で不安が揺らぐのが分かった。

「エコカー補助金が切れて店頭は閑散としていますが、驚くことはありません。どの販売店も同じ条件にあります。その中で他店より少しでもよけい頑張れば、サバイバルできるのです。それをやりましょう。私は全力で諸君のバックアップをするつもりです」

朝礼を終えてから「これから営業課員と一人ずつ面談をするからスケジュールを作ってくれませんか」と土居に命じ、中一日置いた今日、店長席の後ろに急ごしらえした面談スペースに、トップバッターとして土居を呼んだのだ。

向き合って座ったとき栗木は笑みを漏らした。作り笑いではない。ブルドックの頬を持つ土居の黒縁のめがねの中のおどおど落ち着かない目がおかしかったのだ。

「朝礼のときにもいったようにこれまで私が考え違いをしていた。どこでもやっているように、われわれには果敢に目標台数を達成するしか道はないんだ」

「はあ」

「営業目標」という名のノルマは、営業マンの実力に合わせたものを与えている。土居は月間八台、最も新人の野田は四台、他の営業マンたちはその間でばらついている。

「もちろん土居課長のことは何も心配していませんよ。部下たちが必ず目標をクリアするように私と課長とでバックアップしていきましょう」

「はあ?」

栗木は用意していた営業課員たちのリストを土居に渡した。土居を筆頭に野田まで七名の名前とそれぞれの目標数字が並んでいる。

「この中で誰が一番心配ですかね」

土居はまだ栗木の話についてこられない。

「ミーティングの感じでは、やっぱり野田君かな」

「そうですね」

「四台ちゅう二台はいっているが、残り二台、二週間でいけますかね」

「大丈夫と思います」

「なら、新宿店は今月は目標クリアできるかな」

「そうしたいと思います」

「加納が、何か問題を抱えているようだけど」

社歴五年の加納は野田より目標が一台多い。ミーティングでトラブルをにおわせていた。

「いや大丈夫ですよ」

土居はいいきったが、栗木はその先は追究せずに、土居を抱き込むようにいった。

「これから、一人一人面談して目標達成を目指しますが、土居課長にもバックアップをお願いします」

土居の目が空を泳いだとき栗木はその両肩に手を置いていった。

「新宿店は土居課長で持っているとみんなが頼りにしているんだ、お願いしまっせ」

土居が出て行ったあと、用意していた台詞をいわなかったことを軽く後悔していた。

「不祥事に関してはきみに責任があるとは全く考えていないから心配せずに全力投球をしてくれ」という話の流れにならなかったのだ。彼がまだそのことを気にして用心深くなっているように感じていた。しかし唐突に持ち出せばかえって逆効果になるだろう。


翌日、午前中に面談となったのは野田だった。

面談スペースにやってきた野田の頬に、二人きりの密室に照れたような笑みがある。

「野田君はあと二台だったな」

「ええ、楽勝すっよ」まだ営業マンの口調が身についていない。

「リスト作ってくれたか」

予め《あらかじ》継続中の商談の一覧表を作らせてある。既存客と新しい客が半々である。ペガサスS14Ⅱ七年目のサラリーマン、八年目の公務員、バンを買い換えようか迷っている商店主、入社三年目の商社マン……。

一件一件を確認していく。野田はそのどれについても楽観的な見通しをいうが、根拠は薄弱だった。とうてい楽勝とは思えない。ふっと思い出した。

「東日テレビのディレクターがいただろう。あれはどうなった」

店頭でたまたま野田が接客した相手が東日テレビのディレクターだった。補助金の切れた店頭がどれほど閑散としているかを見物に来たのだが、十万円値引きセールがあることを知らされて、その気になったという。

「あれは土居課長がやっています」

「きみが担当してたんじゃないのか」

「いえ」

「どうして」

「テレビのディレクターなんて、私には無理ですから」

「課長にそういわれたか」

首を傾げ子供のような表情を浮かべた。土居に横取りされたようだが、それを店長に告げ口して土居を悪者にするわけにはいかないのだろう。

「きみ、楽勝とはいかんぞ。既存客のリストをもういっぺん洗い直して、材料別にまとめてごらんよ」

「材料別？」

「子供がふえたとか独立したとか、あるいは自分が定年を迎えたとか、はたまた燃費が悪いのに乗っているとか、お客が買い換えを考慮する材料だよ」

言葉が届いているかどうか分からなかったが喋り続けた。

「小さい子供と女房を連れ出して家族サービスをしなきゃならんときは大きめなワゴン車に乗っていても、定年後老夫婦だけになったら、小さな車で十分だって思うようになる。いまは燃費がいいってのが一番効き目があるぞ。みんな地球に優しく暮らしたがっているからな。もちろんきみもそうやって攻めているだろうが」

「ええ」

「でもな、材料別にリストを作り直して、セールストークを絞り込んでみろ、ずっとパワフルになるぞ」

ようやく野田の顔に素直な表情が浮かんだ。いつもこの表情を浮かべて営業の前線にいれば、野田はきちんとした営業マンになれる。

その午後、主任を呼んだ。これは三年前に北関東の地場系のディーラーを経て中途採用したという三十五歳。営業目標は六台である。

「ショールームは閑古鳥が鳴いているな。きみみたいな足で稼ぐ営業マンの出番だな」

主任は面喰らった顔をしたが、すぐにリストを開いて説明を始めた。もう土居や野田から店長面談の中身を聞いているのだろう。

説明が終わってからリストにないケースを訊ねた。

「息子さんに免許を取らせてやった奴があるじゃないか。あれどうなった」

主任は顔をしかめた。ターゲットは既存客の一人息子、十七歳になったときからときどき連絡を入れ、最年少で免許を取る方法を教えてやったといっていたが、うまくいっていないのだろう。

「父親の車に乗るからいらないなんていいまして」

「でも親父さんの車は、十八歳にはぱっとしないだろう」

父親はペガサスにもう六年乗っている。日本経済がちょっとだけ上向きかけたときに買い換えてそのままなのだ。

「大学生は自分じゃ買えませんから」

「そうすると四年後に就職してからを考えているのか」

主任がうなずいた。

「きみの営業は息が長いな。それなら君の六台は安心していられる。頼むよ」

7

対向車線の流れが切れたとき、野田はスルスルとハンドルを操って右折した。短い切れ目を野田は軽やかに捉えた。新宿店からここまで、野田の運転は、助手席の栗木にわずかな不安も感じさせなかった。車を本当に好きだということが伝わってきた。

表通りから一本入った角のコインパークに、ペガサスを乗り入れた。

「この先です」

車を降りて歩き始めると、野田の動きがぎこちなくなった。運転しているときの自由さが消えていた。

「なんて顔をしているんだ、鬼退治にいくわけじゃないぞ」

背中を叩いた。野田の大学生のような顔に中途半端な笑みが浮かんだ。

「おれたちは押し売りじゃないんだ。お客様に『何かお役に立てませんか』と申し出て、お客様のためになることをしてさしあげるんだ。もっと気前のいい笑顔ができないのか」

「はい」

中規模マンションに挟まれた古い二階家の前で、野田が栗木を振り返った。肩の高さの生垣が庭を囲んでいる。

野田が深呼吸をした。栗木に気づかれなかったつもりだろうが、スーツの胸が膨らんだ。野田が門扉のチャイムボタンに手を伸ばしたとき、栗木が声をかけた。

「ちょっと待てよ」

門の左隣に車庫がありシャッターが下りている。栗木はゆっくりとその前を通り過ぎ生垣のほうへ回った。野田が不審げな顔で後に続いてきた。家の外観を見れば少しは住人の状況が分かり、それがセールストークにつながる。

あ。野田が声を上げた。

生垣の向こうに人影があったのだ。声に驚いて人影がこちらを見た。視線は野田に気づいて柔らかになった。

「すいません」

野田が間抜けな挨拶をした。

「あんた、新田自動車の」

人影がいった。痩身でメガネをかけた白髪頭、黒っぽい厚手のセーターを着ている。小さな庭一杯に置かれた鉢の手入れをしていたようだ。男の視線が栗木に移った。栗木にも心の準備ができていなかったが、口が動いていた。

「村岡様。いつもうちの野田がお世話になっております。このたび新宿店長となりました栗木と申します。遅くなって恐縮ですが、新任のご挨拶に伺わせていただきました」

名刺を渡そうとすると、目の前の煙でも払うように手を振った。

「ダメですよ。うちは買い換えませんよ」

「それは野田から聞いて承知しています。ご挨拶だけです。新任店長として、野田のお客様をお一人おひとり訪問させていただいているのです」

「そんなこと、骨折り損でしょう」

「いいえ、村岡様は長いお客様でいらっしゃるので、いずれお役に立てるときが来ると信じております」

「いずれなんていっていたら、ぼくは死んじまうよ」

「何をおっしゃいますか、村岡様の平均余命はこれから二十年以上もあるのですよ」

昨夜、確認しておいた数字をいうと、村岡がメガネ越しの目を見開いた。

「本当ですか」

「ええ、今年四月一日改正のデータです」

「そんなに生きていたかないよ」

声から用心深さが抜けていた。

村岡邦夫、六十四歳。中堅メーカーを六十歳で定年となった後、去年まで嘱託で働いていたが、いまは完全にリタイアしている。長男は結婚してからもこの実家にいて、孫が一人。

二年前、八年乗ったペガサスS14ⅡをS15Ⅰに買い換えるはずだったが、見積もりにかかって間もなく脳梗塞で奥さんを亡くして、商談が吹き飛んだ。去年、転職してきた野田が村岡の担当となり、補助金と減税を材料に口説いても、「妻との思い出が詰まった車を換えたくはない」といって、買い換えようとはしないという。

村岡は、居間のテレビの音量を絞り、テーブルに麦茶を出してくれた。

「どうぞ、お構いなく」

「お茶だけだよ。車の話は無し」

「もちろんです」

息子夫婦は二人とも仕事を持っており、孫は保育園だ。村岡一人の二階家は静まり返り、広さが強調されている。

ちらちらとテレビに目をやりながら、村岡は民主党政権の批判を始めた。

栗木は話を合わせ、「なあ、野田君、村岡さんのおっしゃるとおり、期待を裏切られたな」と水を向けると、野田は普段より高い声で答えた。

「私はどの党になっても、そう変わらないと思っていましたから」

「若者がそんなことだから、あいつらの勝手にやられちまうんじゃないか」

村岡は部下をたしなめる上司のようにいった。生垣越しに顔を合わせたときの第一声よりずっと打ち解けていた。

やがて栗木は話の糸口を見つけ、用意していた言葉を切り出した。

「私の知人にも最近、奥様を亡くされた方がいるのですが」大和田のことを綾子から聞かされたのが印象に残っている。

「やはりショックで当分立ち直れなかったとおっしゃっていました」

村岡は息を呑み言葉を失っているが、ここを突破しなくては営業につながらない。

「その方、猛烈社員だったんですが、奥様の病気を知ってすぐ会社を早期退職して看病に当たることにされたのです。亡くなられたあとしばらくは記憶が飛んでいるくらいだったそうです」

「私もそうすりゃよかったよ」村岡が栗木の言葉をさえぎった。「私がいなくても会社は何にも困らないのに、油断していたんだ、こんな急なことになるとは思わなかった」

今度は栗木が言葉を呑みこんだ。

「何もかも女房に任せて、好き勝手にやっていた。あのとき、どうして気がつかなかったかね」

独り言のようになっていく。

「家じゅうに、いや家の外にも女房の幻が漂っているんだ」

栗木はただうなずいた。

「着物ひとつだって処分できやしない。だからダメなんだよ、おたくの買い換えの話は」

「ええ、よく分かります」

少し間をおいて村岡がいった。

「分かっちゃって、いいのか」

「申し上げたじゃないですか、いずれお役に立てる日が来るって、それまでお待ち申し上げています。私の知人も時間が心を和らげてくれて、いままた表に出て活動するようになっています。村岡様だってきっと」

言葉の真偽を確かめるように村岡は何度も瞬《まばた》きをした。


「君もきちんと話ができるじゃないか」

「いえいえ」

ハンドルを握る野田の体の中に、先ほどと違う思いがあるのが分かる。

「こっちが売りたい売りたいいっちゅうスケベ心をひとまず封印すれば、おしゃべりをしたい人は、世の中にいっぱいいいるんだよ」

「そうですね」

野田は目的のない世間話を一時間もできたことに驚いているようだ。

「会話をしていれば、そのうち君の訪問を楽しみにしてくれる人が出てくる。その中からやがて買ってくれる人が現れる。おしゃべりをしない一〇倍は確率が上がる。こういう相手を一〇〇件持ってみろ、いつの間にか買ってくれる客が雨後の竹の子状態になる」

「私、おしゃべりは苦手なんです」

「相手の話をよく聞いて、思った通りのことをいえばいいんだ。偉そうな意見より若者の素《す》の話を聞きたいという人はいくらでもいる」

「そうですか」

「次のお客様んところでは、おれは黙っているからな」

野田がうなずいた。次は地元のマンション持ちである。野田が奥歯を嚙み締める音が栗木の耳まで届いたような気がした。

8

ドアを開けると、カウンターの真ん中に馴染みの姿がふたつ並んでいた。

「あら、オーさん、いらっしゃい」

綾子の威勢のいい声に、社長とふーちゃんが、くるりと体を回して大和田に目をやった。

二人は尻をずらし真ん中に席を空けた。大和田は、ボックスシートでサラリーマンに囲まれている香織に目をやりながら座った。香織は接客用の嬌声を上げている。

大和田は紙袋をカウンターに置いて、綾子にいった。

「これさ、一昨日、娘が来て、いろいろ作ってくれたんだ。常備食だとさ」

「娘の手料理まで使ってママを口説く気か」

社長の言葉を聞き流して綾子が袋の中からタッパーウェアを取り出した。まず大きいほうを開けた。

「おいしそうな肉じゃが!」

綾子が小鉢に少し移しひと口食べた。

「まあ、おいしい!」

もう一つは、真佐子が「おからとひじきの炒り煮」といった一品だ。それも味見をして「おいしい」と頰を押さえた。

「オーさん、自分で食べればいいのに」

「その三倍もあるんだ。一人じゃ食べきれない」

「いいお嬢さんね」

綾子はいくつもの小鉢に取り分けた。カウンターの彼ら三人にそれを出してから
「かおり」とボックス席の娘を呼んだ。

オーさん、いらっしゃい。やって来た香織は大和田の背中に体を預けるようにしていった。

「これね、オーさんのお嬢さんが作ったんだって。おいしいわよ。あっちのお客様にもおすそ分け。……いいわよね、オーさん」

「ああ」

香織が小鉢を持って戻ると間もなく、ボックス席から声が上がった。

オーさん、ご馳走様です。

大和田が振り返ると、三人の客がいっせいにこちらを見ている。ここで顔見知りくらいにはなっている男たちだ。

「うまいね」

一口食べたふーちゃんがいった。

「あたしのより?」

綾子が顔を近づけ、すねたふりの台詞をぶつけた。

「そりゃママには勝てないよ、どこの女の料理だって」

ふーちゃんはうまくかわした。まだそう酔っていないのだろう。酔っていないときは別人のように真面目なところを見せる。

「なんか聞いているかい?」

社長が小声で問うてきた。すぐに問いの中身が分かった。

「店長が、いちいち報告してくるわけないだろう」

「そりゃそうだ」

「そっちは?」

社長もすぐに分かったようだ。あの日、急に電池切れを起こして帰っていった森慎二郎のことだ。

「心配だったから電話をしたよ。あのあと店長とメールをやり取りしているらしい」

「そうか?」

意外だった。二人の間に目に見えない火花が散っていたから、あのまま縁が切れるかと思っていた。

「あの普通教教祖、オーさんのこと気に入ったらしい、また会いたいってさ」

「あたしと一緒」

綾子がすかさずアイスクリームトークを繰り出した。

「ママは独身なら誰だっていいんだろう」社長が割り込んだ。「おれだって独身のようなものだぜ。女房とはもう十年も清らかな仲だ」

「こっちは、ようなものじゃなくてホンモノのホンモノ」

ふーちゃんがいった。綾子は聞こえないふりをしている。

「森さん、あのあと大丈夫だったのか」

「久しぶりに大勢の人と話したからだといっている」

「そんな簡単なものとは思えないけどね」

「ご本人はもっと人前に出て、人に慣れるようにしたいそうだ」

人に慣れればあそこから立ち直れるのだろうか？


ドアが開いた気配がしたと同時に、綾子が甘い声を上げた。

「いらっしゃーい」

振り返ると、モデルのようにスマートな男が大和田に笑いかけていた。松川達也だった。

おう、といったとき、その後ろに松川より首一つ背が低く、一回り大きな横幅の男がいるのに気づいた。丸高百貨店新宿店販売部部付部長の塚本冬樹だった。

「塚ちゃん」

「健さん、お邪魔します」

社長とふーちゃんが席を移って隣同士となり、大和田の両側に松川と塚本が座った。三つのビールのグラスの縁を合わせてから、大和田が塚本にいった。

「何か、用事か」

「用事がなきゃ来ちゃいけませんか」

「おれは『AYA』の応援団だから、客が来るのはいつでも大歓迎だよ」

応援が足りないわよ、耳ざとい綾子が言葉をかけてきた。

「この間は、久々に面白かったです」

「お世話になりましたって、おれがいうことじゃないか」

大和田は松川の頭を軽く叩いた。

「お礼をいわれたくてここへ来たわけじゃなくて、他にもご注文がないかと思いましてね」

大和田は驚いて塚本の顔を正面から見た。

「どういう意味だ？」

「このままじゃ、定年までずっとあそこに塩漬けです」

「いやなら、辞めりゃ、いいじゃないか」

「辞めたら食えません」

「きみならどこでも雇ってくれるだろう」

「五十後半の男を、誰が雇うもんですか」

「それなら、いろよ」

「まったくう」塚本は肉付きのいい顔をしかめた。「健さんの世界は白か黒かだけで、できているんだから。……人の世はほとんどグレーゾーンなんですよ。だから健さんほどの人が営業部付なんかになるんですよ」

　虚を衝かれた。

（おれはそんなに白か黒かだけの男だったろうか？）

　自問にすぐ答えが出た。たしかにそうだったかもしれない。おれにとって白と黒の狭間はグレーではなくて、ただ無意味な背景だった。無意味な背景に退くことなんかしたくなかった。だからおれはあいつらに「進むのか退くのか」と正面から戦いを挑んだ。おれは百貨店を自己否定するようなチープなテナントを大量に受け容れたくなかったのだ。だから猛然と異を唱えた。匿名だが、ビジネス雑誌に反対の弁まで書いた。気がついたら、こちらの陣営にはおれ一人しかいなかった。おれをそそのかしたはずの副社長も東京店店長もおれに背を向け、まだ丸高百貨店で大きな顔をしている。みんなヘドロのような灰色地帯を右往左往しているのだ。

「健さん、起きてる？」

塚本が目の前で掌《てのひら》を振っていた。放心しているように見えたのかもしれない。

「それで塚ちゃんはどうしたいの？」

「この間みたいに、私にお手伝いできる仕事を回してくれませんか。たまには実弾の飛び交う前線に出たいんだ」

「おれは口入れ屋じゃないぞ。仕事が目の前に降ってくるわけじゃない」

「降ってきたときでいいから、心がけておいてよ」

「そんなに降ってこないよ」

そういったものの、頭の中で何かいい話でもないかと考えている自分に気づいていた。

ふーちゃんと社長はすっかり酔っ払い、額を突き合わせるように、聞き取りにくい言葉を交わしている。

松川は香織に腕を引かれてボックス席の男たちに合流し、カラオケに興じている。

大和田の隣の塚本も口調がしつこくなり同じ話を繰り返し、ときどき目をつぶっている。

一人取り残された大和田に綾子が顔を近づけてきた。

「怒らないでよ」

「おれがママに怒ったことなんかあるか」

「紳士みたいな顔をして、本当は厳しい人なんだから」

「本当なんてないから、いってごらんよ」

「オーさんたちって、ブレーメンの音楽隊みたいね」

すぐに理解できなかった。

「みんな、力を出す場所がほしいのよね」

おぼろげなストーリーを思い出した。たしか老いた動物たちが次の活躍場所を求めて、飼い主の家を飛び出すという話だった。どんな動物がいたのだったろうか？

「おれは豚か？」

「豚よりロバでしょう」

ロバなんて出てきたっけ？

9

高層ビルの影が驚くほど長く伸びて街にも車道にも闇が漂い始めた。車の明かりやネオンが不意にそこここに浮き立つようになった。

栗木は加納と並んで営業用自転車のハンドルを握っていた。新宿店の営業マンは遠い顧客先には車で行くが、近いところは自転車で行く。

「店長がご一緒なのだから車にしましょうか」

加納がいったが、「いつもの通りにしよう」と栗木が自転車を選んだ。

二人とも黙々とペダルを踏み込んでいる。向かっているのはこじれた客だ。こじれた客の前に店長が出ることは最後の手段とされているが、面談で「いま一番困っていることはなんだい」と聞いたら、加納はいいにくそうにそれを口にしてきた。自分が引き出した難問を前にして引き下がるわけにはいかない。

客とこじれる理由には様々あるが今回は最悪のものだった。納車は済んでいるのに客が代金を払ってくれないのだ。

ニューペガサス二五〇万ちょっと。契約時に二五万円を受け取っているが、納車時に払ってくれるはずの残金を受け取れなかった。

　五年前から新宿店の客で、車検も保険も扱っているからと安心していたら、納車の直前に会社の経営者が替わっていたのだ。新しい経営者は言を左右にして、一向に支払ってくれないという。

「どうするつもりだ」

　打ち明けられたとき、正面から加納に訊ねた。

「厳しく督促《とくそく》するつもりです」

「今までだって厳しくやったんだろう」

「もっと本腰を入れます」

「どうやって本腰を入れるんだ」

「いざというときは車を引き上げるつもりです」

「引き上げたこと、あるのか」

　加納は首を振った。栗木にも経験はなかったが、同じ店で先輩が手掛けたのを見たことはあるし、話だけならいくつか聞いている。金を払わない客はなんだかだいって引き上げを阻止しようとするのでかなり揉める。自分がしゃしゃり出たのに揉めさせたら、かえって加納になめられるだろう。それでも同行することにした。これは普通の店長の流儀でないことは意識していた。

もう誰もいない児童公園の奥のベンチに栗木はいた。ベンチの傍らに二台の自転車が停めてある。一緒に行くはずだったが、公園の前まで来たとき、加納が「最初は自分だけで行ってみます」といい出し、栗木はここで待つことになった。

公園を縁取る木々の間から「光進商会」の建物が見える。中央の窓に明かりが灯り、人影らしきものがときどき動くが、加納かどうか分からない。

着信音が鳴った。栗木は立ち上がって、歩きながらポケットの携帯電話を取り出した。発信者は森慎二郎だった。

――ご健闘のご様子、喜んでいます。カプセルホテルの件ですが、部下たちには知られないほうがいいと思います。店長と部下の力の入れ具合にギャップがありすぎると、付いてこれなくなる可能性がありますから――

昨夜、送っておいた報告の返信である。最初に会った翌日、お礼のメールを入れたら、向こうからも返信があった。それからときどきやり取りをしている。

森があの日あんな状態にならなかったら、あれっきりだったかもしれない。送っていくタクシーの中で森が漏らしたのだ。

「すみませんね。ちょっとどこか脳の配線が切れているらしいんですよ。リハビリ中なんです」

「こちらこそご無理をお願いしました」

栗木は「送信ボックス」で昨夜の報告を確認した。部下は少しずつ気持ちを開いてくれています。

――お世話になります。事務作業の時間が取れないので、夜中にかかってしまい、この数日カプセルホテルの常連となっています――

森のメールに納得がいった。この数日、歌舞伎町の裏手のカプセルホテルに連泊しているが、少し遠回りをして、部下に見つからないようにしよう。

視線の先でふいに「光進商会」のドアが開いた。内側からの明かりが道路にあふれ出た。

その中に加納の体が勢いよく現れた。誰かに突き飛ばされたように見えた。人の怒鳴り声も聞こえる。助けに飛び出そうとして踏みとどまった。せっかく加納が一人で行くといったのに、姿を見せては台無しにするかもしれない。

加納が小走りでやってきた。栗木の前まで来ると急停止して大きく肩で息をした。

「どうした、暴力でも振るわれたか」

「いえ」息切れしている。「暴力は振るわれませんでしたが、最初から最後まで怒鳴っていました」

「代金はどうなった？」

「だめでした」

「この後、どうするんだ？」

「毎日通います」

「見通しはあるのか？」

「分かりませんが、普通の営業マンにはそれしかできません」

思わず笑みが浮かんだ。

「わかった、それをやってみろ。どこかでおれもきみの上司である普通の店長をやってみる」

本社にこういう案件を扱う部署がある。なんでも持ち込んでいいわけではないが、こちらがやれるだけの手を打った後は引き取ってくれるはずだ。

10

「このあいだのアレな」

大和田が切り出すと、綾子の瞳に映った店の照明がキラキラ動いた。「アレ」が何か、探り当てようと考えをめぐらせているのだ。

「ママのいったような話じゃなかったぞ」

「ロバさんに呼ばれて、すごーい動物たちが集まってくるんじゃなかったっけ？」

綾子は最初から「アレ」が分かっていたようにいった。大和田はネットで正しいストーリーを調べてある。

「ぜんぜんすごくない動物どもが集まってきて、最後は怠《なま》け放題の暮らしをするんだ」

「それってすごいじゃない。最高の贅沢よ」

「じゃあ、おれは贅沢なのか」

「オーさんはまだ敵をやっつけていないもの。贅沢はそれからのこと」

おれの敵、何のことだ？　と思ったとき綾子が保温庫からお絞りを取り出し、トイレから戻ってきた社長が大和田の隣に座ると同時にそれを渡した。体内時計が店内中の客に合わせてセットされているかのようだ。

宵の口は賑やかだったという「ＡＹＡ」だが、大和田が来たときは、ボックス席で麗華の肩を抱くように話し続けている老人と、カウンターの社長しかいなかった。

「社長はイヌがいい？　それともネコ？」

綾子に問われ、社長は問いの背景を聞かずに答えた。

「そりゃイヌだ。ネコはうちの女房みたいに自分勝手で可愛げがない」

社長はときどき女房を野良ネコにたとえて悪くいうことがある。

「それは社長が悪いのよ」

「どこが悪い。おれは散々稼いで、女房に何の苦労もない生活をさせてるんだ」

「社長は都合の悪いことはすぐ忘れるんだから」

奥さんは、社長が会社を息子に譲って引退する直前まで経理を手伝っていた。胃に穴の開きそうな危うい資金繰りを、二人で何度も切り抜けたと得意げに語ったこともある。

二人のやり取りは大和田の耳を掠めていく。さっきの綾子の話とこれから来る男が、頭の中で絡み合っているのだ。

「遅いな」

腕時計を見て社長が話題を変えた。

「あれじゃ、どこでパニックが起きるか分からないからな」

「おれもそういったけど、来たいんだってよ」

社長のジャケットの胸で着信音が鳴った。あ、これだ。社長は立ち上がってドアの外へ出た。その隙に綾子に問うた。

「敵って誰だい」

「なんだっけ？」

「おれがまだ敵をやっつけていないって」

「男子たるもの敷居をまたいで外へ出たら、七人の敵がいるっていうじゃないの」

綾子は大和田を煙に巻いて、焦点のずれた目をうれしそうに細めた。

出まかせかよ、といいかけたときドアが開き、社長と森慎二郎が姿を現した。

社長に促され森が大和田の隣に座った。コートの下は毛玉の付いたセーターだった。

「先日は失礼しました」

「大丈夫ですか」

「私、間違っていました」

社長と大和田が顔を見合わせた。

「もっと早くに仕事の前線に戻るべきでした」

あれじゃ無理でしょう、思わずいいかけた。

「情けない姿をお見せしましたが、後になって、皆さんと話をしてるとき、気分が爽快だったことに気づきました」

森は何度か咳払いをしてから続く言葉を口にした。

「私、会社を辞めたんじゃなくて、行かれなくなったんです。医者にうつ病といわれましたが、私は自分で燃え尽き症候群だろうと思い込んでました」

社長が森の肩越しに大和田を見た。

「まあゴールデンサークルまでしかいけませんでしたが、私の限界を超えていたんだと思ったのです」

社長の細い目が見開かれている。

「医者は薬と並行して認知行動療法をやるように以前から勧めていました」

「認知行動療法？」

森は、大和田には初耳のその治療法について説明した。

患者がどんなときに気分の落ち込みや空虚感などうつの症状を感じるのかを精神科医が調べ、その背景にある患者自身の自縄自縛《じじょうじばく》の精神の偏《かたよ》りを調整することによってうつ症状から回復するのだという。

「あなたは、仕事はやるべきことの塊で、成果にしか意味がないと思い込んでいるようですが、実際は結構お客さんとのやりとりや気に入った車を手に入れて喜ぶ顔を楽しんでいたじゃないですか、なんて……。これまでそんなことで治るはずはないと思っていたのですが、今回は驚きました」

社長がまた大和田を見た。

「栗木さんにアドバイスをしていることがどうやら認知行動療法になっているようなんです。私が苦痛と思っていたことを、偉そうに栗木さんにアドバイスすることで前向きに見られるようになった」

「なるほど」

「だからしばらくは少し遠くから栗木さんにくっついていて、また仕事の前線に戻れるようになりたいんです」

「あら、ここにも闘いたい人がいた」

三人の前にやってきた綾子が白い歯を見せた。

「栗木さんはよくやっておられる」

森が携帯を取り出し、一通のメールを大和田に見せた。

——同行営業は二順目に入っています。みな少しずつ素直になっています。まだあまり結果が出ていませんが、私が彼らの倍は働いているということが説得力になっているようです。ところで森さんは納車した車を引き上げたことがありますか？　一件、代金をもらい損ねているのがあるのですが……。経験があるようでしたら教えていただけませんか——

大和田も外商にいたとき代金を回収できなかったことがある。あのときは品物を引き上げて問屋に引き取らせることができたが、悔しい思いは長い間、消えなかった。

「どう返事をされたんですか」

「当社には顧問弁護士がいて色んなケースに対応していますから、相談するようにアドバイスしておきました」

「当社、ですか。森さん、もう立派に前線に出ているじゃないですか」

「こんな気楽な立場で誰かの助っ人をできるっていうのはいい気分です」

「おれは人の不幸は蜜の味ってほうだな」

社長がいうと、綾子が頬を膨らませた。

「まったく、社長はへそ曲がりなんだから。助っ人をするのは蜜の味っていってごらんなさいよ」

「ママのこのあたりなら蜜の味だ」

社長は綾子の、かすかに谷間の見える胸に太い腕を伸ばした。届く前にママがぴしゃりとその手を叩いた。

11

ネオンが輝きを増し人が舗道にあふれ始めた新宿通り。ペガサスのハンドルを握っている加納は渋い顔を緩めない。

「納得できないのか？」

助手席から栗木が問うてもはっきりとは答えない。言葉にしない思いが加納の中で膨れ上がるのが分かった。

十分前に別れてきたばかりの新田自動車販売の顧問弁護士は、「光進商会」に残金二二〇万円強を分割払いで払わせるようにとアドバイスした。無理に車を引き取って裁判沙汰にでもなったら面倒だという。栗木はどちらでもよかった。どちらにしろ、加納に決断させて自分は粛々とそれに対応するだけだ。

「どちらにするんだ。分割払いなら売上げにカウントされる。引き上げればなしになるぞ」

「あんなやくざみたいな奴、分割に応じても払ってくれるかどうか、分かったものじゃありませんよ」

「それなら引き上げたっていいんだぜ」

また黙り込んだ。

「きみに重荷だったら、土居課長に同行してもらおうか」

ここまで決めたら遂行は店長が出なくてもいいだろう。しかしハンドルを握ったまま加納が首を左右に振った。

「おれが課長に話してやるよ」

「まずいすよ」

面談をするようになってから、若手の営業課員が土居を恐れていることが分かってきた。土居は新宿店に前の前の店長の時からもう二十年近くいる。誰よりも店の事情に詳しく、既存客の引き継ぎや新規顧客の配分などで、店長も及ばない権力を振るうようになったらしい。

　どうしたらこいつに協力させられるか、土居を観察しながらその方法を模索している。北風と太陽なら、間違いなく太陽の手法だが、今のところ土居は、いくら陽射しを強めてもコートを脱ぐつもりはないようだ。あの台詞を自然に伝える機会もまだない。


　店に戻り店長席に着くとすぐ野田がこぼれそうな笑みを浮かべてやってきた。軽く頭を下げ面談用スペースに入っていく。内緒の話がしたいというわけだ。

「世間話ができるお客が増えてきました。売りたい売りたいという気持ちを出さなきゃ、心を許してくれるんですね。村岡さんなんか、毎日話しに行っても大丈夫って感じです」

「それはよかった。それで今月の目標はクリアできそうか」

　急に顔が曇った。

「四台の目標がクリアできなかったら、きついやろう」

　三台ではほとんど歩合が付かないから基本給だけになる。基本給だけでは独身とはいえ生活は厳しくなる。

「店長、売りたい売りたいのスケベ心を封印しろって」

「世間話ができる客は間違いなくこれからのお前の財産になる。でも今月の目標もクリアせな、あかんやろう」

以前から部下を追い込むとき、つい関西弁風になることがある。野田は泣き出す前の子供のような顔になった。

「ホット・リスト持ってきてみろ」

近々、成約できそうな感触のある客のリストを別に作らせている。

野田はすぐに戻ってきて、数枚の書類をテーブルの上に置いた。ホット・リストといいながら、栗木がここに来た二ヶ月前からあまり入れ替わりはない。

栗木は一件ずつリストを指で差して、前回、状況を確認して以降の進展を質《ただ》していく。

「これは」

「あのままです」

「こっちは」

「一度近くを通ったんで、お寄りしました」

「それで」

「もうじきご主人が退職するから憂鬱だなんて奥さんの愚痴を伺いましたが、スケベ心は出しませんでした」

「それはいいことだが、目標をクリアすることも目指さんとな。きみ、スケベ心を出さない接客はもう免許皆伝だから、今度は泣き売《ばい》をやってみるか」

「泣き売？」

「あと一台売れないと目標が達成できません、そうなると基本給しかもらえませんので家賃が払えません、といってお客さんに泣きつくんだ。やったことないか」

野田は首を一度タテに振ってからすぐヨコに細かく振り始めた。

「何も本当に泣かなくていい。気心の知れた客の中で近い将来、購入の可能性がありそうな人に、それを少し早めてもらえるよう、同情心をあおるんだ」

野田は口を半開きにしている。

「ぜんぜん買う気のない人にはダメでも、一年後に買うつもりがある人なら早めてくれるかもしれない。値引きとかいろんなサービスも付けるんだ」

表情が少し動いた。

「誰かいけそうな人いるか」

首を小さく傾けた。

「村岡さん、どうだ」

「ダメですよ」

「おれも一緒に行ってやろうか」

「ダメですよ。いい感じで話ができるようになったばかりですから」

「いいか」と口調を変えた。「長期的な財産客を育てるのはもちろん大事なことだが、その月ごとの目標をクリアするのが営業マンなんだぞ」

「……」

「おい、営業目標はいつだって必達だぞ」

栗木の語勢に頭を押さえられたように野田はこくんとうなずいた。

店長の席に戻ってパソコンを開きデスクに堆《うずたか》く重ねられた報告資料に向かった。

キーボードを叩いていると信じられないほど速く時間がたつ。ようやく書き上げて顔を上げると営業フロアには誰もいなかった。頭の芯の部分が充血して痛くなっているのが分かる。

携帯をチェックすると幾通かのメールが来ていた。送信者に〈森慎二郎〉の名前もあった。

——さっきまでAYAで、大和田さん浜村さんと会っていました。栗木さんの話で持ちきりでした。同行営業の成果はいかがですか。何かありましたら、なんなりとご要望ください——

返信を送ることにした。

——ご親切なお申し出、ありがとうございます。いろいろありながら、おかげさまで一応順調です。当支店で三人もの店長を経験した営業課長が、二重権力構造を作っているようです。この課長を突破したら、すべてがうまく流れるような気がします

――

店の裏手に見つけたラーメン屋でビールを一本飲み、タンメンを食べてから栗木はカプセルホテルに向かった。

12

「オーさんがいれば、ママはすぐにアフターOKだもんな」

大和田の目の前で社長が茶化すようにいった。

「オーさんはシャチョウとちがってシンシだからね。お尻とかさわったりしないし」

麗華がたどたどしい日本語でいって社長の背中を叩いた。

「あれは勘定に入っているんだから、文句いわれることはないだろう」

「本当にとるわよ」と綾子がいい、「ごめんごめん、まけといて」と社長がいっても誰も相手にしない。もう何度も繰り返された戯言《ざれごと》だ。

「AYA」から三分ほど駅に寄ったところにある寿司屋「寿司清」。カウンター席の後ろにある狭い座敷の二つの卓をつなげた。

麗華と社長が隣り合い、向かい側には綾子を挟んで大和田とふーちゃんが座ってい
た。森慎二郎は今日も早めに帰ったが、閉店間際にやってきたふーちゃんが仲間に加
わった。
「社長にはなんの資格もないのに、オーさんに焼餅を焼かなくていいんらよ」ふーち
ゃんが回らない舌でいった。「ここれ綾子を口説く資格があるのは、ぼくだけ」
「あら、オーさんにもあるでしょう」
綾子がいってもふーちゃんは納得しない。
「オーさんはもう一生、女なんかには見向きもしないんらもの、なあ、オーさん」
大和田は黙ってグラスを口に運ぶ。「ＡＹＡ」の客の半分は綾子に惹かれてやって
きている。独身男たちはみな綾子と特別な関係になれたらと内心で思っているだろう。
ときにはそう口にする奴もいる。綾子のほうは客全員のマドンナであることを心掛け
ているようだ。自分はその間に挟まることはしたくない。
「森さんには驚いた」大和田が社長に語りかけた。「あんな症状があるのに、誰かの
助っ人をやりたがっているんだ」
「リハビリなんだろう」
ふーちゃんがいうと社長が、「認知行動療法なんだって」とさっき森から聞いた説
明を繰り返した。

「それって、おれがいつもやっていることとらろう」

「ふーちゃん、なに、やっているのよ」

「ママに冷たくされて落ち込んでも、ママはおれに惚れているから照れ隠しにやっているんだと思っている」

なあ、とふーちゃんが綾子の肩に手を回そうとしてぴしゃりと叩かれた。

「おれは森ちゃんの気持ちが分かるよ」社長がいった。

「仕事をしないでいると、本当にどんどん気分が落ち込んでいく」

うっそー。麗華がいったが社長が続けた。

「社長の肩書は息子にあげたが、仕事は半分以上おれがやるつもりだった。なのにあいつ、いつの間にか会社をIT企業に変えてしまって、おれの出番がなくなった」

「こんな親父に頭を押さえつけられたくないから、正太くん商売を変えたんだろう」

社長は息子に自分の名前・正夫の一字をつけている。

「ひと言、創業者に相談しても罰は当たらないだろう」

「いったん前線を退いたら、別の司令官に取って代わられるのは仕方ないよな、ママ」

綾子は少し首を傾げた。「AYA」とは違う明るい照明で綾子は違った女に見える。店でのようなアイスクリームトークも鋭い突っ込みも影をひそめている。

社長がグラスを綾子の前に突き出した。注ぎながら綾子がいった。

「社長はオンドリがいいかしら、ねえオーさん」

「何のことだ？」

社長は不思議そうな表情で綾子と大和田を見比べた。綾子が「ブレーメンの音楽隊」の原作を見たな、と思った。

13

店内に落ち着かない空気が漂っている。

野田は栗木と目を合わせるのを避けている。あの後まだ売上げを上げていない。栗木が勧めた泣き売もやりそびれているようだ。今月の最後の週まで目標をクリアできないようだったら、「契約が取れるまで帰ってくるな」と強くいってみようと栗木は思っている。

加納もまだ光進商会に行きそびれている。ずるずる延ばすだけだったら、土居に同行を持ちかけてみよう。土居がどう出るかは分からない。土居の対応次第ではまた自分が出なくてはなるまい。そうなるようであれば土居には当分北風流で当たるしかない。

昨夜、カプセルホテルの低い天井を見ながらこの方針を肚に叩き込んだ。そうやって動かさなければならない部下だっているのだ。

その土居は二人の若手とは逆にときどき、視線が絡むようになった。部下たちが自分のことを栗木にどんな風に伝えているか心配なのだろう。

とにかく支店内には「死んでいる」とは違う空気が漂い始めた。栗木が同行した先で、主任ともう一人の部下が契約を取った先週からそれがはっきりしてきた。他にも前向きの話がどんどん出てきている。店長の名刺には力があるのだ。

「加納君」

営業から帰った加納を面談スペースに呼び込んだ。加納は苦しそうな顔でやってきた。

「どうだ。話してみたか」

「ちょっと、まだです」

「土居課長に一緒に行ってもらおう」

「自分で行きます」

「いまから話してやるよ」

「明日、必ず行きますから」

加納は次の言葉を遮るように頭を下げてスペースから出て行った。

栗木も自分の席に戻ったとき、フロアのドアが開き、外出先から帰ってきた主任が姿を現した。栗木と目が合うと笑みを浮かべて主任がいった。

「店長、昨日、歌舞伎町のカプセルホテルに泊まったんですか」

フロアにいた課員の視線がいっせいに栗木に向けられた。土居もキーボードを叩く手を止めたのが目に入った。

「アサヒ会館の支配人が入るところを見たって」

主任と同行営業したパチンコ屋だ。

「人違いだよ」

「私も、先週の夜遅く歌舞伎町方面に行かれる店長を見かけて、不思議に思ったんです」

お前も見たんだろう？　主任が課員の一人にいうと、困ったようにうなずいた。これ以上ごまかすとかえって不信を買う。栗木は覚悟を決めていった。

「あまり遅くなったとき、利用したこともある」

「前から、同行はありがたいスけど、店長が大変になるばかりだと思っていたんです。カプセルホテルなんて」

「最初の一ヶ月のおれの間違いを挽回するまでだ」

「間違いって」

オウム返しにいったあとの言葉は続かなかった。

栗木は立ち上がってフロアを見渡した。

「新田自動車販売の店長がカプセルホテルってのは、自慢できる話でもないから、内緒にしてくれよ。お客はもちろん一階にも工場にもだ」

なあ加納、と笑いかけると、加納は「はい」と甲高い声を上げた。眩しいものを見るように目を細めている。


パソコンの報告欄を埋め、部下たちから上がってきた書類をチェックし終えて顔を上げると、営業フロアには土居しか残っていなかった。土居のパソコンはちょうどオフになるところだった。声をかけた。

「一杯飲まないか。おれは新宿店のエースともっとコミュニケーションを十分取って、助けてもらいたいんだ」

「今日はちょっと」

声にこれまでにない柔らかさを感じたので、用意していた台詞を口にした。

「光進商会を知っているかい?」

土居の目に知っているという色がよぎった。

「あそこの新しい経営者が、加納のペガサスの代金を払ってくれない。分割払いでもいいということにしたのだが、加納はその交渉をためらっているんだ。土居課長に助けてもらえといっても遠慮している。もうしばらく預けることにしたが、きみなら加納の使い方が分かるだろう」

「……」

「おれは逃げているわけじゃないよ。土居課長が手を貸してやったほうが新宿店が活性化するだろうと思ってな」

「……」

「前回のことでは大変な思いをさせた。おれはその分も埋め合わせないとな」

いいたかった台詞が違う形になってしまった。

鞄を持って席を立ちながら土居はいった。

「たぶん、以前の経営者と連絡が取れます」

「本当か」驚きの声が出た。

土居がゆっくりとうなずいた。栗木に同意したというより土居自身の自己確認の仕種に見えた。

「連絡を取ってみてくれないか」

「ええ」

土居は頭を下げ、ドアのノブをひねりながらいった。

「逃げているわけじゃないことは分かっていますよ」

14

ほぼ毎晩シャワーを浴びるのが大和田の日課になっている。いつも乾いたタオルを用意しておくのは面倒だが、今日は思い切り陽に当てた心地よいタオルがある。

体に巻きつけて居間に行くとメールの着信音が鳴った。森からだった。

――栗木さんのところはうまくいっているようです。こんな嬉しいメールをもらいました。「お蔭様で、ペガサスの代金は課長の協力を得て、回収できました。新米の野田も四台目をクリアしました。買ってくれたのは例の村岡さんですが、野田は泣き売をしたわけじゃないと胸を張っています」。どうやら好循環が始まったようです。もう一度支店を訪れて、生き返った店の空気を見てきましょう――

助っ人はいい気分だ、といった森の気持ちがそのまま伝わってきた。よく事情の分からないところもあるが、今度、森が「AYA」に来たとき聞いてみよう。

3話

売れ残った城

1

高いところから墜落したような衝撃を覚え、あわてて体を丸め頭を抱え込んだ。

一瞬おいて顔の真上に天井があることに気づいた。真ん中から見慣れた蛍光灯がぶら下がっている。大和田宏はゆっくりと苦笑いをもらした。

テレビの前で缶ビールを飲みながら文庫本を読んでいたのだ。それがいつの間にか転寝《うたたね》をして畳の上に倒れたらしい。テレビは「NEWS ZERO」が始まるところだった。

両手を突いて体を起こした。

「どっこいしょ」

声が出た。この言葉を漏らすたびに、もう還暦なのだと意識させられる。

座卓には、読みかけたページを開いたまま文庫本が伏せられている。その隣に牡蠣フライとサラダのパックがあり、ビールのアルミ缶が倒れていた。文庫の縁が少しぬれている。大和田はティッシュを引き出してそれをぬぐった。ビールの残りが少なくてよかった。

全くノルマのない暮らし。このままではまずい、このままでいられるはずはないと思い始めているが、どうしたらいいのか向かうべき方向は見えない。

生活費は、割増退職金もまずまずだったし、バブルの最中に高くなったマンションを売って家賃のいらない実家に戻ったのだから、年金が出るまで十分にある。しかし悠々自適には早すぎる。かといって再就職ができるはずもない。辣腕だったとうぬぼれているが、ブレーメンの音楽隊の老いたロバ、というのはそう外れていないかもしれない。

すぐそばで着メロが鳴り出した。最初テレビかと思ったが、部屋の空気がかすかに揺れている。座卓の上にも周囲にも携帯電話が見当たらない。思いついて文庫をどけてみた。「FOMA」の液晶画面が輝いていた。番号を確認しながらボタンを押した。

「はい大和田です」

——風邪でも引いてるの？　ご無沙汰なんだから。

はしゃぐようにいったのは綾子だった。

「土曜日に会ったばかりだろう」

まだ四日しか経っていない。

――今度、いつ来る？　オーさんに会ってもらいたい人がいるのよ。

「ママにならいつでも会いたいよ」

――明日で、いい？

「会ってもらいたい人って、なんだい？」

――オーさんに助っ人を頼みたいっていうの。

「おれはデパートで窓際をやっていただけの老いたロバなんだろう。そんな大そうなことはできないよ」

――今度は車よりもっと高いものよ、オーさんにぴったり。

車より高いもの？　外商部にいたときは、金持ちを相手に車より高いものも色々と扱った。宝石か、美術品か、飛び切りのエンターテイナーを呼んでのプライベートショーか？　頭をめぐらせている間、ちょっと言葉が途切れただけで綾子からいい出した。

――マンションよ。

「そりゃ難しいだろう」

マンション業界に詳しいわけではないが、一〇〇年に一度といわれてきた世界的不況以来、不動産市場がすっかり縮小したことくらいは知っている。

——素敵なマンションなんだから、あたしが買いたいくらい。

「それなら買えばいいじゃないか。いっぺんに解決だ」

——それが一部屋じゃないのよ。

綾子の口調は一貫して楽しそうだ。

——二〇部屋も売れ残っているの。

「どういうことだ?」

——だからオーさんに助っ人してもらいたいんじゃない。

「おれだって二〇部屋も買うつもりはないよ」

——オーさんだったら絶対に売ってくれる、っていっちゃったの。

「そんな無責任なことをいうなよ。ママはおれの何を知っているんだ」

——だって達也君も助けたし、くりちゃんも助けたし、オーさんのところへ持っていけば、みんな何とかなったわ。

「あれは、おれがやったわけじゃない。それからそれへと人脈がつながっただけだ」

——それもオーさんがやったことなのよ。

意表を突かれて言葉を呑んだ。あれもおれがやったことなのか?

——今度も、またすごい人をつないでほしいの、お願い。

「すごい人なんて、そんなに知らないよ」

――オーさんと組むと、みんなすごい人になるのよ。

お世辞がお世辞に聞こえなくなってきた。

「どんなマンションなんだ」

――横浜の郊外の3LDKで平均四〇〇〇万円というところかしら。

それから幾つかの一問一答をして「とにかく明日は行くよ」といって電話を切った。

テレビを消し傍らのローボードの上に置いてあるVAIOを座卓に持ってきた。パソコンは丸高百貨店でも使わされたが、好きではなかった。早期退職してからのほうが頻繁に使うようになった。いまではメールとインターネットは欠かせなくなっている。

「グーグル」を開けて、綾子に聞いたばかりのマンション名を検索した。

「ミレトピア横浜」。ミレニアム（千年紀）とユートピアを融合させた名前のこのマンションは、確かに世紀の変わり目頃からテレビで宣伝されるようになった。

たちまち一万件を超える件名が出てきた。

冒頭にあった広告用のホームページをクリックすると、カラフルなトップページが現れた。

マンションの名称に「横浜」とあるが、最寄り駅は横浜駅から少し離れたM駅だ。

千葉の浦安に「東京ディズニーランド」ができてから、こういう命名に抵抗感を持つ者はいなくなったようだ。

物件の概要は、M駅から徒歩十二分。販売総戸数は五七室。間取りはほとんどが3LDKで、専有面積は七〇～八〇平方メートル、販売価格は三五八〇万円～四五八〇万円。そして売主は大手デベロッパーの「三上不動産」、販売会社は子会社の「三上不動産販売」となっている。

綾子が助けてやってほしいといったのはこの三上不動産販売から販売を受託した「東横エステート」であるが、ここにその名前は書かれていない。

二十年前、親父が亡くなって実家に戻ってくるまで、大和田宏の一家は中央線沿線の六五平米3DKのマンションに住んでいた。購入時は一八〇〇万円、相場はずっと横ばいだったのが、バブル期になると急に上がって三〇〇〇万円になった。親父が亡くなる直前バブルが弾け、不動産相場が急降下し始めたが、運よく一割も下がらない価格で売ることができた。それ以降マンションの相場を気にしたことはないが、いま七〇平米で三五〇〇万円は高いのだろうか？

何度もクリックしてホームページのあちこちを舐めるように見た。水回りにしろセキュリティにしろ、大和田のよく知らない最先端の機器を取り入れている。二十年前の感覚で見てもどの程度のランクなのか評価できない。

不動産販売か、と独り言が漏れた。ふどうさんはんばい、ふどうさんはんばい。ふと社名が頭に浮かんだ。

「丸高シティ開発」。丸高グループの一つだ。最初は百貨店関連の不動産を建設するために作られた子会社だが、やがて百貨店の新規出店に連動して分譲住宅を作ったり、既存店の周辺で都市再開発をやったりして、専業のデベロッパーが驚くほどの好業績を上げている。

(あそこに誰か、おれの知り合いがいなかったろうか?)

2

駅を降りたところで携帯が鳴った。液晶に〈綾子〉と表示されている。

「どうした?」

——ごめんなさい。いまお店、カラオケ大会になっちゃって。寿司清に移ってもらうから、そっちへ寄ってくれる。

「景気いいんだな」

「AYA」の手前の道を折れてすぐの「寿司清」の前で、綾子は拝むように両手を合わせて大和田を迎えた。

わずかに焦点のずれた目を片方だけつぶって見せた。

「ごめんなさい。うちも満員ってわけじゃないんだけど、込み入った話ができそうもないのよ」

「ＡＹＡ」では店の雰囲気に溶け込んでいる赤いドレスも、寿司屋ののれんの前で見ると、場違いに派手に見える。

「店はいいのか」

「麗華と香織に任せてちょっと抜けてきたの、紹介したら失礼させてもらうから」

また手を合わせた。

何度も顔を合わせたことのある板前に会釈だけして、カウンターの後ろの座敷の障子をあけるとスーツ姿の二人の男がいた。二人とも慌てて立ち上がった。

最初に頭を下げたのは「新田自動車東京販売」新宿店長の栗木光一だった。その後ろにタテもヨコも並外れた大きさの男がいて、こっちは栗木より深く頭を下げた。首が頭と同じくらい太く見えた。

「栗木さんがご一緒とは聞いていなかった」

綾子は笑みを浮かべたまま何もいわない。

「ママさんが勧めてくださったので、また遠慮なく参上しました」

「ママはおれのマネジャーでもなければ上司でもないんだけどな」

席についてから栗木がいった。

「前回はささやかなお礼しかできませんでしたが、今度はご満足いただけるようになりますから」

なあ、とガタイのいい男に同意を求めた。

栗木は土居営業課長とスムーズな連携が取れるようになって成績が上向いてから、大和田と森慎二郎にお礼の席を設けてくれた。熨斗《のし》袋に入った謝礼もくれたが、たぶんポケットマネーだと思える金額だった。それでよかった。まったくの只働きでも、もっとたくさんくれても気持ちよくなかったろう。

同意を求められた男が名刺を出した。

〈東横エステート社長・花房信彦〉とあった。

「私の中学時代の友人なんです」

「お願いできるような筋ではないのですが、こいつが頼りになる方だからお話ししてみろといって強力に推薦してくれましたので、図々しく参上しました。もちろん謝礼などはきちんとさせていただきます」

花房は両手を畳に付いて頭を下げた。分厚い上体はラグビー選手がスクラムを組もうとするかのような迫力があった。

「頭を上げてください。頼りになるかどうか、分かりませんから」

綾子が話に割り込んだ。

「大和田さんて、いつもこんな風にいうんですけど、必ずうまくいきますから。ねえくりちゃん、そうよね」

「ええ」

綾子の勢いに煽られたように栗木が答えた。

店主にビールと刺身の盛り合わせを頼み、皆のグラスに注いで「よろしくお願いします」とコップ半分だけ飲んでから綾子は店を出て行った。栗木が笑いながらいった。

「ママさん、もう大和田さんのマネジャーですね」

「こっちは歌を忘れたカナリヤなのに、せっせと歌わせようとする」

「カナリヤですか、ママさん、ブレーメンの音楽隊だっていっていましたよ」

バカな、と思わず呟《つぶや》いた、誉めているつもりでいやがる。元の童話をよく知らないのだろう。

栗木を落胆させることはやめて、花房にいった。

「どういう事情なのか、最初からうかがいましょうか」

花房は会社の説明から始めた。

「東横エステート」は十年前に花房が創設した住宅販売会社である。大手デベロッパー「三上不動産」の販売会社「三上不動産販売」とは創設当初から太いコネクションがあり、人材派遣など色んな形で仕事を請け負ってきた。この「ミレトピア横浜」に関しては、一棟丸ごとの販売受託を数社が応募したコンペで勝ち取った。

「ミレトピア横浜」は三ヶ月前に建設を完了している。通常マンションは建設完了前に売り切るスケジュールで販売計画を立てる。花房もそういう計画で進めてきたが、いまでも五七戸のうち一九戸が売れ残っているという。

「これを見ていただけますか。これがコンペを勝ち抜いた販売計画です」

花房が鞄の中から書類の束を渡した。週刊誌を開いたサイズの用紙が数十枚束ねられている。

表紙の中央に大きく「ミレトピア横浜の販売計画について」、右下に小さく「株式会社東横エステート」という文字が打ち込まれていた。

ぱらぱらと開いてみた。(物件の評価)(販売計画スケジュール)(広告展開)などという項目が並んでいるが、文字や表などがぎっしり詰め込まれ、すぐに呑み込めるものでもなさそうだ。斜め読みしてからいった。

「これはあとでゆっくりと拝見するとしまして、売れ残っている理由は何なのですか」

花房が隣の栗木を見てから口を開いた。

「当社としましては、この計画で売れると思って提案したわけですから、その理由が分かればここに反映させているわけでして」

「計画を実施してみて、見えてきたものがあるでしょう。売れないなら何か理由があるはずです。相場より高すぎるとか立地に問題があるとか」

このくらいは不動産商売を知らなくても誰にでもいえる。

「花ちゃん、大和田さんには率直に話さないと、助けてもらいようがないじゃない」

栗木にいわれて花房の体が少し縮こまったように見えた。大和田は穏やかな口調を心掛けた。

「この不況が計算違いになったのですか」

「リーマンショックのとき、すでに土地は仕込んでいたんです。だから土地は割高になっています。マンションに猛烈なアゲインストの風が吹きましたし、しばらく様子見でプロジェクトを塩漬けにしていたんですが、土地が割高な分、色んなところを節約して価格を抑える設計に変えて建設開始したんです。人気のある三上不動産のミレトピアシリーズですし、私はいけると思ったのですが、そうじゃなかったようです」

「価格が高いのですか」

「少し、高いかもしれませんが、いまでは値引き販売をしていますから、相場の価格になっています」

「近くに競合相手となるマンションが出ているのですか」

「ええ、ほぼ同条件のものが一棟六〇室、少しランクの落ちるものが一棟四〇室」

「そっちの成績は？」

「グローカル不動産のレジェンドは一ヶ月後に建設完了ですが、今七割というところのようです。森村不動産のプラネトピアは先週建設完了したばかりですが、八割は売れているようです。仕様からいくとレジェンドがガチンコの競合相手です」

大和田は詳細を問いただすつもりはなかった。どうせ聞いても自分では判断できない。どこかのプロにつながなくては先へ進めない。プロにつなぎたい男かどうかを知りたかった。話しているうちに花房はまな板の鯉の気分になったようだ。大きな体の中から必死さがにじみ出てきている。


二人と別れて「ＡＹＡ」に行った。二人も誘ったが丁重に断わられた。二人だけの話があるようだった。

奥のボックス席に社長こと浜村正夫とふーちゃんこと船木和夫の姿があった。社長の隣に麗華がいた。大和田はふーちゃんの隣に座りこんだ。

「聞いてよ、オーさん」社長の第一声がそれだった。

「ふーちゃんが舟木一夫を歌ったんだよ。高校三年生」

「へえ、驚いた。ふーちゃん、舟木一夫デビューか」

　ふーちゃんはあの舟木一夫と同じ名前であることを恥ずかしがっていた。ママや社長がそれを知らない客に明かそうとすると本気で怒った。

「もうそんな年じゃないと思ってね」

「いくつ？」

「あと三年で定年、嘱託《しょくたく》になる」

　酔って東北訛《なま》りがもろに出ている。ふーちゃんに軽口をぶつけたくなった。

「マンション、買わないか」

　そのときボトルを運んできた綾子に向かってふーちゃんがいった。

「ママがおれと一緒になってくれるなら買ってもいいな」

「え、マンション買ってくれるの、ふーちゃん大好き」

　綾子が大げさにいい、ふーちゃんは機先を制されてその先の言葉をいえなくなった。

　大和田が社長に語りかけた。

「社長、マンション販売の森さん、知らない？」

「マンション販売の森さん？」

「だからマンション販売の腕利きだよ」

　社長はボディビルダーのように肉が薄くその分シワの多い顔をしかめ首をひねった。

「知らないな」

「ふーちゃんは？」

ふーちゃんは聞こえなかった振りでグラスを口に運んでいる。ママに話をはぐらかされたためか、大和田が最初に社長に話を振ったので面白くないのだろう。

ふーちゃんがトイレに立ったとき、綾子が隣に座って耳元でいった。

「どうだった？」

「ママがおれのマネジャーみたいだっていってたぞ」

「お酒が飲みたい人にはお酒でしょう、歌を歌いたい人にはカラオケでしょう、仕事がいい人には仕事がいいのよ、なんちゃって」

「おれは仕事なのか？」

「そう」

「どうして？」

「どうしても」

次の曲が始まったとき、あわててトイレから出てきたふーちゃんに綾子が持っていたおしぼりを渡した。ふーちゃんはマイクを握りしめモニターを睨み付けた。大和田も聞き覚えのある伴奏が流れている。

♪そーらーにむかって　あげーたー手にー
やっぱり舟木一夫だった。昔、歌番組で見た学生服姿の舟木一夫がモニターの中で走り回っている。

3

座卓に、樹脂製の名刺ボックスが重なっている。

大和田は目の前にその一つを置き、名刺を一枚ずつめくっていく。どのボックスも薄く埃《ほこり》をかぶり、かすかに色変わりしている名刺もある。

机の抽斗《ひきだし》の奥にあったこれらの膨大な名刺群は、大和田の三十数年の仕事の軌跡を映し出している。名前に覚えがなくても肩書を確かめれば、ほとんどの人物の顔と付き合いが浮かんできた。

丸高百貨店に入社早々、都心の旗艦店に配属されたときは、メンズ・ファッションの問屋やアパレル・メーカーとの付き合いが多かった。

取引相手は小なりといえども課長から取締役社長までの立派な肩書を持っていた。こちらは平社員なのに丸高百貨店の看板を背にして大きな顔をしていた。今思えば、冷や汗が出るような偉そうな態度も取っていた。自分ではなく看板が偉いのだと本当に知ったのは営業部付になってからだった。早くに気づいていればもっと仕事の力も伸びていただろう。

ふいに、あ、と声が出た。こんな名刺があった。

〈鳥羽誠一・丸高百貨店専務取締役〉

なんでこいつの名刺がここに残っていたのか？　専務の肩書のときなら五年ほど前になる。もらった経緯に覚えはないが、首筋に泥水を注ぎ込まれたような気分になった。

もうあのことは忘れたつもりでいたが、やはりそうではないのだ。日本百貨店新聞に「丸高百貨店の新宿店と日本橋店にファストファッションの島クロがテナントとして入ることは愚の骨頂です。百貨店の自己否定です」というコメントが載った。コメント主は「丸高百貨店幹部」とあった。社内でもそういう意見が優勢だったから、ファッション担当の副社長がいったとしても、広告担当の常務がいったとしても不思議ではない。それが大和田のコメントとされた。そのあたりが両派の争いのピークだった。そのあとすぐに空恐ろしいほどの減収減益の数字が出て、急に当面の数字稼ぎのあっち側が優勢になった。大和田がいつの間にかスケープゴートにされて、営業部付の辞令が下った。

鳥羽の名刺を抜き出して引き千切った。ビーッと小気味いい音がした。おれを二階に上げて梯子をはずした奴らの顔が頭の中に蘇りかけた。頭を振り大和田は次の名刺を見た。

二時間ほど前、丸高百貨店の塚本冬樹に電話を入れ、「丸高シティ開発で、誰かマンションの販売に強そうな男を知らないか」と訊いたが、「知らないですね」といわれてしまった。「マンション販売に強い奴なら、シティ開発じゃなくてもいいよ」と、さらに尋ねたがはかばかしい答えはなかった。

「それなら心がけておいてくれないか」といってから、自分のありったけの人脈を点検してみようと名刺ボックスを探し出した。

三つ目のボックスが終わりかけたとき、着信音が鳴った。

液晶表示を見て驚いた。〈ふーちゃん〉とある。百合子の看病のために早期退職制度に応募する以前にアドレスを交換していたことを思い出した。

「何よ？　電話なんて」

——いま、いい？

素面《しらふ》のようだ。素面だとふーちゃんはほとんど標準語で生真面目にしゃべる。

「もちろんいいさ。二十四時間三百六十五日、ふーちゃんのためにスタンバイしているんだ」

——よくいうよ。

「AYA」関係の知り合いとは、どうしても口調が店の延長線上になる。

——不動産屋にすごい知り合いがいたんだ。灯台下暗しだった。

「本当か？」

——おれの会社が、数年前にいまの社員寮を買ったとき、面倒見てくれたグローカル不動産販売の営業マンが、いま自分でやっているんだ。

「グローカル不動産販売？」

——ああ。

驚いた。花房が持ち込んできた「ミレトピア横浜」のライバル物件「横浜中央レジエンド」の販売会社だ。

「自分でやってるってのは、街の不動産屋だろう」

——いまはね。でもすごい遣《や》り手だ。面倒な注文にぴたりとはまる社員寮をすぐに見つけてくれたし、営業部のノルマの半分を売り上げたとか、やくざの事務所を追い出したとか、いくつも伝説を聞いた。

「そんな伝説の人が何だって自分でやっているのさ」

——常務だか専務だかを殴って首になったらしい。

「何で？」

——我慢できないことがあったんだって。詳しくは知らない。

「いつ？」

——三、四年前。

「その男、いくつなんだ」

――おれより三つ下だから五十四歳。

　五十のとき、専務を殴ったのか。急にふーちゃんのいう「遣り手」が本当に思えてきた。

奴らとの戦いに敗れて営業部付を命じられたとき、大和田も鳥羽を殴りたい衝動に駆られたことがあるが、必死で我慢した、いや本当は殴れなかったのだ。五十も超えて専務を殴るほど熱いものは胸の中に残っていなかった。

――どうする？

「ああ、会ってみよう」

4

N駅から五分歩いた商店街の中ほどにそのビルがあった。

一階の事務所の前に「N駅大和《だいわ》不動産」と看板が出ており、ガラス窓に沢山の物件表示が貼られていた。大和田は客のような顔をしてそれらを眺めた。

ほとんどが賃貸マンションの表示で、土地と戸建て住宅の分譲がいくらか混じっている。一件ごとの情報は過不足なく、デザインも貼り方もすっきりしていて感じがよかった。

待ち合わせたN駅前午後六時に、ふーちゃんから「急な仕事が入って三十分くらい遅れる」と電話が入った。先に行ってるよというと、「じゃあ先方に電話入れておくわ」と気を回した。

「いいよ、飛び込みで当たってみる」

一人で行くことになってかえっていいような気がした。客のふりをして訪ねたほうがよけい分かるものもあるだろう。

物件表示の合間からガラス窓の内側が見える。中央奥に大きなデスクがあり、グレーのスーツの男が座っている。街の不動産屋に似合わないきちんとした格好をしている。これが「遣り手」の春日次郎だろう。

中から一度、こちらをひと舐めする視線が向けられた。しかし男は立ち上がりもしなければ、大和田を値踏みする様子もない。大和田の物差しでいえばこの態度が正解だ。デパートの売り場で商品を眺めている客は、ゆったりとくつろがせてやるに限る。間違っても何をお探しです、などと声をかけてはいけない。その気になれば向こうから店員を目で追ってくる。

五分ほど経った頃、男が立ち上がりドアを開けた。接客をする気になったのかと思ったとき男がいった。

「大和田さんですよね」

どきりとしたが辛うじて冷静に答えた。

「船木さんから連絡、あったんですか？」

「いいえ」

男は大和田を店内に招き入れて接客用のソファに座らせ、ポットから茶を注ぎながらいった。

「うちを眺めているあなたを見たら、すぐに物件より店の中に興味があることが分かりました。それに船木さんの説明とあなたの印象がぴったりだったんです」

「だって私は一人だったじゃ……」

「店の前で、船木さんと待ち合わせていたんじゃないのですか」

なるほど伝説のありそうな男だ。大和田は改めて男を見た。男は大和田よりやや小柄でやや太め。丁寧に撫で付けた髪は真っ黒で、こんな不動産屋の親父より「グローカル不動産販売」の遣り手営業マンのほうが似合う雰囲気が全身から漂っていた。

男が名刺をくれた。肩書に〈N駅大和不動産　営業部長〉とある。営業部長？　浮かんだ疑問には触れずにいった。

「すいません。私は名刺を持っていませんので」

そうですかと春日次郎が意外そうな声を上げた。

「小さな総合商社の社長だとうかがってましたが、看板は上げていないんですか」

「船木さんの出まかせですよ」

春日はガラス窓の表示を照らしていた室外の照明の電源を切り、大和田の前に座りなおしていった。

「あそこにグローカルのレジェンドがなかったら、船木さんのお話を受けませんでした」

「グローカルに恨みが残っているのですか」

「そうはいいませんが、やる気を掻き立てられました。船木さんから話を聞いて、そんな気持ちが残っていたことに自分で驚いたくらいです」

「なんで殴ったんですか？」

春日は目を光らせただけで言葉は発しない。大和田がさらに踏み込んだ。

「私は定年待合室に放り込まれたとき専務を殴り損ねました。度胸が足りなかった」

まじまじと大和田を見てから春日は話し始めた。自分が常務の勢力争いのとばっちりを受けてひどい目にあったこと、常務の暴言に思わず突き飛ばしたこと、それからの苦難に満ちた再就職活動の末に、こんな街場の小さな「N駅大和不動産」を引き受けたこと……。

「なるほど、それで社長じゃなく営業部長なのですか」

「店番、という肩書にしたかったのですが、女房に、あなたは営業をしないつもりなのか、と怒られまして」

　高笑いして、大和田が次の言葉を口にしかけたとき、ドアが開いて男が入ってきた。見たこともない洒落《しゃれ》たジャケットを着てネクタイを締めているが、ふーちゃんだった。長い髪が乱れ、毛のない頭頂部があらわになっている。走ってきたのだろう。

「ごめん」と両手を合わせて遅れたことを謝った。

「それはいいんだけどおれのこと変な紹介してない？　小さな総合商社の社長だとか」

　ごまかしの笑みを浮かべて、ふーちゃんは大和田の隣に座った。

　ふーちゃんにもお茶を出してから春日が切り出した。

「昨日、客のふりをしてミレトピア横浜を見てきたのですが、トータルな物件の魅力はやはりレジェンドに若干分がありますね」

「春日さん、もう行ったの？」

　ふーちゃんが目を丸くした。大和田も驚いた。助っ人を引き受けてもらうのに苦労するのではないかと思っていたのに、もう向こうがその気なのだ。

「グローカルのレジェンドと聞いたら、じっと座っていられなくなったのです。ここは女房の会社ですから、私はけっこう時間が自由になります。ミレトピアの部屋を見せてもらってから、レジェンドのモデルルームをじっくり案内してもらって、ついでにあの近辺のロケーションも探ってきました」

春日が一枚のチラシを大和田に渡した。

「半年ほど前に『週刊マンション・インフォ』が公にした『人気設備ベスト10』です。これをグローカルは大きな武器にしています」

チラシの中央トップに、

――「マンション・インフォが実証した人気設備はぜーんぶ『横浜中央レジェンド』にあります――

と大きな文字がある。その下に、
①IHクッキングヒーター　②浴室換気乾燥機　③フルオートバス　……
大和田にもかろうじて理解できる設備が並んでいる。一〇番目までざっと見てから春日の顔を見返した。

「『マンション・インフォ』は、業界で大きな部数を誇る情報誌ですが、グローカルがここと組んだのではないかと疑いたくなるほどぴったり重なっているんです」

「組むなんてことが、あるのですか」

「まあ、ないでしょう。デベロッパーは沢山ありますから、一社と組んではインフォ自身の首を絞めることになる」

「ミレトピアにはいくつ入っているのですか」

「七つです。複層ガラス、大型収納とバス乾は、ああ浴室換気乾燥機のことですが、付いていません」

「それはまずいじゃない」

ふーちゃんがいうと、春日は頬に笑みじわを浮かべた。

「入口はね」

言葉の意味が分からない。大和田とふーちゃんが顔を見合わせた。

「ユーザーの人気設備ベストテンが備わっていますという売り込みには、一応誰だって惹きつけられますよ」

「一応？」

「だけどミレトピアにはバス乾なんていらないんです。あそこは日当たりがいいんですもの。洗濯物は太陽に干すのが一番、そう思いません？」

「レジェンドの日当たりは？」

「似たようなものです。あそこもいらないんです。バス乾は乾くまでに結構長い時間かかりますし、電気代がえらく高いし、どこのマンションでもそのうち大抵使わなくなります。無用の長物なんです。無用の長物を売り物にして、顧客の目をくらまそうとしているのです」

「それならミレトピアが不利というわけじゃ、ないじゃない」

春日がまた笑みじわを作った。

「しかし無用の長物に飛びつくユーザーもけっこう多いんです」

「どっちなのよ?」

ふーちゃんがそういった。

「だからそれを……」

春日がしゃべりかけたとき、ガラス戸が勢いよく開き、一人の女が入ってきた。

「まったく往生したわ、あの客。さんざん引っ張り回されて」とまでいったところで春日を見て丸い目を見開いた。

「どうしたの? 部長、スーツなんて着て」

春日は応えず二人のほうを軽くあごでしゃくった。

女はふーちゃんと大和田を見て頭を下げた。ばっちりメークをしてモスグリーンのスーツを着ている。春日の女房と分かった。一目で似合いの夫婦に見えた。

「こちらさんは、事務所をお探しなのかしら」

いえいえ。大和田は春日への相談の中身を話していいかどうか分からなくて、あいまいに応えた。

「こちらはうちのお客じゃないよ。おれの古い友達」

「お友達？」

女房は怪訝そうにいった。

「ああそうだ。船木さんと大和田さん……、ちょっと出てくるわ」

春日は立ち上がりガラス戸を開け、二人を促して商店街に飛び出した。

5

ラガーマンの風圧を持つ花房と遣り手の切れ味を放つ春日の間に、かすかに火花のようなものが飛び交っている。

花房にあらかじめ了解を得ていたのに、やはり助っ人が元「グローカル不動産販売」の遣り手営業マンでは、すっきりしないのだろう。それが証拠に、花房は二人を身内のスタッフルームには通さず、売れ残っている部屋の一つに通した。

火花を鎮めなくてはならないと大和田が口を開いた。

「今のマンションはすごいですな。やり過ぎなくらいなんでもかでも贅沢な設備が付いている。これなら私も一人暮らしで悠々やっていけそうな気がします。初老一人の戸建てはきついですからな」

「最近はそういう中高年の需要も大きいのですよ。一人暮らしじゃなくて夫婦二人でも戸建ては面倒だっていいます」

いかつい体に似合わない細い声で花房がいうと、春日がとぼけたように応じた。

「一人暮らしには3LDKはちょっと広過ぎるでしょう」

春日の言葉に花房の頬の線が硬くなったように見えた。もっとおどけなくてはいけないと、丸高百貨店にいたときには感じなかったことを感じてしまう。

「しかし最近の設備は使い方を理解するだけで大変ですな。私は学生時代はブラウン管テレビを自分で組み立てたくらい機械には強かったのに、いまや家電の取扱い説明書なんてすっかり苦手になりました。説明書通りにやったつもりでも製品はその通り動いてくれませんからな」

花房が微笑んで口を開いた。

「大和田さんに買っていただけるなら、毎日でも使い方のご教示にうかがいますよ」

それから春日のほうを見た。

「敵のモデルルームはいかがでしたか」

大和田がおどけて見せたのを評価したのだろう、花房は春日に歩み寄ったのだ。

「けっこう賑わっていました」春日の声も柔らかくなった。

「インテリアにかなり金をかけていて、すごい豪華に見えましたよ」

「うちのモデルルームもピカピカだったんですがね」

花房が悔しそうにいった。

三ヶ月前に建ち上がった「ミレトピア横浜」はすでにモデルルームを撤収し、訪問客は実際に購入を希望する部屋に案内している。ひと月後に建設完了予定の「レジェンド」は、二〇〇メートルほど離れた場所に豪華なインテリアを備えたモデルルームを設置していて、そこで顧客を迎えている。

元々、設備関係の勝《まさ》っている「レジェンド」の豪華なモデルルームは、何もおかれていない殺風景な「ミレトピア」の部屋と比べて圧倒的に魅力的に見える。しかもこの四ヶ月の差は、その間にマンション需要が回復してきた四ヶ月でもある。買う気を取り戻した顧客たちが新しく建ち上がる「レジェンド」になびいていくのは無理もないのだ。

花房がまた火花を飛ばす前に大和田がいった。

「春日さんの秘策を話してください」

「秘策なんてありませんよ」

「そういわれませんでしたか」

あの日、女房を避けて近くの小料理屋に案内した春日は、自信たっぷりに「大和田さんのご依頼を受けさせてもらいます」といった。秘策があると言葉にはしなかったが、有力な販売方針を持っているという意気込みを感じた。

「秘策じゃなくてオーソドックスな営業ですよ」

「私もオーソドックスにやってきたつもりですがね」

花房がいった。

「私が新入社員だった頃のオーソドックスに戻ってみたいんです」

「新入社員だった頃？」

花房の視線が宙を舞ってからもう一度春日に戻ったとき、春日が話し始めた。

春日の新入社員の頃はインターネットもなければ携帯電話もなかった。営業マンたちは分厚い名簿を持って固定電話を抱え込み、片端から営業電話をかけた。せいぜい五〇本に一本、下手をすれば一〇〇本に一本くらいしか、用件さえ聞いてくれなかったが、丸一日テレフォンマシーンになってそれを繰り返し、吐き気や頭痛に襲われることもあった。上司の目をごまかすために「使われていません」という電話に何度もかけ、一人芝居をしたこともある。

あるいは潜在顧客のいそうな地域に軒並みチラシを撒いたり、新聞の折り込み広告を打って、向こうからアプローチして来るのを待った。当初一〇〇〇枚に一件の反応があったものが、時代を追って二〇〇〇枚に一件、三〇〇〇枚に一件となり、最近では一万枚に一件とさえいわれている。

この十年、グローカル不動産は「営業情報革命」と称してインターネットやメールマガジン、不動産情報誌を中心に据える営業に力を入れている。それを推進したのが春日の首を切った本部長だ。「営業情報革命」に従順ではなかった春日が目障《めざわ》りだったのかもしれない。

春日は花房と大和田を交互に見ながら長い話を続けている。

「私、いわゆる街の不動産屋の店頭にほぼ三年座っていまして、結局、客はフェースツーフェースのコミュニケーションで動くものだとしみじみ思い知らされました。フェースツーフェースの信頼をもたれればもう営業活動終了です」

大和田にも異論はない。どの業界でも営業マンなら誰もその原則論には反対しないだろう。そして反対しない誰もが「しかし」とその後に続く言葉をいくつも持っている。

「仲介業界でいえば、N駅前にセイブルとルームネットという全国チェーンの賃貸紹介企業があります。知名度とか扱い量とか人手とかだったら、比べ物になりません。にもかかわらずうちはそれなりにやっていけています。なぜか？」

大和田は合《あい》の手を入れてやった。

「フェースツーフェースの効力ですか？」

「その通りです。あいつらは数字だけを、成果だけを相手にしています。こっちは顧客と目と目を見交わし信頼感を通い合わせてとことん付き合います。だからやっていけているのです」

「うちだってチラシも折り込みもひと通りやっていますよ」

「ひと通りじゃなくて、とことんやってみましょうよ」

「とことんやってきたつもりです」

「チラシ撒きをどのくらいやりましたか」

「商圏ぜんぶに撒きました。しかしいまどきチラシでお客は来てくれませんよ」

「何回？」

「二回です」

「もっと撒きましょうよ」

「そんなに人手がありませんから」

「私はフェースツーフェースの底力をもう一度証明してみたいのです。一緒に証明してくれる人を掻き集めましょう。大和田さんもやってくれますよね」

「はあ？」

大和田は吸い込まれるようにうなずいていた。

6

腰を屈《かが》め、キッチンのカウンターからちらっと隣のリビング・ダイニングルームをのぞいた春日は、背後にいた男たちに声をかけた。

「まだ何か質問ありますか」

三畳ほどのキッチンを埋め尽くしていた数人の男は、互いの顔をうかがうようにした。

「これって本当にカニの殻は大丈夫なんですか」

ピカピカに光るシンクを指差していったのは大和田である。シンクの真ん中に生ゴミ処理機《ディスポーザー》の投入口が開いている。

「ですから普通のカニの殻の硬さが上限と考えてください。常識的なカニですよ、お化けのように巨大なカニは絶対にダメです。それはカニしてください」

春日は縁日の香具師《やし》のような芝居がかった口調でいい、男たちの笑いを取った。笑ったのは大和田を入れて五人の男たち。

たっぷり肉がつき、一番キッチンを狭くしているのは、丸高百貨店の塚本冬樹である。彼の要望に応じてミレトピアの販売の話を振ったら喜んで飛びついてきた。

二番手は「ＡＹＡ」の常連の社長こと浜村正夫。ママが口にした〝ブレーメンの音楽隊〟の一員にいつの間にか自分も加わったつもりでいるようだ。

同じく「ＡＹＡ」の常連ふーちゃんこと船木和夫。ふーちゃんは大和田に春日を紹介したのだから、来ないわけにはいかない。店ではカラオケもセットしたことのない怠惰なふーちゃんに似合わず乗り気になっている。

最後に、元自動車営業マン、森慎二郎。森も塚本と同様に「次の仕事がないか」と大和田に訴えていた。それがうつ病の認知行動療法になると思い込んでいる。

彼らの手には「ミレトピア横浜」のチラシがあった。皆、間取り図の部分を開いている。いま彼らがいる「503号室」3LDK、七五・三〇平米、三九八〇万円也の部屋の間取り図である。

春日は、間取り図を指で示しながら、まず全部の部屋をひと巡りした。それからもう一度玄関に戻って、今度は丁寧に各部分の仕様の説明にかかった。

オープンポーチになって少し引っ込んでいる玄関には解像度の高い液晶画面につながるテレビモニターホンが設置されていた。室内のモニターも大和田が知っているものの倍の大きさである。

「仕様を抑えたって、いってたのに贅沢だね」

「ただ同然の出物が入ったそうですよ」

玄関を入るとすぐの廊下の左右には二つの洋室、二つともほぼ六畳間の広さがある。

その前を通って突き当たりの扉を開けるとまた廊下になるが、その両側にトイレ&バスルームがキッチンと向き合うように配置されている。

キッチンには大和田が質問したディスポーザー以外にも収納用のシステムウォールやIHクッキングヒーターなどが備えられている。洋室にはクローゼット、和室には押入れがあり、クローゼットの一つはウォークイン・クローゼットとなっている。

春日が新しい場所に案内し、丁寧に説明しながら使い勝手を試すたびにふーちゃんと社長が自嘲の声をもらした。

「すげえな」「おれの部屋なんか豚小屋だ」

キッチンで春日は水を七分目ほど入れたヤカンをIHヒーターに載せていった。

「いまだにIHヒーターは火力が弱いなんて二十世紀の常識を振り回す人がいますからね」

五人の男たちにはそんな常識さえなかった。

「これは今年、そろそろ普及率が一五パーセントに届くんです。一五パーセントといえば六人に一人、あ、それなら私しかよく知らないのも仕方ないか。それでも皆さんも知識だけは一五パーセントのほうに入ってくださいね」

春日がよどみなくしゃべり続け、男たちの顔から半笑いが絶えない。突然ヤカンが甲高い音を立てた。

春日が腕時計を男たちに突き出していった。

「ほらたったの五分二十秒しかかかりません」

「まったく春日さんはフーテンの寅さんだな」

ふーちゃんが少し東北訛りでいうと男たちがどっと笑った。春日がいった。

「私、寅さん大好きですよ。いや愛しているといってもいい。寅さんは、ある意味〝ザ・営業マン〟ですからね」

「寅さんはインチキでも何でも売っているけど、それでもザ・営業マンですか」

塚本がいった。

「そうじゃなくて」春日の黒目が頭の中に言葉を探るように動いた。「寅さんを見ていると、買い手の心をつかんだときに品物は売れるということをしみじみ納得するんです。商品じゃなくて心を売っているんです。乱暴かもしれませんが、客は寅さんの心を買ったんだから品物はどうでもいい、と思うような」

社長とふーちゃんが顔を見合わせた。

「ミレトピアはそんな品物じゃありませんがね」

春日は最後にリビング・ダイニングルームへと移動した。一〇畳を超えるフローリングの部屋に人数分のパイプ椅子が置かれていた。春日が中央に座り、五人の男たちは思い思いの椅子に座った。

「素晴らしいマンションでしょう」

春日は天井を受け止めるように両手を部屋一杯に広げていった。

「こんな贅沢な部屋！　なんか罰が当たりそうな気がするよ」

ふーちゃんがいった。

「これが罰当たりだなんて思われたら困りますよ」春日がふーちゃんの顔をのぞき込むようにいった。「頭金が五〇〇万円あって年収六〇〇万円以上のサラリーマンなら無理なく買える物件なんです。彼らにとって夢の買い物ではありますが、実現できる夢なんです」

ふーちゃんは視線をそらそうとしたが、春日はそうはさせなかった。

「心の底からそう思ってください」

言葉に体に浸み込んでくる迫力があった。

「この部屋は本当にいい部屋です。さすが三上不動産のミレトピアシリーズだと私も改めて感心したくらいです。どこへ出しても恥ずかしくない。これは決して営業トークではありません。自分が買うわけじゃなくとも、皆さん、買い手の目線になって、この部屋にほれ込んでください。営業マンがほれ込まないものは売れませんよ」

「よく分かります」森慎二郎がいった。「私だって、自分はぜったいに乗らない車でも売っていましたから。買い手の気持ちになり切って魅力を実感して、売り込みましたから」

大和田と塚本は一瞬、視線を絡めてふっと笑いをもらした。二人とも外商部にいたときは決して自分には縁のない贅沢品を売り捌《さば》いていたのだ。

「おれには難しいみたいだな」

ふーちゃんが顔をしかめていった。

「船木さんはこの部屋は買わないかもしれません」春日が笑った。「でも。もし船木さんに買えるだけの資金があって、あのママさんから買って欲しいといわれたと考えたらどうですか」

ふーちゃんが言葉に詰まった。

「ふーちゃん、正直にいえよ」

社長が冷やかすようにいったが、ふーちゃんは口を開こうとはしない。それ以上追及することなく春日がいった。

「われわれが相手にするのは、三十五年ローンを組んででも三九八〇万円を出して、3LDKのお洒落で最先端の設備を備えたマンションを買いたいと思っている人たちなのです。彼らの心に乗り移ってください」

7

大和田と社長は真っすぐに空いていた奥のボックス席に陣取った。「AYA」は看板の灯を落とすまであと三十分。二人は一週間以上も来ていなかった。すぐに綾子がやってきてビールを注ぎながらいった。

「ご無沙汰だこと、さびしかったわ」

綾子得意のアイスクリームトークに大和田は片頬だけ笑って見せた。

「どう、ブレーメンの音楽隊はうまくいっている？」

どこがブレーメンだ、と茶化す気に二人ともなれない。

「ミレトピアって、すごい立派なマンションなんだってね」

まあね、といっただけで二人はグラスの縁を合わせてビールを呷《あお》った。

「疲れた顔しちゃって」

「そうでもないさ」

大和田が短く応じたとき、「おーいママ」カウンターの客に呼ばれて綾子が席を離れたが、二人はまだ互いに口を利こうとはしない。

大和田と社長はこの一週間、「ミレトピア横浜」の売れ残った一室を転用した仮オフィスに十時過ぎには出勤し、二時間ほどは春日がどこからか手に入れた幾種類もの名簿を元に営業電話をかけ、午後からは徒歩二十分圏の住宅に軒並みチラシを入れ続けた。戸建てもマンションもアパートも、金持ちそうか貧乏かも区別しなかった。

二人ともこんな営業は経験したことがない。ほぼ二時間はひたすらテレフォンマシーンになるのだ。

「住宅情報誌や新聞の広告でご承知かと思いますが、三上不動産が誇るミレトピア横浜のご案内で失礼いたします。M駅から歩いて」

春日が作ってくれた原稿の最初の一行くらいで、ほとんどの相手が受話器をフックに叩きつけた。

「悪いけど」とか「ごめんなさい」と、ひと言でもいうのはごく少数である。「買うわけないだろう」と怒鳴る奴もいる。かける電話かける電話、手ひどくはねつけられ続けていると心が擦り切れてくる。

それでも大和田も社長も、春日とともに当初立てた方針に沿って行動している。マンションの営業など初めてだが、フェースツーフェースの営業という春日の方針に大和田は深いところで納得している。

結局、商売は人間対人間だ。人間と人間の間に情報ツールとかシステムなどが挟まることもあるが、必ずもう一度、人間同士に戻ってくる。百貨店マンを三十年以上やってそれは間違いないと思う。しかしこの人間が難しい。

仮オフィスの隣の「販売センター」に陣取っている花房信彦がときどきこちらに顔を出して、「いかがですか」「着々と布石を打っているところです」「頼りにしてます」などと言葉を交わすが、古めかしい営業方針を出されて戸惑っているようだ。こちらがうまくいかなければ商売上困るが、うまくいけば自分の営業信念が崩れる。

栗木光一も一度だけ仮オフィスに姿を現した。大和田らに丁重な感謝の言葉をいい、高そうな寿司を差し入れただけで、そそくさと帰っていった。

森は最初の日、一時間ほど仮オフィスで受話器を握っていたが、自分流でやってみたいといって電話営業はやらなくなった。それでも毎日一回はオフィスに顔を出し、大和田や社長と言葉を交わす。

塚本も勤務の合間を縫って一度だけやってきたが、やはり自分のやり方でやってみたいとオフィスにはあまり顔を出さなくなった。丸高の勤めがあるのだから無理もない。

（しかしあいつは何だって定年待合室に入れられたのだろう？）

漠然と上司の誰かに嫌われたのだと思っていた。しかし塚本は一匹狼で活動していて最低でも三人分は稼いでいたろう。上司と軋轢《あつれき》があったとしても、外商部の隅にデスクだけ置いて働かせればいいではないか。そうできない理由があったのだろうか？

ふーちゃんは印刷所が休みの土曜日にやってきた。翌日の日曜にも来るはずだったのに来なかった。

ふーちゃんの電話のやり取りは、大和田の胸が痛くなるほどしどろもどろだった。あれほど苦手なら逃げたくなるのは無理もないと思った。大和田でさえ受話器を握るのが辛くなっている。

その点、チラシ撒きは気楽だ。ひたすらマンションの集合ポストや戸建て住宅の郵便受けにチラシを放り込んでいけばいい。何度かマンションの管理人や住人に「チラシは禁止よ」などといわれたが、「すんません」と引き上げればいいだけで、電話でガチャ切りされる十分の一も傷つかない。知らない街を黙々と歩いているとむしろ傷ついた心が癒された。

「軒並み入れてくださいね」と春日にいわれていた。

「家の見てくれから買いそうかどうか判断する必要はありませんからね。とんでもないボロ家の住人が五〇〇〇万円のマンションを買うなんてことはよくあることですからね」

貧相な身なりの人が高級品をさり気なく買っていく、大和田も丸高の店頭でそんな場面を何度も見ている。

「私の若い頃は、家並みにもよりますが、一日三〇〇〇枚は優に撒きましたよ。距離にして一〇キロ、直線では一キロの住宅地を軒並み歩くとそのくらいになりますからね」

結局、サラリーマンのように仮オフィスに出勤し続けたのは大和田と社長だけだった。

その社長も二週間目からは電話をかける本数も少なくなり、早めに切り上げてチラシ撒きに出て行った。

大和田は春日の方針に忠実に、二時間はテレフォンマシーンになりきってからチラシを撒きにいった。

昨日辺りから、これを続けて本当に効果があるだろうか、と思い始めている。頭では一ヶ月やらなくては効果など分からないと思いながら心と体がついてこない。

カウンターの客を麗華に任せ、ボトルと氷を持った綾子が戻ってきた。大和田の背中に軽く手を添え隣に座った。

「ふーちゃん、ここんところ成績優秀なの」

「どういう意味だ？」

「毎日、仕事終わるとすぐここへ顔を出すの」

「本当か？」

社長が嘲笑するようにいった。

「あいつ、自分でこの話を持ち込んで来たくせに、ママのスカートの中に逃げ込んでいるのか」

「そうじゃないわ。ここでビールを一本だけ飲んだら、すぐに出て行くもの」

「どこへ？」

「分からないけど、ミレトピアの営業しているんでしょう。ふーちゃん、あたしに冗談はいうけどまじめなことはいわないもの」

ママが茶化すからだろう、という言葉を大和田は口にはしない。綾子は大和田のように自分を口説きそうもない相手にはアイスクリームトークを連発する。しかし、ふーちゃんのように目の中に自分へのハートマークが灯っているような客は、いつも冗談をいってはぐらかすのだ。

「遅くなってからもう一度出直してくるの」

「それで？」

「今度は看板まで飲んでいくの」

ふっと大和田はドアに目をやった。わずかに開きかけたが、押し開けた人の姿が見える前に閉じた。

大和田は立ち上がり、カウンターの後ろを足早に抜けてドアを開けた。階段を駆け下りる足音が聞こえた。

「ふーちゃん？」

大和田は後を追った。最後に階段を三段も飛び降りた。

雑居ビルを飛び出して大通りに向かった。大通りに出ると左右に首を振った。左のほう、駅に近い側のわき道を入りかけた後ろ影が見えた。

　ふーちゃんと呼びかけて走った。わき道のところまで行くと、目の前にふーちゃんが立っていた。

「どうした？」

「顔合わせられない、と思ってね」

　ふーちゃんが気弱な笑みを浮かべた。素面だった。

「そんなことないさ」

「おれにはああいうことはできない」

「おれだって苦手だよ。でも春日さんの営業方針に納得したんだから」

「ＡＹＡ」に連れ戻そうとふーちゃんの肩に手を回した。意外に骨太の体がピクリと痙攣した。

「おれにはできない」

　手を振り払おうとしたが大和田は放さなかった。ふーちゃんが放すことを望んでいないと感じた。少し力を入れるとふーちゃんが並んで歩き始めた。

「できることをやればいいさ」

「やっているよ」

「なにを？」

ふーちゃんは答えなかったが、持っている手提げ袋に紙片が入っている。たぶん「ミレトピア横浜」のチラシだろう。指摘しようと思ったがやめた。「AYA」の入っているビルの入口に人影があった。

「まあ、仲のいいこと」

探しに降りてきた綾子だった。

「お袋みたいな口を利くな」

「いやね、こんな、お嬢さん捕まえて」

ボックス席に戻るとき目が合ったカウンターの客が軽く頭を下げた。綾子を強引にアフターに連れ出そうとした客だ。

席に来て水割りを作っていた綾子の耳元でいった。

「あいつ、来てるのか」

「ああ、ダンさん。オーさんより出席率が高いわ」

「大丈夫なのか」

「何のこと?」

にやりと笑ってまたカウンターに戻っていった。カウンターの内側に入る前にダンさんと呼んだ男の肩に手を触れた。

「ふーちゃん、あれ、いやだったろう」

社長がふーちゃんのグラスに、ドボドボとウィスキーを足しながらいった。ふーちゃんは答えずに三倍も濃くなったグラスに口をつけた。

「おれもたいがいの苦労はしてきたと思っていたけど、あの電話にはうんざりだ」

社長がいうのに大和田が答えた。

「社長も無理しなくてもいいよ。やりたいっていうから声かけたんだ」

「もう少しやるよ。これまでも八方ふさがりで、もう生きるか死ぬかってときにいつも道が付いたんだ」

「オーバーだな」

「オーさん、平気なのか」

大和田は答えず横を見て問うた。

「ふーちゃん、どこに撒いているの」

ふーちゃんはグラスを口から離さない。

「電話、やらなくてもいいんだから、オフィスにきなよ。春日さんが気にしているよ」

それでもふーちゃんはグラスを離さない。

不意に背後から綾子に声をかけられた。

「ふーちゃんだってお酒を控えて頑張っているのよ。おかげでAYAは売上げダウンなんだから」

大和田は三つのグラスに角瓶の残りをみんな空け、「これ入れてもらおうか」と綾子にボトルを突き出した。

「オーさん、愛しているわ」

「おれたちも愛してくれよ」すかさず社長。

「もちろん愛しているわよ」

綾子は社長の肩に両手を置いてからカウンターに戻っていった。

ようやく唇を離してふーちゃんがいった。

「エイギョウって何なの？」

言葉が口の中にこもり大和田はよく聞き取れなかった。

「似たようなマンションなのに、こっちのほうがいいですよ買ってくださいって、おれはそんな図々しいこといえないよ」

「ミレトピアが眩しく見えるほど惚れ込めばいいんだ、春日さんもいってたろう」

「そこまでミレトピアを知らないもの」

「知りゃいいじゃない」

「向こうのほうがよかったら」

大和田は思わず笑った。

「こっちのいいところはよく頭に入れて、向こうのいいところは気づかないふりしてりゃいいんだ」

ふーちゃんが切れ長の目を見開いた。

「ふーちゃんの会社だって営業やっているだろう。うちの船木和夫は腕がいいですよ、きれいに仕上がりますよって」

「おれんところは古くからのお得意さんがいるから営業なんて形だけだ」

「お得意さんったって、営業が怠《なま》けていたらすぐによそへ持っていかれちまう。ふーちゃんがこうやってあちこちで飲んだくれていられるのも営業さんのおかげだよ」

なに、いってんのよ、とまた綾子が声をかけてきた。どこから聞いていたのだろう？

「ふーちゃんが楽しく飲めるのはあたしのおかげじゃない、ねえ、ふーちゃん」

社長が大声で笑って話の流れをなし崩しにした。

8

大和田は十数本目のガチャ切りをされた受話器を置きながら、われ知らず溜息をもらしていた。途中で気がつき隣の社長を盗み見た。社長は両手をテーブルに置いて窓の外に視線を投げている。

テレフォンマシーンに徹することは、間もなく六十歳の身にはきついものだった。

結果がついてくればいいのかもしれないが、大和田と社長の電話で「ミレトピア横浜」を見に来たのは二週間でわずかに三組。それも暇そうな老夫婦と、失業中と思《おぼ》しき中年男と、冷やかしとしか思えないサラリーマンで、買うことにつながりはしなかった。

チラシの成果もほとんど上がっていない。チラシを見たといって訪ねてきたり電話をよこした客は一人か二人。

塚本からもふーちゃんからもまだいい連絡は来ていない。一日一回は顔を出す森は、社長と世間話をしたり、栗木光一とのメールを話題にしたり、ここの電話を使って何本か営業と思しき会話をしていた。そうした場面では精神を病んでいる人間には思えないが、まだ一室も売っていない。

春日だけは自分の古い人脈というのを通して二部屋を売っていたから一応、助っ人の面目は保っているが、完売には途方もない距離があった。それでも春日はめげることなく電話をかけ続け、一時間に一本くらい訪問の約束を取り付けているようだった。

たしかに春日の電話には相手を引き込む底抜けの明るさがある。

「住宅情報誌や新聞の広告でご承知かと思いますが、三上不動産が誇るミレトピア横浜のご案内で失礼いたします。M駅から歩いて」

大和田の視線の先で春日が目を閉じた。ガチャ切りされたに違いない。

受話器を置いた春日は大和田の視線に気づいて照れたように笑った。

「ゆっくりでいいですよ。マンション販売は、売れるまで止まることのできない長距離レースですから。自分のペースにあわせてやらないと息が切れてしまう」

「私は、どんなペースでやっても息が切れてしまいます」

「マシーンにならないとね。心を殺したマシーンになりながらも、商品の魅力を十分に伝える心のこもった電話営業、キャッチフレーズ的にいえばこうなるかな」

キャッチフレーズとしては成り立つだろうが、そんな名人芸は自分にはできない。そういう思いが表情に出たのだろう、春日がまた笑った。嫌な感じではない。

「営業の電話と思うからいけないんですよ。タクハツと思ったらどうですか？」

タクハツ、が一秒置いて托鉢となった。

「修行ですよ。一軒一軒訪問して、この素晴らしい教えを、あなたも知ってください、きっと救われますよと衆生《しゆじよう》に呼びかけるのです。まあこの場合は素晴らしい教えじゃなくて素晴らしいマンションですがね」

「修行になりますか」

「もちろんですよ。お客さまの夢見る暮らしにぴったり合った素晴らしい住まいを求めている人に、それを引き合わせてあげることは功徳《くどく》になりますから」

「功徳?」

大和田の頭はすぐにその言葉を噛み砕くことができなかった。

9

初めは頭の中が揺れているような気がしてめまいかと思った。次の瞬間、天地を揺さぶる地震と気づいてとっさに傍らの電信柱にしがみついた。

手にしていたチラシが風に巻かれ辺りに散っていくが、電信柱から離れられなかった。長い揺れが鎮まったとき、目の前に頭を抱えた老女がいるのを知った。屈みこんでいて動こうとしなかった。

大和田は立ち上がって老女の細い肩に手を置いた。

「怖かったですね」

しかしその肩も、頭を抱えた手もフリーズしたままで動きを取り戻さない。

大和田も肩に回した手をそのままにしていた。

「もう大丈夫みたいですよ」

一分ほど経ってゆっくりと声をかけた。老女の二つの手もゆっくり頭から離れた。

「怖かったですね」

もう一度、同じ言葉をかけると、老女が声の主、大和田をそろりと見返した。薄く化粧を施した上品そうな女性だった。

微笑みかけると見返した老女の虚《うつ》ろな目にゆっくりと正気が戻ってきた。その華奢な腕を取って立たせた。

「ありがとうございました」

まだ心細そうな声を背に大和田は急いで仮オフィスに戻ることにした。大股で歩きながら春日と社長に連絡を入れたが、携帯は全くつながらない。

部屋の片隅のテレビの前に社長が一人で座っていた。

「震源は三陸沖だ。マグニチュード8・8だってさ」

画面には灰色の街が映っていた。あちこちに煙が立ち上っていた阪神大震災の光景とは違って穏やかに見えた。あのときほど大きな被害にならないのだろうか？

ドアを鳴らして春日が飛び込んできた。呼吸を乱し厳しい表情をしている。

「東横エステートの人たちは出払っているようだから、われわれで部屋のチェックをしましょう。ついてきてくれませんか」

顔を見合わせる二人にいった。

「少しでも被害があったら、売り物にならんでしょう」

春日は最上階まで階段を駆け上り、そこから順にまだ売れていない部屋をチェックし始めた。春日に指示されて、二人もキッチンやバスの蛇口をひねり、トイレの水を流し、すべてのドアや抽斗を開け閉《あた》てし、バルコニーにも出てみた。どこまでも続く街には大地震の痕跡は見当たらず、昨日まで目にしていたものと変わらないように見えた。

接客用に置いてあったパイプ椅子がいくつか倒れていたが、他に小窓一枚ひび割れの被害もなかった。

やった！　最後の空き部屋が終わったとき春日が小さなガッツポーズをした。

「今度はお住まいになっているお客さまのお見舞いに行きましょう。万一被害があればできる限りのバックアップをしなきゃなりません」

階段を上りかけたとき、表玄関から花房信彦の大きな体と対照的に小柄な部下が飛び込んできた。春日は花房に部屋のチェック状況を報告して、これから手分けをしてお客の部屋をお見舞いしましょうと提案した。

「いや、お客さまのお相手はわれわれがやります」

花房は譲る余地が毛ほどもない口調でいった。

仮オフィスに戻ると、テレビはどのチャンネルも、どんどん規模が大きくなる震災の報道を流している。当初、穏やかに見えていた街は巨大な津波に襲われた後、砲撃にあったイラクやアフガニスタンの廃墟のように変貌していた。三人とも次々と惨状を映し出すテレビを見続けていた。やがて大和田は息が荒くなり体中の血が速く流れ出すのを感じた。吐き気に似た不快感がじわじわと体を浸す。それでも吸い込まれたように画面から目が離せなかった。

電車がほとんど動かないというので仮オフィスに泊まることにした。花房がベッドの代わりにとソファと毛布と二つの寝袋を提供してくれた。

「切りがないから、寝ようか」

三人でいいあってテレビを消し、最年長の社長にソファと毛布を譲り、大和田と春日は寝袋の中に潜り込んだ。

しばらくの沈黙ののち社長が寝袋の春日にいった。

「さすがだな、春日さん。判断が的確ですばやい。指示されるそばから感心してましたよ」

「あの小さな街の不動産屋に流れ着いてからも、もう一度、自分のリングに上がって真剣勝負をしてみたいという気持ちが、ずっと私の中でくすぶり続けていたんですね。急に面白いリングが目の前に現れたから、休むことなくラッシュラッシュラッシュと」

「くすぶり続けていた、か」

「収まったり、燃え上がったりを繰り返して、この半年、また燃え上がっていました。あっちが派手にやっていますからね」

確かにレジェンド・シリーズのCMは目につくようになっている。

「明日からは営業はすごいアゲインストになります」

春日が口調を変えた。

「こんなとき誰もマンション買おうなんて思わないからな」

「しかし需要はけっしてゼロにはなりません。せいぜい三割減でしょう。つまり七割は売れる、うちがその七割の商戦であっちを出し抜けばいいだけです」

レジェンドは強敵だからな、社長が独り言のようにいった。

「大丈夫、今のやり方を続けていればきっと勝てます。私はこの三年間、庶民の街のど真ん中で不動産を欲しがる人たちと触れ合ってきたんですから」

「結局急がば回れってことでしょう、いまのミレトピアには間に合わないんじゃないの」

「大丈夫です」

レジェンドは日経新聞の折り込み広告を二回やり、住宅情報誌にも広告を掲載して、着実に売れているようだという情報が花房経由で入っていた。ミレトピアは春日が二室を売り、塚本が一室をまとめかけているだけで、大和田も社長も森もまだ結果を出していない。

翌朝、三人とも早めに目を覚ました。すぐにテレビをつけるとどのチャンネルも被災地の報道ばかりだった。夜中の報道よりさらに被害は大きいようだ。

カップめんに冷蔵庫に入っていた卵を割り込んで食べることにした。

「今日はどうしますかね」

大和田がいった。

「やりましょうよ」

「こんなときにマンション営業でもないでしょう」

「そんなことありませんよ。みんな仕事に向かっているじゃないですか。日本人は何があっても仕事第一ですよ」

春日があごをしゃくった画面の中に、いつもよりずっと早い時間の電車に乗るサラリーマンの姿があった。

「トークは臨機応変にお願いします」

「りんきおうへん？」

「電話がつながってすぐにマンション買ってくださいもないでしょう。……最初に私がやってみますよ」

十時まで待って春日がその日最初の受話器を握った。

「おはようございます。いやあ大変でしたですね。こんなときにお電話を失礼いたします。ミレトピア横浜の春日と申しますが、お宅様はご無事でございましたですか?」

そこで春日の顔がピクリと小さく動いた。相手が電話を切ったのだ。

「まあ、こんな感じにお見舞いから入りましょうよ。やっぱりいつもより食いつきはいいですよ。まだ動揺が残っていますから、用心深さが薄らいでいます」

春日は一度、置いた受話器を取り上げながらいった。

それからも何本かはミレトピアの説明に入る前に切られたが、十本までいかないうちにその先までつながる電話が出てきた。

「……おかげさまでわが社のミレトピア横浜は、五七室すべての部屋の小窓のガラス一枚、収納用の抽斗一個、びくともしなかったんです。ご紹介させていただいている私どものほうが感激いたしました」

そこまでいって春日は嬉しそうに黒目を光らせ二人を見た。

大和田も電話の前に座った。こんな時に電話をかければ営業トークよりも先に「地震、すごかったですね」が出てくるのが普通なのだ、とよくわかった。向こうもとりあえずはそれに応じてくれる。

電話を受ける相手にいつもより声にぬくもりがあるのが分かった。もっともマンションの営業と分かった途端、切られるのはそう変わりはなかったが、それでも電話をかける苦痛はかなり和らいでいる。

　昼前に中年らしき女性と少し震災のやり取りをした後、ミレトピアの話もできて
「そんな安全なマンションなら、少し落ち着いたら見に行ってみようかしら」という言葉を引き出した。

「ありがとうございます。チラシをお送りしますので、ご連絡先を教えていただけますか」

「ホームページで見せていただくわ」

　投げ出すようにではなく丁寧に電話が切られた。溜息をついて次の電話をかけようとしたとき、スーツのポケットで着信音が聞こえた。表示に〈真佐子〉とある。

「おう、どうした?」

「お父さんこそどうしてたの?　家の電話には出ないし、携帯はつながらないし」

「帰宅難民だったんだ。そっちはどうだい」

「まあ無事よ。お父さん、大丈夫?」

「子供じゃないんだぞ」

　そう答えてから「大丈夫?」が何を問うているのかに気づいた。自分が百合子のことを思い出してショックを受けてやしないかというのだろう。

　昨日から膨大な被災のニュースを見る度に居ても立ってもいられない気分になった。その気分に覚えがあった。百合子がなくなる前後、大和田を襲い続けたものだ。真佐子はそのときの大和田を知っている。大和田は百合子一人の悲惨に長いこと茫然自失していた。それをはるかに超える死が次々と目の前に現れるのだ。

「なら、よかった」

　真佐子の電話を切った大和田の耳に社長の電話のやり取りが聞こえてきた。営業電話ではない。親しげな口調でどうやら現役社長だった頃の話をしている。大和田の視線に気づいて顔を逸《そ》らせて話を続けた。声を潜めても耳に入る。

「本当におれも意気地がなくなったものだよ。男は敵から背中を向けちゃだめだね。そんなことをすると自然と尻尾が丸まっちゃう」

　元気よく笑ってみせた。

「いまはチャイナビジネス時代に戻りました。向こう傷を恐れない男ですよ」

　話を終えた社長にカマをかけた。

「もうあの頃の人とは縁を切ったんじゃないの」

「今の会社のことを話すのは面倒だからな」

「話す気になったのか？」

「そうじゃないけど、おれだっていつ津波に呑み込まれるか分かったものじゃないから」

社長はその一本で電話はやめて、チラシを詰め込んだバッグを提げて仮オフィスを出て行った。

10

地震の翌週のウィークデー。ドアを開けると、カウンターの中から綾子が、「オーさん生きてたの、会いたかったわ」と大げさにいって涙をぬぐう真似をした。「AYA」の店舗はボトル一本割れることもなかったが、客はがくんと減ったという。

先客は二人。一人は綾子がダンさんと呼んだ男だった。男が軽く頭を下げたので、大和田はつい「無事だった？」と聞いてしまった。嬉しそうに「ええ、まあ」と答えた。

二人と反対のカウンターの端に座ると綾子が声を潜めていった。

「ふーちゃんが行方不明になっちゃったのよ」

「どういうことだ」

「会社にも出勤していないんだって。ここに来たことのある会社のお友達から電話が入ったの」

「だったら、アパートでタンスの下敷きにでもなっているんじゃないか」

「お部屋にも見に行ったけど人の気配が全然ないのよ。携帯もかからないし」

綾子がふーちゃんの部屋に行ったのか。驚きが表情に出ないように口許に力を入れた。

「それじゃ、女か？」

「ふーちゃんはあたしひと筋なんだからね」

しかし、ふーちゃんにも行きつけの飲み屋が何軒かある。そこへ連れて行かれ、ふーちゃんと気楽に話す女と会ったこともある。結局ふーちゃんは、「ＡＹＡ」に綾子の愛を求めて来ているのだ。まったく見込みがないと諦めればそっちを当たるだろう。

「それならママが責任を持ってふーちゃんを探さなくちゃ」

綾子は考え込むように首を傾《かし》げた。四十を過ぎているとは見えない愛らしさがにじむ。

「どうやって？」

「ママならできるだろう」

見つめ返す綾子の大きな目をよけて店の時計を見た。「『ＡＹＡ』で会おう」と連絡してきた社長が遅い。

ビールが三本目になったときドアが開いた。社長かと思ったら塚本の丸っこい体が入ってきた。

「健さん、無事だったんですね」

「悪運が強くてね」

塚本はカウンターに座らず、空のボックスシートをあごでしゃくった。大和田はグラスを持って席を移った。

「どうしたい？　二部屋くらい、売れたのか」

「四〇〇〇万円もするものがそんな簡単に売れないでしょう」

「塚ちゃん、阪神大震災のすぐ後に大阪で、バカ高い宝石や絵画を何点も売ったじゃないか」

「よく覚えてますね」うろ覚えでいったのに当たりだったようだ。塚本が頬を緩めた。

「しかしそれで来たんじゃないんです。ぼく、会社にジヒョウを出します」

一瞬、聞き間違えたかと思った。

「たぶん健さんの助っ人をやったことが社長の耳に入りましてね、転勤を打診されました。また大阪です」

この社長は浜村のことではなく、丸高百貨店社長の鳥羽誠一のことだ。しかし定年待合室に行ってからの転勤なんて聞いたことがない。

「この年でもう大阪なんかに行きたくありません。減収減益記録更新のところにこの地震でしょう。近々、早期退職制度を再開するということですから、それに応募することにしました」

「松川や野々村はどうなるんだ」

塚本の腕を借りて外商部の松川達也のピンチを救ったとき、部長の野々村の了解は得てある。大和田と接触したことが理由なら、彼らもターゲットになるはずだ。

「つまり、社長はぼくのことを嫌いなんでしょう」

塚本は肉のついた肩をすくめた。思わず笑った。

「君、そんな大物なのか」

「野々村なんかと比べないでくださいよ」

鳥羽は、大和田とは百貨店経営の哲学が一八〇度違うが、それなりの遣り手で懐《ふところ》も広い。大和田の助っ人をしたくらいで、塚本を左遷するとは思えなかった。

ビールに代わって大和田のウィスキーボトルと氷が出ている。塚本はロックを飲み始めた。

「丸高にしがみついていたほうが経済の心配がないぞ」

「健さんの仕事で儲けさせてもらいます」

「おれの仕事なんてないよ」

「とりあえずミレトピア横浜を思い切り、売ります」

「そんな簡単じゃないっていったばかりだろう」

「これからは全力投球しますよ。ぼくは阪神大震災の後に売上げを伸ばした男ですよ」

塚本の額がつやつやと光ってきた。

「どんな時代でも金を使いたいやつはいるんですよ。ねずみ講だって霊感商法だって、いつになっても被害者がなくならないじゃないですか。みんな金を使いたくてうずうずしている。ねずみ講はぼくにはできないけど、そのうずうずを価値のあるもので満たしてやったらこんないいことはない」

「それが丸高の外商部でいつもトップクラスの成績を収めていた君の哲学か」

「そんなえらそうなものじゃないけど、あるときぼくはそのうずうずが目に見えるようになったんです」

「超能力だな」

からかいたい気分になった。

「まったく会社なんて馬鹿なもんですよ。そんなところにいるのは時間の無駄だと思い知らされましたよ。いつ東京直下型地震に襲われて人生が終わるかもしれないっていうのに、ちっぽけな企業の出世競争に勝ったから何だっていうんだ」

似た思いは自分の中にも生まれている。

「ぼくや森さんや春日さんみたいなやつが日本中にごまんといるでしょう。そいつらをみんな健さんの会社に集めてきて、何でもかんでも売って売って売りまくりましょうよ。外商部は、なんだって扱っていたじゃないですか」

大和田が当時の記憶を辿りかけたとき「そうそう、ブレーメン、ブレーメン」と声がした。綾子が後ろに立っていた。

「ついでにうちのお酒も売りまくってよ」

「とりあえずぼくもボトルを入れさせてもらうかな」

「塚本さん大好き」

綾子がカウンターに戻るのと入れ替わるように客が入ってきた。社長だった。しかし一人ではない。すぐ後ろに男が立っていて社長に何か語りかけている。

大和田と塚本の席にやってきて社長が連れの男を紹介した。

「こちらは益子織維の益子社長です。足を向けて寝られないほどお世話になった方なんだ」

「足を向けて寝られないのはこっちのほうだよ」

益子がいった。年齢は社長より少し上か。以前、戦国武将のような豪快な商法と急成長ぶりを聞かされた益子織維のトップにしては、草食動物のような穏やかな雰囲気を持っている。

「益子社長は高円寺に豪邸を持っているんだけど、もう子供さんが独立しちゃって、奥さんが戸建てはメンテが面倒だからマンションに住みたいって」

「豪邸じゃないし、そんなことはいってませんよ。浜村社長は強引なんだから、参っちゃう」

益子の言葉を受け流して社長が続けた。

「それでミレトピア横浜のご購入をご検討いただいているんですよ」

この数日、社長は現役時代の知人に何本もの電話をしていた。益子はそれにひっかかってきたのだろう。

「おれよりオーさんのほうがうまくプレゼンしてくれると思ってね。おれだと、ひとつ頼みますよ、恩に着ますなんて、土下座でもしかねない。そういうのまずいでしょう」

「何いってんですか、浜村社長。おれの営業は天下一品だって自慢してたじゃないですか」

益子の手前、言葉に気を使った。

「それは昔のこと、今回は無理をいって益子社長に来ていただいたんだ。あとはオーさんにバトンタッチ」

浜村社長も謙虚になられたなと、いってから大和田は益子に切り出した。

「ご無事でしたですか？」

「いやあ、ひどい目にあいました。会社のほうは書類や資料が散らばったくらいですんだのですが、自宅は食器棚から器が飛び出して割れたりしましてね。女房が怖がって、何度も私んところに電話をかけたらしいんですが、つながらないし、私はその日会社に泊まり込むことになるし……」

「頼りにされているんですね」

「こんなときばかりですよ。しかし押入れとか納戸を点検してみて、いつの間にか要らんものをいっぱい溜め込んだなと呆れましたよ」

そうですか。益子が震災体験を語りつくすまで、合いの手をいれ続けた後、大和田も少しずつ自分の話をした。

チラシを配っているときに大地震に遭遇したこと、すぐにオフィスに戻って社長たちと手分けをして「ミレトピア横浜」の売り物を訪れ、隅々まで点検をしたこと、パイプ椅子がいくつか倒れていただけでシャワーノズル一つ落ちていなかったこと、その後、住人のいる部屋も見舞って回ったが、どこも何の被害も受けていなかったこと。

はあー、そりゃすごいですな。ゆっくりと合いの手を入れた益子の長い顔が、牛が草を食《は》んでいる表情になった。

「つまりミレトピアはとことん安心なんです、安全なんです。それまでは営業していても私自身、データでしかわからなかったことを、あのときに自分の目で確かめました」

やっぱりうまいなオーさん、と社長が口を挟んだ。

「なんですか、浜村社長、人聞き悪いな。私が嘘でもいっているようじゃないか」

「いや、嘘じゃないよ、おれも一緒に見て回ったんだから」

「その食器戸棚は直したのですか？」

大和田が益子に問うたが、すぐに意味がわからなかったようだ。

「まだ余震も続いていますし、また食器が飛び出しても困るでしょう」

「食器棚が悪かったわけじゃなくて、食器の入れ方が悪かったようです」

「それは専門家に確認してもらったほうがいいですよ。ねえ、浜村社長。わが社から派遣しましょうよ」

「そうだ、そうだ。すぐに手配します」

「いやあ、そんな必要はありませんよ」

益子の間延びした顔が少し引き締まった。

11

チラシを撒き始めてから三週間になる。

大和田も社長も担当したエリアは歩き終えた。彼らのチラシを見て部屋を訪れた客を数えるのに両手の指で間にあった。大和田にとって意欲が擦り切れない最低限の反応だったが、まだ売上げにはつながっていない。

塚本は一部屋を売り、森の周辺も賑わってきている。チラシや電話より彼らの人脈商売のほうが強力なんじゃないかと大和田も思い始めていた。しかし春日は方針を変えなかった。

「これからが正念場です、二周目にかかってください。われわれだって郵便受けに入っていた広告を、一回目は読みもせずにゴミ箱に放り込んでも、二回目はちょっと開いてみたり、三回目には興味を惹かれるということがあるでしょう」

確かにそういう経験がある、チラシを目にするときの気分はいつも同じではない。やってみようと思った。

チラシを目一杯つめたバッグを肩に担いで二人は一緒にオフィスを出た。しばらくは肩を並べて歩く。

アパートの角を曲がったところで、大和田は足を止めた。上空を見上げ、電線の様子を目で確かめる。

揺れていない、いや揺れている、……やっぱり揺れていない。あの日以来、しばしば地震が起きているような錯覚に襲われる。マスコミによると多くの日本人が同じ症状にかかっているらしい。何しろ日に十回もドキリとするような余震があるのだ。

「オーさん、どうしたの？」

社長に問われて逆に問うた。

「益子さんのほう、どうなっている？」

「いい返事が来ないね。あれがうまくいっていたら、おれはチラシ配りは卒業するはずだったんだがね」

「脈がありそうに見えたけど」

「おれ、マンション営業に向いていないわ。ふーちゃんと一緒」

ふーちゃんとはまだ連絡が取れていない。綾子は警察に届けると言い出しているが、大和田が止めていた。何か訳ありだったら警察に届けられたくはあるまい。

「おれはね、人間関係で勝負をするタイプなの。人間嫌いだから、飛び込み営業なんて向いてないんだ」

「人間嫌いなのか、知らなかったよ」

「オーさんは、何で続けてんの」

「他にやることないからな」

そう答えたがそれで納得しているわけではない。乗りかかった船だから、ちゃんと向こう岸にまで着きたいという思いもある。それだけではない。

あの大震災に遭遇していなければ、今頃この仕事をやめていたかもしれない。しかし胸の中で波立っていた抵抗感はどこかに消えてなくなった。何しろ被災した彼らはあんな過酷と戦っているのだ。あれ以上の過酷はこの世にない。あの悲劇にショックを受けた世界中から、祈りにも似た哀悼の気持ちと支援の手が集まってきている。大和田も郵便局から少なくはない義捐金を送った。それでも彼らに取って代わることはできないし、過酷を分かつことさえできない。自分の立っている場所を少しでもきちんと生きること以外に自分が生身でできることはない、今はミレトピア横浜なのだと思った。

バス通りまで出て、二人は右と左に分かれた。

やがて昨日、チラシ撒きを切り上げたエリアに着いた。その先に、色んなタイプの分譲住宅やアパートなどが重なった雑多な住宅街が広がっている。大和田はバッグからチラシを取り出し軒並み撒き始めた。

大和田はきちんとスーツとネクタイを身に着けている。郵便受けにチラシを入れるとき背筋を伸ばし堂々と振る舞う。六十の男がだらしない格好でこんなことをしていては、怪しげに見られる。

いつのころからかチラシを入れるとき「頼むよ」と声に出さずにいうようになった。「修行のつもりで営業をやったらどうだ」という春日の言葉ではなく大津波のせいだろうと思う。誰に何を頼むのか、自分でもよくわからない。


道の両脇に小さな田んぼと畑があり、その先に見覚えのある五階建てのマンションが見える。壁面もベランダの鉄柵も色褪せており、築二十年はとうに超えているだろう。三週間前、あそこの集合郵便受けとすべての部屋の新聞受けに「ミレトピア横浜」のチラシを入れた。しかしどの部屋からも何の音沙汰もなかった。二周目の効力を発揮してくれるだろうか？

マンションのエントランスに足を入れたとき、スーツの中で着信音が鳴った。綾子だった。道路に戻って声を上げた。

「はいはい」

――ふーちゃんが出てきたの。

「本当か。どこへ行っていたんだ？」

――それがS市だって。

驚いた。津波に建物のほとんどが流された被災地として毎日ニュースで語られる町だ。

――あそこにふーちゃんの実家があったのよ。だからニュースを聞いた途端、夢中で飛び出していったんだって。それで探し回ってお母さんをこっちに連れてきたの。

「まさか?」

ふーちゃんには身寄りがないものと思い込んでいた。

――いまふーちゃんの部屋にいるんだけど、来てくれない? 場所分かるでしょう。

何年か前、「ＡＹＡ」の常連客が花見をやった後、店から十分ほどのふーちゃんのマンションに流れたことがある。

「なんで?」

――親子でもう揉めているのよ。お母さんはこんなところ出ていくっていうし、ふーちゃんは好きにしろって。二十年も会っていなかったんだから、無理もないけど。

「そういうのはママの役目だろう」

――ふーちゃんはあたしのいうことよりオーさんのいうことをきくんだから。

「それじゃ、こっちが一段落したらな」

目の前のマンションを撒き終えたら行くことにした。

壁面と同じく古ぼけた集合郵便受け。チラシやDMが溜まっている所もあるが、全ての郵便受けに入れた。一枚一枚、「頼むよ」と祈りのような思いを込めながら。

それから一階の廊下に入り込み今度は各部屋の新聞受けに投函していく。郵便受けと新聞受けの両方に入れておけばインパクトが強くなるだろう。

一階を終えてエントランスの反対側の外階段で二階に上がりながら気がついた。いつもよりずっと足が速い。ふーちゃんのことが気になっているのだ。そこからは小走りで各部屋を回り、最上階を終えると内階段でエントランスまでかけ降りた。もう今日はおしまいだ。

「あのお」

マンションから道路に出たところで後ろから声をかけられた。住民に咎められたのかと思いながら振り返った。

「あなたですよね」

上品そうな女性が、案の定、手にチラシを持っている。すみませんといって逃げ出そうとした。

「その節はありがとうございました」

もう一度見直した。「ああ」、ゆっくりと記憶が戻ってきた。あの大揺れのとき目の前にしゃがみ込んでいた老女だった。あのときは心細そうな七十代に見えたのが、今目の前ではしっかりした六十代に変貌している。

ご無事でしたかといって後ずさりした。

「ええ、おかげさまで」

そりゃよかった。頭を下げて歩き始めた。

「これ、あなたのですよね」

振り向くとチラシを目の前にかざしている。すみません、もうしませんからと足を速めた。


少し道に迷ったが、まだ明るいうちにふーちゃんの住まいを見つけた。チラシを撒いていたエリアよりずっと混み合った住宅街のど真ん中、三階建てのくたびれたマンションだ。ノックすると、はいと綾子が出てきた。店で見たことのない淡いブルーのカーディガンを着ていた。

「お、そ、い」

ぷっくりの唇を尖らせ、デートの約束をしていた恋人のようにいった。

「来なくてもよかったのに」

ふーちゃんが綾子の後ろから首を出していった。まるで夫婦のように見えた。

中に入ると二Kの奥の部屋に布団が敷いてあり、老女が寝ていた。頭髪は一本余さず白くなり顔中に深いしわが刻み込まれている。目をつぶっているから表情は分からない。

　大和田は老女を見ながらいった。

「ふーちゃんに身内がいたとはね」

「おれも天涯孤独のつもりでいたけど、おれが生まれ育ったところがすっかり津波に呑み込まれたと聞いたら、頭の中が真っ白になって、いつの間にか向かっていたんだ」

　ふーちゃんは知り合いのバイクを借り丸一日かけてS市に辿り着いたが、実家のある一帯は跡形もなく流されてしまっていた。周辺の避難場所を片端から探し回ったがどこにも痕跡さえなく、諦めかけたとき、実家とは反対の県境の中学校の体育館に母親を見つけたという。

　実家を継いだ兄の平吉と義姉はいまだ行方不明で、一人息子の甥は東京に出て仕事をしているというがまだ連絡は取れていない。平吉と和夫で「平和」になるはずが兄弟はいつの間にか口も利かない仲となり、ふーちゃんは実家と連絡を取らなくなって二十年になる。絶対に母親を一人でここに置いておけないと思い、尻込みするのを三日かけて何とかその気にさせ、タクシーに乗せて連れてきたという。

「よくふーちゃんに付いてきたな」

「足の悪い八十二歳を一人にしておけないっしょ」

「二十年も音信不通の親不孝の息子だぞ」

「オーさん、何も知らないくせに」

「あんたのいうとおり」

寝ていたと思っていたふーちゃんの母親が、目を開いてそういった。その切れ長の目がふーちゃんにそっくりだった。

「本当に親不孝もんだよ。おら、あそこで平吉を待っているっていったのに」

「だからS市の人によく頼んだろう」

それから二人は早口の東北訛りで口喧嘩をした。どうやら母親は、どこかで生きているはずの平吉夫妻と再会するまで避難所にいるといい、ふーちゃんは避難所は体に負担だから東京で自分と一緒に待てばいい、といっているようだ。

ニュアンスしかわからないやり取りを聞きながら、大和田は布団の頭の上と足元にある本棚に見とれていた。

頭の上の本棚にはびっしりと文庫本が詰まっている。翻訳物のミステリー、『鬼平犯科帳』『松本清張短編全集』北方謙三の『三国志』……。足元の本棚の下半分には分厚い画集が並んでいる。『浮世絵大系』が二十冊ほど、『現代世界美術全集』は三十冊近いと見えた。上半分は『炎の画家』など画家の評伝や評論集がぎっしりと詰まっている。

ふーちゃんはこんなに読書家で趣味人だったのだ。圧倒される思いがした。そういえば誰だかの写真集をもらったことがある。

「まったくお前は誰とも仲良くできねえな」

耳に飛び込んできた母親の憎まれ口に綾子がやんわりと反論した。

「そんなことありませんよ、お母さん。船木さんはみんなから愛されています。今日だってこうしてあたしも大和田さんもすぐに駆けつけてきたじゃないですか」

「それならどうしてこの子はいつまでも独りなんかね、あんた、この子の許嫁《いいなずけ》かね」

綾子は微笑んだだけで言葉を失い、ふーちゃんが話題をそらせた。

「おれは、平吉んところみたいなのはごめんなんだ。気楽な独りがいいんだ」

「だから、おら、帰るっていってるだろう。おらだってあそこのほうがいい」

母親は布団の上に上体を起こした。着ているのはふーちゃんのTシャツなのか、小柄な母親にはぶかぶかだった。

綾子が大和田の肩をそっと叩き隣の部屋に移った。大和田は後に続いた。

「あたし、もう支度して店に行かなくちゃ。あとお願いします」

「おれにできることなんてないだろう」

「とにかく二人が落ち着くまでいてあげてよ」

「あの二人が落ち着くことなんてあるまい。それでもおっかさんは一人じゃ帰れないから、ふーちゃんがいさせたい以上、あの部屋にいるさ」

「とにかくお願い」手を合わせ綾子は帰って行った。

部屋に戻ると、母親はまた布団に潜っていた。ふーちゃんはテレビのリモコンを手にした。いきなり被災地の画面が現れた。ニュース番組だった。ふーちゃんがあわててチャンネルを変えた。変えても変えても被災地のニュースだった。ふーちゃんは無表情のままテレビを消した。しばらく沈黙が流れてからふーちゃんがいった。

「オーさん、お茶飲むかい？」

「おれはいい、お袋さんにあげたらどうだ」

「茶ばかり飲ませるから、おなかがガボガボだって憎まれ口をきかれたばかりだ」

「本当のことだ」

布団の中でいって母親はふーちゃんに似た目を閉じた。

大和田は目の動きだけでふーちゃんを隣の部屋に呼んだ。ガラス戸を閉めてからいった。

「これからどうするの？」

「悪いけどミレトピアのほうは抜けさせてもらう。春日さんにはおれから電話をかけておく」

「こっちは全然かまわないさ。本業のほうだよ」

「明日から出社するよ。会社には電話で事情を説明して、謝っておいた」

「お袋さんは？」

「飯の支度やなんかは、おれが朝のうちにやっておく。昼間はテレビでも見ていてもらうし、元気になったらこの近所で散歩もできる。あんな避難所より百倍ましだ」

　ガラス戸が開いて声がかけられた。

「避難所のほうが百倍ましだよ」

　母親がよろよろと立っていた。

　大和田が思わず手を伸ばし背中を支えると、苛立《いらだ》たしそうにふーちゃんがいった。

「あそこは死ぬほど寒いし、ろくに飯も食えないし、便所だって汚いし……、だから来たんじゃないか」

「友達も一杯いるし、何しろ生まれ故郷なんだから」

「あんなところにいたら死んじまうよ」

「ここにいるほうが死にそうだ」

　そこから先はまたよく聞き取れなくなった。

　二人は憎まれ口をききあって二十年の空白を埋めているように見えた。沈黙のまま向き合っていては、こみ上げる思いに居たたまれなくなるだろう。

この母親は一人で故郷の被災地まで移動することはできない。ふーちゃんが自分のそばにいさせたいならいることになるだろう。しかしじきに介護が必要になる。独り身の飲んだくれのふーちゃんにそんなことがやりきれるだろうか？

いまは大災害のショックで高揚して、なんでもできそうな気になっているが、そのうち元の、実家を捨てて気ままを選んだふーちゃんに戻る。戻ったからとて一度呼び寄せた母を、兄一家のいないS市に送り返すわけにはいくまい。

12

その朝も、仮オフィスの大テーブルに座り、大和田は電話をかけていた。椅子一つ置いた隣で春日も受話器を握っている。社長は午後から出勤する、と春日に昨夜、連絡が入ったという。

大和田も客の側も震災後の高揚がすっかり薄れてきている。もう「おたくはご無事でしたか」という言葉で会話を始めることはできない。

断られても断られても、次の電話番号をプッシュしていると、ふと托鉢僧に似ているのかもしれないと思うことがある。ガチャ切りや悪態には、今でも軽く心臓をえぐられる思いがするが最初のころよりずっと楽になった。

「さすがですな」二人の電話の切れ目が重なったとき春日がいった。

「もう私のやり取りと変わらんですよ」

「まさか！　その気になるほど若くはありません」

春日の営業電話は天下一品だった。かけた相手に脈がなければ爽やかに切るし、どこかに手応えがあれば、そこからじりじりと相手の心をこじ開けていく。そうして、毎日のように「ミレトピア横浜」に客を呼び込んでいた。

「いや、相手に与える信頼感とか訴求力という意味では、もう大和田さんに並ばれたと思っています」

「やはりほめ上手も仕事の実力のうちですね」

「そんなんじゃないですよ。現に結果が出てきているじゃないですか」

たしかに最近少し反応が出てきた。大和田の電話を受けた訪問客が、この土曜日、日曜日と二日続けてやってきた。二組とも受注にまでつながっていないが、とにかく上向いていることは確かだ。もう還暦でもほめられると元気が出る。すぐに次の番号をプッシュした。

おはよーっす。十二時を回ったころ森が姿を現した。森はほぼ一日に一度はここにやってくる。本人は治療になると思っているので律儀である。表情にも仕草にもぎこちなさがなくなったように見える。本当に治療効果があるのかもしれない。

森は手にしていた紙袋をテーブルに置き、中からアルミ箔の包みを出しながらいった。

「お二人さん、これ、いかがですか」

アルミ箔を広げると海苔をしっかり巻いたお握りが十個ほど出てきた。沢庵も付いている。さらに大きなタッパーウェアを取り出しふたを開けると焼いた肉、卵焼き、ウィンナーをタコの形にしたもの、ポテトサラダ、ブロッコリーなどがぎっしり詰められていた。魔法瓶を取り出し「味噌汁もありますから」という。

大和田が問うた。

「どうしたの？　森さん」

「女房に作らせたんです」

「どうして？」

森の唇の端に笑みが浮かんだ。大和田はピンと来た。

「あれ、決まったんだ」

笑みが顔中に広がった。三日ほど前、大和田のいないとき、新田自動車の時の顧客が森の顔を見たいといってここにやって来ていたという。

「週末、契約に来るんです」

やったじゃない、大和田は手を叩いた。手を止める前に春日が立ち上がって森の両肩を抱いた。

「おめでとうございます」

春日は何をやるのも大和田が気恥ずかしいほどオーバーだが、森も嬉しそうだ。

春日は三室、塚本も一室、これで森も一室、「東横エステート」のほうでも三室売っているから、残りは一一室。自分と社長はまだ決めていないが、壁に頭を打ち付けているような徒労感はなくなってきた。


お茶を飲んでいるところに社長が入ってきた。濃紺のダブルのスーツを着ている。一番気合を入れたいときにこれを着るんだ、と以前、閉店間際にこの格好で「AYA」に現れた社長がいったことがある。

「おしゃれしているね」

いいかけた大和田に社長がいった。

「オーさん、まだ修行に行かないの」

時計を見ると一時はとうに過ぎている。

「森夫人の心づくしのお弁当をいただいていたんだ」

「社長もいかがですか」

森がアルミ箔の上に一つだけ残っていたお握りを社長に勧めた。

「森さん、とうとうゴールを決めたんだ。後はおれたちだけ」

「だったらこんなところで油を売っている場合じゃないだろう」

「もう行くところだ。一緒に行くか」

「おれはちょっとひと仕事あるんだ」

「今日も修行、頼みますよ」

社長と春日が声を合わせるようにいった。そこで自分に会わせたくない誰かが社長と春日を訪ねてくるのだと気づいた。

大和田はチラシを詰めた鞄を持ち、それじゃ、といってドアから廊下へ出た。節電で照明の落とされた廊下を行く。この薄暗さは何か昔懐かしいものを感じさせる。自分の学生時代くらいまで日本人の暮らしはこんな薄暗さに満ちていた。

エントランスの明るい外光を背景に人影が現れた。こちらにやってくる。初老の夫婦のようだ。すれ違おうとしたとき男のほうが「ああ」と小さく頭を下げた。「あっ」と大和田の声は大きくなった。先日「AYA」で会った益子だった。

「浜村社長をお訪ねですか」

「ええ、とにかく熱心に拙宅に来ていただきまして」

社長は益子に土下座営業をしたのだろうか。

「よろしくお願いします」

深く頭を下げると益子が草食動物系の頬を緩めた。

「先代だけじゃなくて、いまの社長にも来ていただいては、来ないわけにいかないじゃありませんか」

「はあ？」

「息子さんにはうちの情報インフラの面倒を見てもらっているんですよ」

何のことだろうと頭を巡らせていたら背後から声がかかった。

「益子社長、ずいぶん早かったですね。こっちですよ」

社長がオフィスの前に立っていた。声にかすかな苛立ちが感じられた。

チラシ撒きの現場に到着するまでにさっき益子がいった言葉の意味が呑み込めてきた。

「益子繊維」は息子の代となった浜村の会社と本業では商取引はなくなっているが、息子が始めたIT事業でたぶん何か関係ができたのだ。ホームページやデータベース、財務ソフトなどを、今では中小企業でも導入している。その過程で息子は益子を何か手伝っているのだろう。そして息子は、父親が益子にマンションの営業をかけているのを知ってバックアップをした。社長が直接、息子にSOSを発したのかもしれない。

そういう舞台裏を大和田に詮索されたくないからチラシ撒きに追い出したのだろう。大和田は昨日、切り上げたエリアの先の住宅街から、地図片手にチラシ撒きを再開した。

マンションやアパートが続けば、チラシはどんどん少なくなるし、まばらに家が建っているところでは、いつまでも握りしめているチラシが手の汗で濡れてもくる。「うちにゴミを入れないで」と邪険にいわれたり、胡散臭い目で見られることもある。そんなときは丁重に頭を下げて通り過ぎる。しかし無反応の人のほうがずっと多い。郵便受けに投函しているところに出くわしても、誰もいないかのように通り過ぎる人さえ少なくない。

殺風景な神社の向こうに二〇戸ほどの分譲住宅群が広がっていた。築年数はどのくらいだろうか？　かなりの年輪を重ねているようにも、新しいようにも見える。一戸一戸デザインや屋根の形などを違えているが、同じDNAを持った兄弟のように似た雰囲気を持っている。

こういうところに住んでいる老夫婦が、そろそろ手のかからないマンション暮らしをしたい、と思っていてくれれば最高なんだが。そう思いながら白い花を咲かせている街路樹に囲まれた道路に足を踏み入れた。両脇に花のあふれた小庭が並ぶ。玄関に設けられた郵便受けはどれもおしゃれだ。

　三つ目の郵便受けにチラシを入れたとき、その家の玄関が開いて初老の男が大和田を睨みつけた。

「コブシタウンは営業マンお断りですよ。入口に書いてあったでしょう」

　たしかにそんな文字を目にしたが気に留めていなかった。

「営業活動はしません、チラシをお配りするだけです」

「それも営業活動でしょう」

　そういわれれば反論はできない。大和田はそこを去ることにした。

　地図では分からなかった川が、行く手をふさいでいたので今来た道を戻り始めた。両側のどの家の郵便受けにももう大和田の入れたチラシが入っている。徒労感を奥歯で嚙み締めている。

　自分はなぜこの道を歩いているのか？　唐突にそう思った。最初は綾子に巻き込まれて栗木光一に会い、その栗木に巻き込まれて花房信彦に会い、花房に巻き込まれ、間にふーちゃんが入って春日次郎を巻き込んだ。そうした人のつながりがぼんやりと頭の中に浮かぶ。

　不意に背後から足音がして声をかけられた。

「あなたですよね」

　すぐに誰だかわかった。振り向くとやはりあの老婦人だった。

「ああ、よかった」

「先日はご迷惑をおかけしました」

「あなた、ここの方でしょう」

老婦人がチラシを突き出した。

「三上不動産販売の人よね」

なぜいつまでもそのチラシを持っているんだろうと思いながら、うなずいていた。

「ちょっとあなたのお話を伺いたいと思いましてね」

意外な言葉に、脳の回転に急ブレーキでもかけられたように判断停止状態に陥った。

13

「このあいだはごめんなさい」

カウンターに身を屈めるようにして綾子がいった。カウンターの反対の端には見たことのない客が一人いる。奥のボックスにはときどき見かけるサラリーマンの三人組がいて、カラオケを始めるようだ。リモコンを手にした香織が大和田を見かけて、いらっしゃいと笑顔を浮かべた。

麗華は原発事故が起きて間もなく故郷の大連に帰ってしまった。あっちでは、もう日本が滅びるとでもいうようなすさまじい報道がされているようだ。

ビールでのどを潤してから大和田は声を潜めていった。

「それで、ふーちゃんどうなった？」

「あれから連絡とっていないの」

「冷たい女だな」

「オーさんは、連絡したの」

日頃のアイスクリームトークに似合わない辛口、しかし顔には邪気のない笑みが浮かんでいる。

「おれも、冷たい男なんだ」

「だって電話したら、ただじゃすまなくなるような気がして」

その言葉に少し胸が騒いだが、黙って綾子の言葉の続きを待った。

「ふーちゃんが、あんなお年寄りの面倒を見てるのよ。放っておけなくなるでしょう」

「それならどうするんだ」

「どうしましょう」

「口ばかりじゃないか」

責めるつもりはなかった。自分にも返ってくる。

それが耳に入らなかったように綾子が明るい声に切り替えた。

「社長、売ったんだって」

「ご報告に来たのか」

益子は四五〇〇万円の部屋を買ってくれたという。

「超ご機嫌だったわよ。あんな子供みたいな社長を見るのは初めて」

親孝行な息子だよな、といいかけて言葉を呑んだ。社長は息子に助けられたことを大和田にもいいたくないのだ。まして綾子には知られたくないだろう。

カラオケが始まって店中に音が響き渡り、カウンター越しの綾子との会話が面倒になった。綾子に伝えようとしていた話はまだ胸の中にしまってある。

あの老婦人、林さんはコブシタウンの住人だった。二人の子供が独立してあの家を離れて三年目、夫婦二人には広すぎる家を売ってマンションに移ろうとしているところだった。グローカル不動産の「レジェンド」を買おうと決めかけていたのだが、震災の時に助けてくれた大和田の手から吹き飛んだチラシを拾い、「ミレトピア横浜」もいいかもしれないと思うようになった。それで大和田のことを探していたという。

「それなら電話をくだされればよかったのに」と大和田がいうと、「電話をして、もしあなたがいなくて変な人が出たら嫌だったのよ」と答えた。その話を伝えると春日が目を輝かせた。

「レジェンドからうちに乗り換えてくれるんですか」

「春日さんの狙い通りだよ」

「それなら、もう五パーセント値引きしてもいいですよ」

「うちの儲けがなくなってしまうでしょう」

「グローカルを出し抜けるなら儲けは度外視ですよ」

しかし値引きを上乗せしなくても林夫妻は「ミレトピア」を買ってくれそうである。あの日の大和田だけではなく、背筋をぴんと伸ばし胸を張ってチラシを撒いていた大和田を二度も見かけて信頼できたという。もちろんそのあと二人で来て部屋を細部まで確認して納得しているのだ。

林夫妻だけではない、この土日には大和田の営業が実を結びそうな客が二組やってくる。片方は電話が、片方がチラシが客を呼び込んだ。チラシのほうは二度目となる。これはきっと契約にまでいくだろうと春日がいい、大和田もそんな気がしている。

一曲目のカラオケが終わったとき、ボックスに向かってパチパチと手を叩いていた綾子にいった。

「おれもな、売れそうなんだよ」

「ほんとう?」

「ああ、一戸は堅い。あともぼちぼち続きそうだ」

すごおい。弾む声を上げ綾子は大和田に向けて拍手をした。カラオケのときより倍も大きく手が鳴った。それ以外のアイスクリームトークはなかったが満足だった。

気がついたら店は二人だけになっていた。香織はカラオケの客に誘われて「お先でえす」と店を出て行った。まだこの店の助っ人は仕事半分遊び半分なのだ。

大和田も最終電車に間に合う時間を確認し「お勘定ね」と綾子にいった。洗い物をしていた綾子が顔を上げ、「作戦会議しない？」と白い歯を見せた。

「作戦会議？」

「ふーちゃん救出作戦よ」

「何から救出するんだよ」

「それが会議のテーマなのよ」

店内の照明をすべて消しドアを閉めさらにシャッターを下ろす綾子の後ろ姿を見ていると、情夫になったような気分がちらっとよぎった。ダンさんでもやってきたら大変だ。

寿司清は、客さえいれば夜中の二時過ぎまで店を開けている。今日はまだカウンターで、どこかの店を終えたママと年配の客とが飲んでいた。

「作戦会議だから、こっち使わしてね」

冗談めかして店主にいって綾子は座敷に上がり込んだ。小さな床の間の掛け軸が鯉の絵柄に変わっていた。

出されたビールを二つのグラスに注ぎ、その縁をぶつけ合わせて「おめでとうございます」と綾子がいった。

「一部屋売れただけで、おめでとうといわれてもな」

「もう、大丈夫よ、オーさんは。あ、大丈夫は最初から分かっていたんだ」

「占い師のようなことをいうんだな」

「あの中にいるとね、お客さんのこと本当によく見えるの。お腹の中までみんな見えちゃう」

「おお、怖い」

「だからオーさんがマンションの仕事うまくいくと分かっていたわ」

「たまたまだよ、春日さんに会わなかったらどうなっていたか分からない」

「春日さんに会わなくても、オーさんは誰かいい人に会っていたのよ」

「ますます占い師だ」といいながら、綾子の言葉に少しその気にさせられている。

「みんな、オーさんといると、居心地がいいのよ。ダンさんまでなついちゃって、すっかりお行儀よくなっちゃったでしょう」

「あれはママのおかげだろう」

「あたしのことは、みんな、口説こうとするか威張ろうとするかよ。どっちもしないのは奥様のことが忘れられないオーさんだけ」

障子が開いてカツオの造りが出てきたのをきっかけに大和田が話題を変えた。

「ふーちゃんの作戦会議はどこへいったんだ」

「どうするのかしら、ふーちゃん」

「お腹の中まで見えるんじゃないのか」

「お店で起きていることじゃないとね」

「なるほど」

「でも、ふーちゃん、どっかでパンクするわね」

綾子も大和田と同じ見通しを持っている。

「お母さんに、どこかちゃんとしたところに行ってもらうのが一番いいんでしょうけど」

ふーちゃんの兄貴夫婦はもう一月半も見つからないのだから、亡くなっているのだろう。

「どこかいい老人ホームでもないのかしら」

たしかにふーちゃんと二人でずっと暮らすのは限界がある。

「あとは物好きな人がふーちゃんと結婚してくれて一緒に支えてくれるか」

「ママはどうなんだ？」

「まさか」

「なんで、まさかなんだよ」

「そんなんじゃないの、知っているでしょう」

目の前で煙でも払うように掌《てのひら》を振ったが、頬がわずかに上気したように見えた。

まだ百合子の病気が知れる以前、ふーちゃんに「オーさん、ママを口説くなよ」といわれたことがある。「何をいっているんだ、おれには女房がいる」「ママはオーさんに気があるんだ」「馬鹿いえ」。ふーちゃんにどんな根拠があったのか、ふーちゃんが綾子に何をしようとしているのかわからなかったが、しばらく気になっていた。


「落として行ってやろうか」

タクシーを拾えるところまで出て手を上げながらいうと、綾子はお願いと腕を絡めてきた。以前、一度か二度そうしたことがある。歩いて十分ほどの綾子のマンションに寄っても遠回りにはならない。

後から乗り込んできた綾子が大和田に体をくっつけるようにした。左半身に胸と腰の柔らかさが感じられた。肩に手を回したが避けようとしない。手に力は入れない。綾子のこのくらいの仕草はアイスクリームトークの延長にある。社長もふーちゃんもダンさんだって同じ場面を演じているだろう。

綾子の指示に従って、タクシーは小さな児童公園の前でスピードを緩めた。

「今度、オーさんと夜明けのコーヒー飲みたいわね」

「ああ、今度な」

綾子は外で立ち止まってタクシーがそこを離れるのを見送っている。角を曲がるとき振り返ったらまだ手を振っていた。

「お客さん」運転手がいった。「ジェントルマンだね」

「あ?」

「わたしだったら今度じゃなくて、今日、飲もうよと、車、降りますね」

「冗談なんだよ」

「あれは本気ですね」

運転手にあおられてもその先を考えてみる気になれなかった。考えを妨げているのが何かも考えられなかった。

4話

人の住む郷

1

少し腰をかがめ、形よく三角錐になった盛り塩の先を一つまみ口に含んでからドアを開けた。

きたねえな、という背中からの社長の声と、いらっしゃい、という店内からの嬌声が大和田を挟み撃ちにした。

目の前に麗華がいた。

「れいかちゃん、戻ってきたの。またよろしくね」

カウンターにいた綾子がそういい、「オーさん、社長さん、ごめんなさい」麗華が少し中国訛《なま》りの強くなった日本語でいった。

「いざというとき、おれを放っぽり出して、逃げちゃまずいだろう」

社長がからかうと麗華は形よくカットした細い眉をしかめた。

「大連じゃ、ニホンでゲンパクが破裂したみたいなニュースが毎日毎日ね、お父さんお母さんが帰ってこい帰ってこいってね。だから一度うちに戻ってなだめていたの」

「そんなに、ひどいのか」

「ニホンが消えてなくなるみたいにいっているね」

綾子がカウンターから出て二人を奥のボックス席に案内した。壁を背にして座っていた男が立ち上がって頭を下げた。光沢のある濃紺のジャケットにノーネクタイ。年齢は大和田とそう変わらないだろう。身長も同じくらいだが一回り細身で、ジャケットが衣紋《えもん》掛けにかかっているようにひらひらしている。その分若々しくも見える。

綾子が男の隣に座り、大和田と社長は二人の向かいに座った。男は名刺を差し出しながらいった。

「図々しく押しかけてきました。私の信頼する男がお二人を紹介してくれましたので、ママさんにお願いしてこうしてやってきました」

「信頼する男？」

社長が独り言のようにいうと綾子が答えた。

「森ちゃんよ。自動車営業の神様、森慎二郎よ」

「彼をそんなに信頼しているのですか」

「森さんから車を買えば、誰でもそうなります」男がいった。「もっとも私は結局、新田の車ではなく、ライバル車を買わされたんですがね」

綾子がまた口をはさんだ。

「そういうところが、森ちゃんは信頼されるのよ」

綾子がこの男と自分たちの間を何とか取り持とうとしているのを大和田は感じた。

「それで、なんで森さんが来ないの」

「来るはずだったのよ。出がけに急に具合悪くなっちゃったんだって」

森はミレトピアの仮オフィスにはほぼ毎日出勤できていたのに、まだそういうこともあるのだ。

男の名刺には〈ユートピア工房・主任研究員　寺島秀人〉とある。

「なるほど、ユートピアを作っていらっしゃるのか。ママとご同業なんですね」

大和田がいうと寺島が笑い出した。

「ママさんのおっしゃる通りの方ですな」

「あたし、何にもいってませんよ」

綾子がとぼけた口調でいい、三人のグラスにビールを注いだ。二杯目を注がれたところで綾子に促され、寺島が大和田に会いに来た理由を話し始めた。

「ユートピア工房」は都市計画や街づくりのコンサルタント会社である。発注主は主に自治体や商店街。官と民が混じった第三セクターのようなところもある。

三ヶ月ほど前、東京の西隣に位置するY市が商工会議所と連携して、ニュータウン「七月の郷《しちがつさと》」の暮らしをバックアップする計画を始動した。マスコミも注目するユニークな計画だったが、たちまち行き詰まったので、それを手直しして欲しいと「ユートピア工房」に注文してきたという。

「バックアップといっても、ささやかなものなんですがね」

寺島が照れたような笑みを漏らした。少しそげた頬に爽やかなしわができた。

私鉄の七王子駅と月川駅のほぼ真ん中にできた「七月の郷」には、もう三十年以上の歴史がある。一九七〇年代後半の売り出し当時、経済成長はスローダウンしていたが、一億総中流となった日本は元気に溢れ、サラリーマンたちも前向きの意欲に満ちていた。

「都心からは遠いですが、けっこう上等な分譲住宅でして、働き盛りのサラリーマンが続々そこに入ってきました」

大手デベロッパー「西都《さいと》不動産」によって、三期に分けて分譲された「七月の郷」は、完工した時には約二〇〇〇戸、最盛期の人口は七〇〇〇人に届こうとしていた。

社長が懐かしそうに合の手を入れるのに合わせて、寺島は淡々と「七月の郷」の歴史を語った。バブルの最中には、多くの住民が深夜にタクシーで帰るような猛烈サラリーマンぶりを見せていたこと、それに続く〝失われた十数年〟には住人の暮らしに栄枯盛衰があり、持主がクルクルと入れ替わったこと、それでも地域にはまだ活気が残されていたこと。

「それが二十一世紀に入った十年で、子供たちがどんどん独立して街を出ていき人口は四〇〇〇人ちょっとにまで減少しました。おかげですっかり年寄りばかりの街になっちまいまして、去年、平均年齢は六十歳を超えましてね、このままでいくとたちまち限界集落になります」

「限界集落？」

社長がわずかに眉間にしわを寄せた。

「六十五歳以上の人口が半分以上のコミュニティのことです」

「セーフ」

社長が大和田のほうに向かって野球の塁審のように手を広げてみせた。自分はまだ六十五歳になっていないとアピールしたつもりだろう。

「ひと頃、過疎地の限界集落が話題になっていましたが、いまでは都市部にも出現しているんです。ほら新宿の戸山団地なんかが有名じゃないですか」

大和田もニュース番組か何かで見たことを思い出した。

限界集落とまではいかないが、大和田の家の近隣も高齢化がどんどん進んでいる。

顔見知りの住民も一年経てば一歳年を取り、久しぶりに見かけると驚くほど老人になっている。こっちもそうなのだろう。日本中にこれが広がっているのだ。

寺島が大和田の顔を覗き込むようにして続けた。

「高齢化が進み独居老人も多くなると、その地域の暮らしが難しくなります。力仕事ができなくなるから、ごみ出しや地域環境の整備などがおろそかになる。購買力も減って商店が成り立たなくなり、次々と店を閉めてしまい、それがまた人口減を促す悪循環が起きてしまう」

講談話でも語るような調子で話していた寺島が、不意に表情を曇らせ口調を変えた。

「四ヶ月ほど前、七月の郷に非常に困ったことがおきましてね」

そうなのよ、といって綾子が社長と大和田の顔を交互に見た。今日はまだ一度もアイスクリームトークが出てこない。

「西都不動産は、七月の郷のど真ん中に西都ストアというスーパーを出店していたんですけど、あまりに人口が少なくなって商売が成り立たず、閉鎖してしまったんです。それで郷の住民はそのまま買い物難民になってしまいました」

「買い物難民？」

怪訝な表情になりかけた社長が途中で言葉の意味に気づいたようだ。

「そうなんです。その辺りには西都ストア以外に食料とか日用品を買える店はほとんどないんです。車を使って遠くまで買い出しに出るか、自転車で二キロほど先のスーパーに行くか、しかし高齢者が多いですから、そういうことをできる人も限られています」

そこでY市が商工会議所と組んで、市内の商店に宅配サービスをやってくれる有志を募った。すると八百屋、肉屋、魚屋、豆腐屋……、多くの店が名乗りを上げ、「七月の郷」の住民たちはほっと胸をなでおろした。

ところがこれがうまくいかなかった。高齢化した住民は家族数も少ない上に食が細くなっていて、一度に沢山の注文は出さない。一方の商店はわずかばかりの注文で宅配をしていたら手間ばかりかかって商売にならない。当初は、住民は少しでも多く注文しようとし、商店は少ない注文でも配達しようと無理をした。しかしそれは長続きせず、商店は少ない注文を嫌って冷やかになり、住民は注文をためらうようになった。

「Y市の担当者から、せっかく始めた宅配サービスをなんとか続けられるようにしてくれないか、という相談がユートピア工房に飛び込んできたのです」

寺島は澱《よど》みなく語るが大和田にはまだその意図が見えない。

「こう見えても、私はユートピア工房の創設メンバーの一人なんですが、この二十年近くに亘《わた》る公共事業の大削減で、工房はもうこれで一巻のおしまいかというほどの経営危機に何度も陥りました。いろいろと紆余曲折がありまして、ユートピア作りには一時、目をつぶっても生き延びなきゃいかんということで、経営上手な若者が創設メンバーに代わって経営者になったんです」

若者といってももう四十の半ばですがね、と寺島は少し爽やかでない笑みを浮かべた。

「創設メンバーで唯一生き残った私だけは、社名が目指すところを何とか追求し続けてきました。だから中身もコスト的にもけっして魅力的とはいえないY市の注文を喜んで引き受けることにしたのです」

担当するY市市民福祉部の主任とは以前から仕事の縁があったので、受注はすぐに決まったという。

長い話が一段落したとき、これまで黙って耳を傾けていた大和田が口を開いた。

「それで私たちに何をやってくれと？」

「だ、か、ら、買い物難民を何とかして欲しいっていうのよ」

綾子は初めて口にしたに違いないイントネーションで「カイモノナンミン」といった。

「実は私に急に別のプロジェクトが持ち上がりまして」寺島の顔を、困惑にも自慢にも見える表情がよぎった。「私たち街づくりコンサルタントの有志でコミュニティ・エイドという団体を作っていまして、今度の東日本大震災にあたっていくつかの地域再生プロジェクトを立ち上げているんですが、そこに急遽、派遣されることになったんです。買い物難民も切実ですが、あっちのほうがもっと大変ですから」

大和田とちらっと目が合った寺島が言い訳がましくいった。

「いやいや、両方の大変さを比較しようがないのはよくわかっています。コミュニティ・エイドの理事会から、どうしてもと声をかけられて私も切羽詰まっていました。そのことを愚痴のように漏らしていたら、森ちゃんが、それなら大和田さんに相談したらといってくれたものですから」

寺島は以前、森に大和田らの活動を聞かされて関心を持っていたという。理想に燃えていた頃のユートピア工房が目指していることや手法と重なる、と。大和田は苦笑していった。

「お仲間がいくらでもいるでしょう、私はユートピア作りなんて考えたこともありません」

綾子が口を挟んだ。

「カイモノナンミンを助けてあげればいいのよ」

「買い物難民なんて、今日、初めて聞いたんだぞ」

「いままでだって初めてのことをいっぱい成功させてきたじゃない」

「おれがやったんじゃない」

「だからすごい人を見つけてきてよ」

あわてて寺島がいった。

「もちろん私がきちんと引き継ぎをしますし、段取りもくみます。いま森ちゃんとミレトピア横浜でやっていることをここでもやっていただければ、必ずうまくいきます」

寺島の言葉の意味が吞み込めなかった。

「とにかく一度、実地見学に付き合ってくれませんか？」

2

窓際の碁盤をはさんで二人の老人が座っている。

黒いセーターを着た太めの男は、ときどき、上体を起こし窓の外に視線を投げる。そこにはいくつかの店が並んでいるが、半分はシャッターが下りて閑散としている。理容室と美容室、新聞配達所、接骨院、個人医院……。

もう一方の薄茶のジャケットを着た細身の男は碁盤に覆いかぶさり、次の手を読みふけっている。

彼らのいる場所はフロアの床より少し高くなって畳が敷かれ、碁盤と将棋盤が二組ずつ置かれている。いまは一組の碁盤しか使われていない。

フロアの畳敷きより内側のスペースには、二人用、四人用、十人もが囲める大テーブルが合わせて八つ置かれ、半分ほどの席にぽつぽつと人がいる。

そのテーブルの間を縫って、頭髪を淡い紫色に染めた女がゆっくりと歩いていた。女は淡い花柄のワンピースを身に着けライトブルーのカーディガンを羽織っている。くっきりした二重の目、薄く口紅が差してあるが、六十はとうに超えたろう。女は客たちに次々と語りかけていく。

「あれ、どうなっているの?」

「日曜日は見に来てくれるのよね」

席に座っているのはほとんど六、七十代と思《おぼ》しき女だが、真ん中のテーブルに八十を超えていると見える男がいた。小柄で肉のそげた男はしわの寄った口元をすぼめ、鶏のように首を動かして部屋の中を眺めている。

紫髪の女性が男の肩に手をかけ耳元で大きな声を上げる。

「ご精勤ですね。ご立派、ご立派」

「一日一度は、あんたの顔を見ないと眠れんのでね」

「ここにいらしたって眠っているじゃありませんか」

澄ました口調でいうと女たちがどっと笑った。

テーブル席を回り終えた紫髪が畳の席まで来ていった。

「どうしたの、お二人とも、言葉も出ないほど切羽詰まっているんですか」

碁盤に前のめりになった細い男は女の言葉にピクリともしない。その前で胸をそらせていた太めの男が女に目をやり、「もうじき、負けましたって頭を下げるよ」といった。

「木谷さんがそんな殊勝なことというわけないじゃないの、清原さん。負けました、の代わりにもう一丁でしょう。あなたたちの辞書には負けました、はないんだから」

木谷と呼ばれた細いほうの男はじっと盤面に目を落としたままだが、太いほうの清原は、まったくーといって白髪頭に五本の指を突っ込み乱暴に掻きむしった。

「ビッグマザーは、どうしていつもそんなに楽しそうなんだい？」

「お二人を見てたら、おかしくておかしくて」

「誰の前でもいつだっておかしいんだろう、ねえ、佐藤さん」

近くのテーブルでコーヒーを飲んでいた女性に相槌を求めると、女性がのどかな口調で答えた。

「大物なんですよ、森村さんは。だからビッグマザーって呼ばれるようになったんだもの」

「木谷さんだって大物だったんだよ。東西物産の部長さんにまでなった人なんだから」

「ここでは昔の肩書は口にしないって約束でしょう」

「悪い悪い」清原がもう一度白髪頭を搔いた。

大物なんかじゃないわよ。

内心に浮かんでいる言葉を森村恭子は口から吐き出すことはない。何が起きても楽しそうな表情を崩すことのない大物、だからビッグマザー、そう皆に期待されている役回りをちゃんと果たしているだけなのだ。

恭子は四年前、夫に先立たれた。一人娘はそれ以前に関西に嫁いでいたから、一人ぽっちのさびしい日々を送ることになった。広大なニュータウン「七月の郷」には、打ち解けた話をできる親しい友人はいなかった。挨拶を交わすくらいの近所付き合いはある。到来物をおすそ分けすることもできる。しかしみなその先には踏み込まない。程よい距離は気楽だが、さびしい距離でもある。

だから二年前、Y市市民福祉部が「ふれあいサロン・ジュライ」を作る話を住民に持ちかけてきた時、それに参加することにした。ジュライとは「七月の郷」の七月から取った。

市民福祉部・主任の澤田一太に聞かされた話によれば、高齢化が進んだ日本中あちこちの公団住宅やニュータウンに、住民が交流することを目的とした「ふれあいサロン」と銘打ったスペースができているという。住民が隣人と交流するための場所だ。

その設立に夢中になり、運営に四苦八苦している間、一人ぽっちであることを忘れられた。誰よりも熱心になったかもしれない。いつの間にか運営スタッフの中心人物となり、スタッフ会議の議長である「サロンマスター」に選ばれてしまった。

「女でマスターはおかしい、ミストレスだろう」と学のあるメンバーがいったが、「ミストレス」なんて聞いたこともなかったから「マスター」でいいと思った。

やがて少しずつ高齢者が集まるようになってきた。最初は誰もみな少しおずおずしていた。だから恭子は底抜けに明るいふりをした。「マスター」が暗かったり、気難しかったりしたら人が寄り付きはしない。本当の自分の二倍くらいの元気を出していたら、いつの間にか「ビッグマザー」と呼ばれるようになった。

しかしあのときは参った。

毎日のように来ていた藤巻さんが三日続けてこなかった。藤巻も独居老人で数少ない男性の常連客である。

皆が「藤巻さん、どうしたのかしら」と心配するので、恭子が見に行くことになった。風邪でも引いて寝込んでいるのだろうと思った。もう一人のスタッフと同行することになっていたが、間際に部屋の中で転んで歩けないとドタキャンをしてきたので、一人で行くことにした。相手は間もなく八十、男一人でも危険なことはない。

藤巻さんの家は「七月の郷」の駅とは反対の外れにある。歩いて十分足らずはちょうどいい運動になる。汗ばむくらいの速足、いつもそれを心がけている。たちまち藤巻さんの家が見えてきた。

ああ、その先は思い出したくもない。

碁盤を囲んでいる二人の背後の窓外に見知った男の顔が見えた。男は恭子に親しげに笑いかけ頭を下げた。

壁掛け時計に目をやってから恭子は入口まで出た。

（まあ、十分も早い）

「忙しいところ申し訳ありません」

紺のスーツに黒縁のめがね、赤いネクタイを締めた澤田一太が快活な口調でいった。まだ三十代の半ばだろう、一見したところ外資系金融会社にでもいる腕利きのビジネスマンに見える。

「何いってんですか、こっちからお願いしたことじゃない」

「いえ、お客様は、いや市民様は神様ですから」

「またまた」

澤田は見てくれ同様、公務員離れしたフランクな性格で「ふれあいサロン・ジュライ」のスタッフや常連に好かれていた。

澤田の後ろに二人の男が立っていた。ちょっと胸が波立った。二人とも自分よりひと回りほど若く男前に見えた。昔大ファンだった俳優の面影がかすかに重なった。

「ユートピア工房の寺島さんと大和田さんです」

澤田の言葉に促されたように、寺島が名刺を出したので、恭子も〈ふれあいサロン・ジュライ・サロンマスター〉と書かれた名刺を渡した。ここで何か催し物をやったり、ちょっとした雑誌や新聞の地方版などに取り上げられることがあるから、名刺を作ることにしたのだ。

「お二人に実情を話してあげてくれませんか」

澤田にいわれ恭子は、三人を奥の大きなテーブルに案内した。

3

「そりゃ、お店の人の気持ちだってわかるわよ。ステーキを奮発したって、一枚か二枚。大の男がガソリン使って車で運んでくるんじゃ、あわないもの」

「ステーキならまだいいわよ。三枚肉二〇〇グラムじゃ、もっとあわないわ。でも、こっちはそれくらいしか要らないんだから」

「うちだって、秋刀魚《さんま》でもアジでも、二匹ももらえばもう十分」

「お店の人が無愛想な声になるの、無理ないわ。それは分かっているの。だけど、よね」

大テーブルに集まっていた女性たちが話の先を奪うように自分のことを話した。不満をいい立てるというより、楽しい茶飲み話のようだ。最初に恭子が一人ずつ紹介してくれたが、誰が誰やらよく覚えていない。

みな「ふれあいサロン・ジュライ」のスタッフたちである。いずれも六十代に見えた。このサロンは二十名前後のボランティアで運営されていて、常時二名が当番になるようラインナップが組まれているが、いまは都合のつくスタッフ数人を集めたという。大和田ら三人の前にだけコーヒーが置かれている。彼女らが手分けして入れてくれたものだ。

女性たちの会話にわずかの切れ目ができたとき、澤田が口をはさんだ。

「それは最初からお店も了解済みなんだから、アジ二匹だって遠慮することないじゃないですか」

「ちょっといま足がなくてとか、それだけですか、とかいわれりゃ、遠慮もするわよ」

「そういう不届きなことをいうのは、どこの店ですか？」

澤田の問いに女たちは突然、それまでのおしゃべりに急ブレーキをかけ、互いを見交わした。

澤田が一つうなずいていった。「ここだけの話にします」

「どこも似たようなものですよ」

恭子が答えると、そうよ、そうよ、と女たちは声をそろえた。澤田は苦笑いして言葉を失い、代わりに寺島がしゃべり出した。最初から打ち解けた口調だった。

「ご近所さん同士で相談して、少し注文をまとめるというようなことはできないんですかね」

女たちはまた顔を見合わせ一人がいった。

「やったところもあるのよね」

「まとまればお店だって嫌がらないでしょう」

「お隣同士二、三軒分を合わせたって、そう多くはならないもの」

「もっと大勢でやったらいいじゃないですか」

「自分のところの食事のメニュー考えるだけで面倒なのに、お隣さんと相談したり、今夜の食事だけじゃなくて、明日とか明後日の分まで考えるなんて頭が回らないわ」

「でも、みなさん、これほどのサロンを立派に経営なさって、頭も体も回っているように見えますけど」

「これはビッグマザーが率いるスタッフ会議が回しているんだもの」

女の一人がいうと恭子が首を横に振った。

「何いってんのよ。みなさんあってのジュライでしょう」

「いやあ、まったくビッグマザー様さまだ」

女たちの後ろから男の声がした。さっきまで囲碁を打っていた男の、白髪頭のほうが女たちの後ろに立っていた。

「そんなにすごいんですか」

寺島が音を立てて椅子を回転さえ、男に訊ねた。

「私なんか、ジュライができたのを知ってからも、窓の外から中を覗《のぞ》くくらいで、入ってくることはできなかった。女性軍ばかりのところにゃ入りにくいもんさ。それをビッグマザーが引っ張り込んでくれた」

「どうやって？」

「中を覗いていたら、彼女とちらっと目があったんですな。こりゃいかん、食われちまうと思って離れたんですが、ビッグマザーが後から追いかけてきたんです」

「はあ、追っかけですか」

「そうなのよ。清原さんがあんまりいい男だったから」

恭子は澄ましていった。

「ビッグマザーはそうやって色んな人を引きずり込んだよな」

「悪の道に引きずり込んだみたいにいわないでよ」

「いや、感謝しておりますよ」

大和田は黙って耳だけを傾けていた。出席者の前に寺島のものと一緒に大和田の名刺も置かれている。肩書は〈ユートピア工房・客員研究員〉となっている。

誰よりも大げさに笑いをつきあってから、寺島が話を本題に進めた。

「そんなことで宅配サービスがうまく機能しなくて、皆さんはまた買い物難民に逆戻りしちゃったというわけですね」

「カイモノナンミン」

女たちの顔に意味ありげな笑みが浮かんだ。

「あれはひどかったわね」

「木谷さん、はめられたのよ」

女が畳の席を振り返ったが、囲碁を打っていたもう一人の姿はサロンから消えていた。

「新聞記者にいわされたんですってよ、ひどいでしょう」

寺島が、どういう意味ですか、と問うと女たちがこもごも語り始めた。

西都ストアが閉店して間もなく、「毎朝新聞」に住民が困っているという記事が載った。大和田は寺島から渡された資料でその記事を見ている。

大見出しに〈ニュータウンの買い物難民・お惣菜を買いに小さな旅に〉とあり、住民の一人として木谷のコメントが載せられていた。

「西都ストアがなくなったから、歩いたら小一時間かかる国道沿いのスーパーまで自転車で行かなきゃならない。まったくちょっとした遠足だよ」

いかにも住民に同情するような口調で接近してきた新聞記者に軽口でいった「遠足」が、見出しには「旅」とされ、木谷は唖然としたという。マスコミに登場して、人気者になったのならいいが、「七月の郷を買い物難民の吹き溜まりのようにいわれちゃ、たまらない」と非難の目を向ける住民が出てきたのだ。不動産としての価値が落ちるだけでなく、そう思われたら自分たちがみじめになるという。

新潟に住んでいる娘からも「馬鹿ね、パパ、あんなことといって」という電話をかけられ、木谷はしばらく「ジュライ」に来なかった。それを恭子がなだめすかしてもう一度参加するようにしたという。しかしすっかり無口になった。

「遠足ではないにしろ、やっぱり買い物には困っているんでしょう」

木谷の話が一段落したとき寺島が訊いた。スタッフ会議の副議長だと紹介された女・黒木秀子が口を開いた。秀子は恭子とは対照的にショートヘアに黒いセーター黒いパンツ姿で、ボーイッシュに見える。

「みんないろんな工夫をして、なんとかやってきたんです。たとえば自治会が音頭を取って、車を提供する人と運転してくれる人が協力する買い物代行サービスを立ち上げたんですけど、買い物って代行するのが面倒なのよ」

そうそう、と別の女がその先を続けた。

「お醤油ひとつでもいろんなメーカーのいろんなタイプのものがあるでしょう。なんでもいいってわけにいかないんですよ」

宅配サービスなら注文の段階で、店の主人と、どの商品にするか、在庫があるかなど、細かな相談ができる。それが買い物代行となると、代行人が店頭に行っても、指定された商品がないこともあれば、どこにあるかなかなか見つからず一つの商品を買うのに五分もかかることもある。そこで買い物代行はすぐに破綻して結局、なんとか自分で行くしかなくなった。

「国道沿いのスーパー大王まで自転車なら十五分くらいなんです」恭子がいった。

「それで行く人もいるし、バスが一時間に一往復くらい走っているから、それを使う人もいるし、歩くのが大変な人は仲のいいご近所さんを頼ったり、とにかく大変ですよ。それで見かねたY市が宅配サービスを始めてくれたんですけど、またうまくいかなくなっちゃって」

「そういうことを得意とするユートピア工房さんにお願いしましたから、もうご心配いりません」

澤田が寺島のほうに手を差し伸べると、寺島は大和田の肩に手をかけていった。

「わがチームの腕利きを連れてきましたからご安心ください」

「よろしくお願いします。私たちも段々とくたびれてきて、自分たちで解決するのも大変になっていますの」

恭子がいい、女たちが一斉に頭を下げた。

皆が顔を起こすのを待って寺島がいった。

「皆さんの事情はよくわかりましたが、ここへ来られているのは、七月の郷でも元気な方ばかりでしょう。来られていない方のご意見もうかがいたいんです」

恭子の口調がちょっと早くなった。

「ここに来られない方たちとは、私たちもお天気のご挨拶くらいしかしないんですよ。皆さんがお訪ねしていって、ご意見拝聴というのはなかなか難しいと思いますよ。ジュライを立ち上げるときも、積極的な方と、遠巻きにして見てられる方と、全く関心のない方といらっしゃって、積極的な方は少数派なんですよ」

「面倒なことはお嫌いな方が多いんです」

秀子も恭子に加勢するようにいったが寺島は諦めなかった。

「しかしその方たちだって買い物はされるでしょう。できるだけ多くの方のご意見をうかがわないと、本当に皆さんのニーズに合った手直しはできませんよ。本当のニーズに合わなければまた破綻してしまいます」

「確かにそうですよね」

澤田が寺島に同調した。

「わかりました」

恭子が短くいって唇を引き結んだ。サロンの天井の照明を跳ね返し、大きな目がきらりと光った。

「うちの12エリアをご案内しましょうか、いつも自転車でお買い物されている方がいらっしゃるから。黒木さんも、一緒に行って下さる」

秀子に声をかけた。

「ええ、いいわよ」

4

「ここがわが家なんですけど」

恭子が通り抜けたのは、間口一〇メートルほどの庭のある二階家だった。鉄柵の内側にアジサイが咲き誇り、その奥にはいくつものプランターや鉢植えの花が見える。

「きれいにされてますね」と寺島がいった。

「花がないとさびしいからね」

恭子は自分の家も隣の家も通りすぎ、角地に当たる一軒家の前に立った。大谷石《おおやいし》の門の間を抜け、玄関のインターホンを押した。

家の中でぴぽーん、という音が聞こえるが、玄関に人の気配は現れない。

「赤城さーん」

恭子が大きな声を上げた。しばらく待ったが誰も出てこない。

「お留守なのかしら」

玄関のノブをひねると、鈍い音を立てて玄関が開いた。カギがかかっていないことを知っていたように、恭子は首だけを玄関の中に入れまた声をかけた。

「赤城さん」

少し耳を澄ましてから、不意に後ろを振り向いて、「主任」と声を震わせた。「なんか変よ」

「赤城さんは、お独り住まいなんですか」

「奥さんが先月から入院されていて、いまはご主人だけです」

体を硬くしている恭子をかわして澤田が玄関の中に入った。玄関からまっすぐ奥に向かう廊下があるが、照明は暗く人の姿はない。左手には二階に上がる階段がある。

「赤城さん」

澤田が声を上げたが反応がない。人の気配さえない。

「失礼しますよ」

振り向いて立ち会ってくれますかといい、廊下に上がりこんだ。寺島と大和田があとに続いた。ちらっと振り返ると恭子と秀子は肩に手をかけ合うようにして玄関に佇《たたず》んでいる。ビッグマザーも形無しだ、ふとそう思った。

失礼します、と右手の襖を開いた澤田は部屋に首を突っ込んだ。無人だったのだろう、覗いただけで奥に向かった。

突き当たりにドアがあった。澤田が両手を添えて押し開けた。

「赤城さん、いらっしゃらないのですか」

リビングルームだった。くすんだ絨毯が敷かれた部屋は暗くうっすらと埃が積もっていた。あちこちにゴミで膨らんだコンビニのビニール袋があるが、テレビで見た〝片付けられない女〟の部屋ほどひどくはない。

奥は庭に面しているガラス戸。右側の壁面に大きな液晶テレビが置かれ、それと向き合う位置に長いソファがあった。そのソファの上で毛布が人の形に膨らんでいた。

「赤城さん」

澤田が毛布の膨らみに声をかけた。その後ろで寺島と大和田が膨らみを凝視していた。リビングの入口まで秀子が来て、ドアにもたれるように毛布を見ている。

　澤田はへっぴり腰で手を伸ばし恐る恐る毛布をめくった。「わっ」と声を上げ絨毯の上に尻もちをついた。めくった毛布の下に人の顔があった。白い長い眉毛の下のしわのようなくぼみの間で二つの目がうっすらと開いていた。能面の目の穴に役者の目を見たようだった。

「寝ていたんですか」

　澤田が上ずった声でいった。細い目が虚《うつ》ろに動いた。

「怪しいものじゃありません。Y市市民福祉部の澤田です。ごめんなさい、無断で入ってきちゃって。ご返事がないから心配になりまして」

　しかし赤城の目はどこにも焦点が合っていない。

「失礼します」

　寺島が澤田の傍らに割り込み、老人の手首を取った。

「どこか、苦しくありませんか」

　赤城の目には意思の光が現れていない。

「救急車、呼びましょうか」

　ドアのところから秀子がいった。それがいいな、と澤田も応じた。大和田も同感だった。そのとき、地の底から湧き出たような声がした。

「救急車は、やめてください」

赤城だった。細い目が虚空《こくう》を捉えていた。

「ああ、ご無事だったんだ、よかった」寺島がいった。「どこか痛かったり、苦しかったりしませんか」

赤城の薄い唇はまた一文字に閉ざされた。

「今日は、何か食べられましたか」

澤田が問うた。返事を待たずに寺島も続いた。

「毛布だけで、寒くないですか」

「放っておいてください」

地の底から響くような声に迫力があった。

「そうはいきませんよ。赤城さんのような方に安心していただくためにY市には市民福祉部があるんですから」

澤田が秀子を振り返り怪訝な表情になった。

「森村さんは？」

「廊下だと思います」

澤田はソファに向き直り赤城に訊ねた。

「お食事はどうされているんですか」

赤城の顔がまた能面に戻っている。

「今日は何か召し上がりました」

赤城は口を開かない。

「冷蔵庫、見せていただいてもいいですか」

赤城は返事をする代わりに目を閉じた。能面というよりデスマスクになった。

澤田がリビングルームに隣接するダイニングキッチンに入った。大和田と寺島も後に続いた。

広さは四畳半ほどか、部屋の真ん中にテーブルがあり、テーブルの上にはいつから置かれているかわからない汚れた食器や、食いかけのコンビニ弁当があった。腐臭も消え去るくらい古いものに思えた。流しにも食器や牛乳のパックが積み重なっている。

左端に冷蔵庫があった。人の背丈ほどある大型のものだが、十年以上前の型式だろう。独り暮らしには大きすぎる。

澤田が上段の冷蔵室の扉を開けた。三段の棚も扉の裏のポケットもほとんど空だった。

「あちゃー」澤田がいった。

「これじゃ、ミイラに」とまでいいかけて寺島が言葉を呑んだ。その先を言えば冗談じゃすまなくなる。

「ここの〝世話焼きさん〟はどなたですかね」

澤田がリビングルームの秀子にいった。「世話焼き」とは「七月の郷」の小さな区画ごとの地区長である、区画の高齢者や障害者などの日常的な見守りをする。寺島から渡された資料にそう説明があった。

「さあ？」

秀子が廊下のほうを振り向いた。

「森村さん、赤城さんの〝世話焼きさん〟は？」

秀子が部屋から出て行った。

どうしたの？

秀子の声が遠くなった。

大和田が廊下に出ると、玄関に西日を背景に黒々とした恭子のシルエットが見えた。

秀子がいった。

「赤城さん、救急車は呼ぶなって、気持ちはお元気よ」

シルエットの恭子が両の手で自分の頬を叩くのが見えた。パチパチと音がした。廊下に足音が響き、恭子は大和田の目の前を通ってリビングルームに入った。

「赤城さん、ごめんなさい。世話焼きが放っておいて」

赤城がゆっくりとソファから起き上がった。澤田と寺島が驚きの表情を交わした。

「おれも悪かったよ」

赤城がぶっきらぼうに言った。

「どうしたんですか?」

「いえ、ちょっとジュライにかまけちゃって」

「おれがいいっていいったんだ」

「そういわれたって……」

二人ともそれ以上話そうとしなかった。

5

ハンドルを握っていた澤田が車の中の沈黙を破るように大和田に声をかけた。

「いかがでしたか?」

大和田は言葉を選びかねた。下手なことをいえば自分がにわか仕立てのコンサルタントだと見抜かれるだろうし、うまいことをいえそうもなかった。

「主任、解決策が見えてくるのは、これからです」

助手席に座っていた寺島が助け舟を出した。

「頼みますよ。解決策が見つからなかったら絶対に困りますから」

「必ず見つかります」

寺島が自信たっぷりにいったが、大和田には何の見通しも立っていない。

綾子にそそのかされてここまでやってきてしまった。綾子は絶対にうまくいくといい、寺島も必ず道が見つかるといった。綾子の確信は「オーさんはすごい人脈を持っている」というところにある。今度もまたすごい人に出会って問題を解決してくれるというのだ。寺島はどうやら会社でも業界でも浮いていて、すぐにピンチヒッターを頼める仲間がいないようだ。

また名刺入れの中を探し回らなきゃならない、すこしずつそういう思いが強くなっている。しかし街づくりコンサルタントなんて、これまでの付き合いの中に一人もいない。そもそもそんな業界とは接触したことさえないのだ。

車は夕闇に閉じ込められ始めた国道を十分ほど走り、横道に入ってジグザグの道路を道なりに行ってから、小さな商店街の一角で止まった。

「ここです」

澤田が車を降りて、まばらに商店が立ち並ぶ商店街を歩き始めた。二人も後に続いた。街灯もみすぼらしくアスファルトの道路はところどころ剝げていた。

寺島に身を寄せて、「私には何のアイデアも浮かびませんよ」と大和田が小声でいった。

「大丈夫ですよ。必要のあるところには必ず解決策があるんです」

その先を問おうとしたとき澤田が後ろを振り返り「ここでちょっと待っててていただけますか」と一軒の商店に入っていった。

〈丸富食品〉

四つの文字がくっきりと彫り込まれた木製の看板が、店舗の真上に掲げられていた。店の造りに比べて看板が立派すぎるように見える。

「そんなことといったって、必要があるのに宅配サービスがうまくいかなかったでしょう」

「それは必要にきちんと応える解決策じゃなかったということです」

「私にそんな解決策がひねり出せるわけがないじゃないですか」

「大和田さんなら大丈夫ですよ」

「どうして」といいかけたところで澤田が出てきた。

「それじゃこちらへ来てくれますか」

野菜や果物だけではなくカップラーメンや缶詰、乾物などがぎっしりと並んだ店の狭い通路を通って奥へ進んだ。うず高くなったかぼちゃの山の陰にいた小柄な中年女が頭を下げた。二人も慌てて返礼した。

澤田が靴を脱ぎ店舗に続く部屋に上がりこんだ。八畳間ほどの部屋の周囲にも段ボール函《ばこ》やカップ麵類が積み上がっていた。その中央の座卓の前に七福神の布袋《ほてい》を思わせる恰幅《かっぷく》のいい中年男が座っていた。艶々した精力的な顔に機嫌のよさそうな笑みを浮かべ、どうもどうもと、愛嬌と横柄が入り混じった口調でいった。

「こちらが丸富食品の富川社長です。ここの商店会の会長さんです。私が何かやるときはいつもブレインになってもらっています。今度の宅配サービスでも最初から汗をかいていただきました」

「澤田主任に頼まれたら嫌とはいえないからな」

名刺を交換し合うと富川の肩書は〈丸富食品・代表取締役社長〉とあった。

「あのサービスに参加してくれた商店を取りまとめてくれたのが富川社長です。改良に当たっても社長に音頭をとっていただくことになります」

「おー怖い怖い、主任は人を使うのがうまいからな」

富川が落下物から守るかのように両手で頭を覆った。

「こういう方がいてくれると街づくりはやり易いですよね」

寺島がいうと富川が親しげに答えた。

「オタクもうまいね」

「私はこれまでいくつものケースを手掛けていますが、地元の実力者の協力がないとうまくいかないんですよ、そうですよね」

不意に相槌を求められ、ええと大和田はあいまいな笑みを浮かべた。

「ということで。社長、商店会の実情をお二人にレクチャーしてあげてくれませんか」

「主任に何度も話したじゃないの」

「私の口からじゃなくて、社長からじかに聞いたほうが説得力が出ますから」

店頭にいた女が部屋に入ってきた。商売物らしい缶コーヒーを三人の前に置いて
「これ、いまテレビで宣伝しているやつですが、美味しいですよ」といった。いただきます、寺島がすぐに手を伸ばし喉を鳴らして飲み始めた。これが街づくりコンサルタントの作法なのかもしれない。大和田も見習うことにしたがちっともうまくない。それでも二口くらいは飲んだ。

富川が両手を一つ叩いて嬉しそうにいった。

「それじゃ、主任、おれだけってのもなんだから、うるさ型を少し集めるようにしますか」

「お願いできますか」

澤田が勢い込んでいった。前から頼んでいたものがやっと受け入れられたという口調だった。

家に辿り着いたのは深夜だった。

帰路の電車の中で寺島は「大和田さんはさすがですね」「澤田君というのは役人離れした働き者でいい奴なんですよ」「ポイントはあの八百屋ですな」という三つの言葉を違う言い回しで繰り返した。東日本大震災の救援活動の計画のほうを多く力強く語った。夢見心地の計画を聞かされているうちに、見てくれは自分と同年だが中身は松川くらいに青く思えた。

玄関に入るとすぐに仏壇のある部屋に行き、敷きっぱなしの座布団の上に座った。線香の香りが部屋に染みついている。

ここのところ百合子に言葉をかけないこともあるが、ここに座るのが習慣になってしまった。百合子だって形だけの言葉などいるまい。百合子に逝かれた自分が放心状態だったのはどこかで見ていたはずだ。見ていればあの姿だけであとは許してくれるだろう。

キッチンへ行って冷蔵庫から缶ビールを取り出すとき、赤城の悲惨な冷蔵庫を思い浮かべた。ここも半分も埋まっていないが、あれよりはましだ。牛乳や野菜ジュースに缶ビール、卵、納豆などいくつかの基礎食品は入っている。

ビールを呷《あお》っているとき、自分がすっかり引き受ける気になっているのに気がついた。苦笑いが漏れた。

携帯を取り出してボタンを押し耳に当てたが、呼び出し音が鳴らないうちに切った。バカな、舌打ちが漏れた。テーブルに置いたとたん着信音が鳴った。いまかけた番号が表示されている。

「はい」

――電話くれた？

綾子だった。店での口調と変わらない。

「ああ、悪い、こんなに遅いと思わなくて」

――ちっとも遅くないわよ。店は閉めたけど、あたしはまだ営業中、なに？

「今日、寺島さんと七月の郷に行ってきたよ」

――どうだった？

「なんで彼におれを紹介したんだ」

――あたしじゃないですよ。森さんでしょう。

「ママだよ」

――森さんですよ。

「そうとしか答えないだろうと思って電話を切ったんだ。切って正解だった」

ちょっと間があった。

――オーさん、昔のオーさんに戻ってきた。

「……」

——二年と四ヶ月ぶりに現れたときはぜんぜん別人だったのよ、幽霊みたいに見えたわ。もう戻らないかもしれないと思っていたけど、でも戻ってきた。

「馬鹿いえ」

電話を切ってから洗面所の鏡を覗いてみたが、自分の顔というものは、人からどう見えるか分からないものだ。

6

奥のボックス席もカウンターも埋まってしまい、狭い通路にパイプ椅子が出されることになった。こんなに混み合う「ＡＹＡ」を見るのは久しぶりだ。

専務を殴って街の不動産屋の親父になった春日次郎、社長こと浜村正夫、大和田の後を追うように定年待合室の住人となった塚本冬樹、「ＡＹＡ」に通ってうつの認知行動療法をやっている森慎二郎、春日に売れ残ったマンション販売の助っ人を頼んだ花房信彦、大和田、他にも紹介はされたが、大和田がまだ名前を覚えていない男たちが数人いる。「ミレトピア横浜」販売チームとその仲間たちといった集まりだが、貸し切っていないので関係ない客も混じっている。

「ミレトピア横浜」はすでに完売していた。その成果を高く評価した花房がもう一棟、一ヶ月後に竣工する東京郊外のマンションの販売を依頼してきた。これも三上不動産販売の下請けで、まだ四〇室あまりが売れ残っているという。

春日はすっかり乗り気になり、N駅大和不動産と別に会社を興そうと「オーランド」という社名まで決めて大和田らに持ちかけてきた。

「オーランドって大和田さんの島ってことですか」社長がいうと、「そんな風にも考えられるのですか。私はオールラウンドを縮めたつもりですよ」と春日は答えた。

「誰が見たってオールラウンドだろう」と大和田は社長に強くいった。

新会社には昔の仲間も集めて不動産営業を主軸にするが、大和田や森、塚本の古巣での力も活かすために総合的な受託販売会社にするという。

持ちかけられた社長も塚本や森もすっかり乗り気になっていたが、大和田は「おれはオブザーバーということにしておいてよ」と距離をとった。社長は不満そうだった。

「なんだよ水臭いな」「おれはまだ本調子じゃないんだ」「すごい勢いでチラシを撒いていたじゃないか」「あの疲れが出ているのかもしれない」「まあ、ゆっくりと待っていましょうよ」と春日が社長をなだめてくれた。

綾子がパイプ椅子の間から声を張り上げた。

「それでは大和田さんに乾杯の音頭をお願いします。はあい、みなさん、立って立って」

　客たちがグラスを持って一斉に立ち上がった。

　ボックス席の奥で、おれが音頭取りか、と頬を膨らませる大和田に、はいよ、と隣の社長がカラオケのマイクを差し出した。

　立ち上がった大和田に店中の顔が向けられている。視線に促されるように祝いの言葉を口にした。

「春日さん、社長いや浜村さん、塚本さん、森さん、そのほかオーランドに結集されたみなさん。新会社の設立おめでとうございます」

　頭の中には言葉と別の思いが浮かんだ。

　おれはなぜこいつらの仲間に加わらなかったのだろうか？　自分でも半分分かっていて半分分からない。たぶん、まだ漂流を切り上げたくないのだろう。漂流し続けるのは心許《こころもと》ないが、上陸するにも思い切りがいる。

「これだけ腕利きのメンバーが集まったのですから、オーランドは必ずやうまくいくと信じております」

　さらに別の思いも浮かんでくる。

　どこかにいい人がいないだろうか？　名刺ボックスや年賀状を丹念にチェックして

いるが、街づくりコンサルタントにつながる知人は見つからなかった。こんなことを頼めそうな知人十数人に一斉メールをし、中の数人には直接、電話をかけてみたが、「心がけておくよ」という返事があったきり何の収穫もなかった。

祝辞を切り上げて乾杯にかかろうとしたとき、店のドアがそろりと開いた。

「あら、ふーちゃん。さっきから待っていたのよ」

すかさず綾子が声をかけた。ふーちゃんはみなの視線を避けるように体を縮めてカウンターの傍らに立った。

「お母さん、どうしたの？」

思わず大和田は問うていた。マイクの声がフロアに響いた。ふーちゃんの母親は家の近所を歩けるくらいに体力は戻っているが、故郷に帰りたがってうつ気味になり、それをふーちゃんが騙しだましして暮らしていると聞いていた。

店中の視線を浴びて戸惑いながらふーちゃんが答えた。

「ばあちゃんの好きなＤＶＤをセットしてきた」

「大丈夫なのか」

「用心棒。ばあちゃん、三船敏郎が大好きなんだ。二時間は持つ」

おい、こっちを待たせるなよ。

社長がよく通る声でいった。綾子がふーちゃんにもビールのグラスを渡した。

じゃあいきますよ。大和田が店内を見渡し皆の息が揃ったところで声を上げた。

「オーランドの成功を祈念して……、カンパーイ」

グラスを半分ほど干して席に座り込むと、向かいの席から春日が声をかけてきた。

「大和田さん、また難しい仕事で苦労しているようですね」

春日は一斉メールのリストに入っていたが、何もいってきてない。

「いまんところ五里霧中ですよ」

「難しいお仕事のようですね」

「こっちのマンションは、今度はだいぶ楽だよ」

社長が茶化すように口を挟んだ。社長はオーランドのオフィスにデスクをもらって、もう営業にかかっているという。

「そりゃ、よかったな」

難しい仕事を持ち込んできた森がカウンターに座っている。さっき久しぶりに顔を合わせた森に、「なんでおれを寺島さんに推薦したんですか」と聞いたが、「オーさんならできますよ」と当たり前のようにいった。

「おれにできるなら、あんたにもできるだろう」「私には普通の営業しかできない」

「おれは普通の営業だって自信がないんだ」「大和田さんならできますよ」

大和田はその根拠を問う意欲を失い、話はそれ以上深まらなかった。

春日がさらに語りかけてきた。

「それで、誰かいい人が見つかりましたか」

「春日さん、手伝ってくれますか」ちょっと挑発する口調になったかもしれない。

「私は生まれたばかりのオーランドに全力投球しないと、ねえ社長」

春日は逃げるように社長のがっしりした肩に手を回した。

大和田はグラスを手にして席を立ち、カウンターにいるふーちゃんの所へ行った。

「お袋さん、どんな具合だ？」

「どんどん幼児に還っていくよ」

ふーちゃんは投げ出すようにいった。

「よくやっているよ」

大和田がいっても、ふーちゃんはグラスに視線を向けたまま言葉を発しない。

兄夫婦はまだ「行方不明者」で、甥とは電話で話したが、突然叔父だと名乗って現れたふーちゃんに心を許してくれなかったという。ふーちゃんは、ついこの間まで糸の切れた凧《たこ》のように気ままだった暮らしに、いつか必ず爆発する時限爆弾のような老母の余生を抱え込んでしまったのだ。

ふーちゃんは大和田のビールのグラスにドボドボとウィスキーを注いだ。自分の水割りを一口飲んでからいった。

「一日に一〇〇回も田舎に帰りたい、っていうんだ」

「……」

「五回目から殴りたくなる」

「だめだよ、そんなの。お袋さん、触っただけで壊れそうじゃないか」

「わかってる」

「地元の老人ホームかなんかに、入れないのか」

いってはみたが、いまあの被災地にそんな可能性がないことはニュースで知っている。ホームにいた老人が避難所に暮らし、四苦八苦しているのだ。

「S市から兄貴夫婦の死亡届を出せるがどうしますか、といってきている」

「そんなこと、できるのか？」

失踪者が死亡認定されるのは何年もたってからだと、大和田はどこかで聞いたことがある。

「国が特別措置を決めたらしい」

あの大津波からずっと行方不明の兄夫婦はきっと亡くなったのだろう。しかしまだ三ヶ月だ。万が一という希望をすっかり捨てることはできないだろう。

ふーちゃんはまたそっとグラスに唇をつけた。酔わないように飲んでいることに気づいた。いままでのように深酔いすれば、家に帰った後お袋さんの面倒を見られなくなる。

ドアが開いて細身の長身が現れた。松川達也だった。奥にいた香織が目ざとくそれを捉えてにっこり笑った。

松川がゆっくりと店内に入ってくると、その後に松川より頭半分背が低く、ひと回り肉付きのいいスーツ姿が続いた。

男が大和田を見て丁重に頭を下げた。丸高百貨店の外商部長・野々村だった。いつだったか、大和田と塚本が松川のピンチを救ったとき、野々村が間に入っていた。

野々村は記憶にあるよりずっと恰幅がよくなり貫禄《かんろく》が出ていた。

「どうした？　おれに近づくと彼に嫌われるのだろう」

「彼？」

大和田が親指を立てると野々村が静かに笑った。

「まさか。昔のことをいつまでも覚えている人じゃありませんよ」

通路に置かれたパイプ椅子に向き合って座った。

「大和田さんが新会社を興されたとうかがいましたので、お祝いに馳せ参じました」

「おれが興したんじゃないよ、ここにいる方たちみんなの会社だ」

あごの先で店内のメンバーをぐるりと示すと、野々村が松川を睨んだ。塚本か香織経由で間違った情報が伝わったのだろう。松川がにやにやしながらいった。

「大和田さんの会社のようなものでしょう」

「そういうガセネタをまき散らすな」

「さあ、どっちがガセですかね」

ふと視線を感じて見渡すと、カウンターの中にいた綾子が視線をそらすのが分かった。

綾子ではなく塚本がグラスを手にしてやってきた。

「野々村」

「塚本さん、お元気そうで」

年齢は塚本のほうがだいぶ上だが、最後の役職は野々村のほうが上で、しかも塚本はもう丸高百貨店を辞めてしまった。

「君も早期退職制度に応募して、おれたちに加わるのか」

「よくお分かりで」

野々村は愉快そうに笑ってから尋ねた。

「塚本さんは、大和田さんの会社の社員なんですか？」

おれの会社じゃないっていったろう、と大和田が訂正するのに取り合わず塚本が答えた。

「正社員じゃない。客分だ。好きなとき好きに会社に出ればいい」

「フレックスですか」

「もっと好きにさせてもらっている。その分、こっちもフレックスだ」

塚本は人差し指と親指で丸を作った。給与のことだ。

「羨ましいですけど、私は、下の子供はまだ中学生だし、住宅ローンがいっぱい残っているし」

「おれの年になれば両方とも身軽になるさ。もしかしたらオーランドが大化けするかもしれないしな」

塚本はオーランドの仕事の中身を説明した。たとえば今販売受託している、一室四〇〇〇万平均のマンション四〇室を全部売り切れば、数千万円の手数料収入となる。マンションの受託販売の話が先行しているが、自動車ディーラーやデパートの外商部で扱う商品の受託販売の体制作りも始まっている。そのために森と塚本が動いていた。

「なるほど」

野々村の目が電卓を叩いているような動きを見せた。身入りを皮算用しているのだろうか。しかしその気にはなるまい。何があって来たのかは分からないが、野々村は丸高百貨店新宿店の外商部長だ。百貨店が斜陽だとはいえ世間の通りはいいし野々村はまずまずの高給を取っている。

「大和田さん、街づくりのベテランを探しているんですって?」

野々村がいった。誰が伝えたとしても構わない。

「誰かいるのか？」

「丸高シティ開発、知っていますよね」

「ああ」

丸高百貨店グループの一つだ。最初は百貨店関連の不動産を建設するために作られ、丸高百貨店のはみ出し者を放り出す受け皿とみられていた。やがて百貨店の出店に連動して地域再開発を手掛け、大手デベロッパーも驚くほどの好業績を上げるようになった。しかし今でも百貨店からシティ開発に行けば左遷である。

「手伝ってくれそうな腕利きがいるのか？」

「丸高百貨店にいたときはピカピカしていましたよ」

「誰だい？」

「ご存知でしょう？　大阪店にいた麻生高志」

もちろん知っていた。大和田より四年後輩、大和田が新宿店のファッションフロアで自主編集売り場を賑わしていたとき、大阪店の麻生の名前は東京にも聞こえていた。

大和田が無名の若手デザイナーを抜擢したのに対し、麻生は大御所の新機軸を引き出したり、日本ではまだ知られていないヨーロッパのトラディショナルなブランドを発掘した。麻生がいつの間にか大阪店から消えたとき、大和田は物足りなさと同時にほっとするものも感じた。

「あいつは何だってシティ開発に行かされたんだ」

当時、噂を聞いたような気もするが覚えていない。

「店長とうまくいかなかったらしいですよ」

「どういうことだ」

「店長が自主編集売り場を縮小しようとしたのに抵抗したから邪魔になったとか」

「シティ開発では何をやっていたんだ」

「あのMアベニュー、麻生高志が手掛けたんですよ」

「そうなのか？」

十数年前、丸高百貨店南郷店の近くで「Mアベニュー」と銘打たれた高級分譲住宅が売り出された。当初、今までどこも手がけたことのない個性的な狙いが外れてたくさんの売れ残りが出てしまい、丸高グループ内では「無謀なことをしやがって」という陰口がささやかれた。ところが間もなく突然のようにテレビや女性誌で時代の先端を行く街づくりとしてもてはやされるようになり、セレブ達が集まり始めたという。Mアベニューのおかげで丸高百貨店の南郷店が逆に評価されるという現象さえ起きていた。あれを麻生が手掛けたのか？

「それだけじゃありません。サウザンハイツシリーズを始めたのも麻生さんらしいですよ」

　これもハイクラスのマンションだ。十年も前から「日本の伝統と先端」というキャッチフレーズで始まる印象的なCMを見かけるようになった。

「そんな奴が手伝ってはくれまい」

「シティ開発の社長とうまくいかなくなって、今は暇らしいんです」

「どこへいってもうまくいかない奴なんだな」

「私の知人によく似た人がいます」

　野々村がからかうようにいった。

「会わせてよ」

「そのつもりで来たんです」

「君、おれのこと、敬して遠ざけてるんじゃなかったのか」

「あの丸高批判、面白く読ませてもらいましたよ。私のいいたいことが書かれていました」

　そうなのか、と野々村の手を握ったとき、どこかで携帯の着信音が鳴り出した。突然、ふーちゃんが立ち上がりドアの前に移動した。短い小声のやり取りの後戻ってきて「勘定して」とママにいった。大和田が問うた。

「どうした？」

「近所の人からだ、お袋が徘徊《はいかい》しているんだって。なに、芝居だよ、おれにあてつけてるんだ」

「おれも行こうか」

ふーちゃんは力なく笑った。

「そんなことをしたら、味を占めてしょっちゅうやらかすようになる」

「お母さん?」

綾子がいいながら数字を書いた紙片を出した。ふーちゃんは千円札を一枚渡して、立ち上がった。綾子がカウンターをくぐりドアの外に出て、喧嘩したらだめよ、と声を上げた。大和田の知らない場面が二人の間にあったようだ。

7

始発駅では満員だった乗客が、隣県に入ったあたりから急に少なくなった。いつの間にか長い座席の反対の端に、その男と斜めに向かい合って座っていた。

大勢の客の中では気づかなかったが、あいつだとしか考えられなかった。彼もそう思ったろう。しかしどちらからも声をかけることはしない。

男は体をひねり窓の外を見ている。次第に近くなるなだらかな丘陵を眺めているようだった。ベージュのジャケット、ナイキのシューズ、膝の上には小さなDバッグ。これからハイキングにでも行くように見えた。先頭に立って若者ファッションを率いてきた男と感じさせる洒落っ気はない。

話を取り次いでくれた野々村は、麻生が「現地で会って、住民の話を聞きたい」といったという。ずいぶん乗り気なんだと驚いて、大和田は待ち合わせ場所に「ふれあいサロン・ジュライ」を指定した。

七王子駅に降りたのは二人だけだった。他に誰もいないプラットホームで顔を見かわし、「麻生さんですか」というと、「大和田さん？」と相手が表情を緩めた。

「こんな遠くまですみません」

「いえ、山を見るの好きですから」

名刺を交換しながら無人の改札を抜けて、「ジュライ」に続く道を歩き始めた。

「あのMアベニューを手掛けられたそうですね」

麻生は頬にかすかな笑みを浮かべた。

「昔の話ですよ。それに私が手掛けたというのではなく、その他大勢の一人でした」

「あんな最先端の街づくりをやった方が、こんな田舎の買い物難民に関心を持ってくれるとは思っていませんでした」

「私ね、企画部を追い出されてから、アメニティ事業部っていうところにいましてね」

「アメニティ事業部？」

「快適さを追求するといえばかっこいいですが、マンションと分譲住宅地の管理、短くいえばクレーム担当ですよ」

「クレーム担当？」意表を突かれてオウム返しにいった。

「シティ開発でしくじった奴が来る部署でしてね、大抵の人にはモンスター住人の正気とは思えないクレームに対応する気力は残っていないんですわ」

「なるほど」

「幸か不幸か、私は気力が残っていたものですから、ずいぶんと無茶なクレームの矢《や》面《おもて》に立たされましたが、どこかで性に合っていたんでしょうな」

何をやらせてもできる、そういうにおいがした。

今度は大和田が話す番だった。

丸高百貨店を早期退職して妻の介護に全力投入したが、二年後に妻に亡くなられ呆然としていたこと。そのショックからようやく立ち直って社会復帰を始めたところ、ひょんなことからいろんな仕事の助っ人を求められ、自分ではできないことも絶好の腕利きにめぐり合ってクリアしてきたこと。最後に今回はあなたに出会えたので、大船に乗ったつもりになってますよ、と冗談めかしていった。

「ま、何ができるかわかりませんが、今の仕事よりは面白そうです」

麻生は奥歯を嚙み締め、あごの輪郭を浮かび上がらせながら周囲を見渡した。

「七月の郷」は一・五キロ四方のなだらかな丘陵を削って造成した土地で、そこを縦横に貫くメインストリートの桜並木はすっかり青々とした葉だけになっている。往復一車線の道路があり、歩道もゆったりと取られているが、車の往来も人通りもあまりない。

道の両側に並んだ家はどれも一戸一戸違うデザインが施され、庭の趣《おもむき》も異なっている。建設の最終段階では買い手の要望も反映させたという。「七月の郷」の来歴を知らなければ、年月をかけて自然発生的に大きくなった街に見える。

いくつかの区画に計画的に設けられた公共的な施設があって、それだけはここがニュータウンであることを示している。

樹木や草花をたっぷり取り込み、素朴な遊具を備えた児童公園もその一つだ。

公園の先に歯科医があった。スーパーは潰れても歯科医は成り立つのだ。

その前に幌《ほろ》付きの小型トラックが停まっていた。

濃紺の前掛けに手ぬぐい鉢巻をした五十代と思しき男が、荷台の傍らにたたずみ、男の前に人影が二つあった。どちらもほっそりとした老女である。

近づくと幌で覆われた荷台が改造され、幾種類もの野菜が陳列されているのが見えた。移動八百屋。テレビでそんな言葉を聞いたことがある。

野菜だけではなくインスタントラーメンや缶詰、洗剤、ティッシュなど雑貨類もあるようだ。老女たちは商品を手に取って吟味している。

「おじさん」と大和田が声をかけた。「ここにいつも来ているんですか?」

よく日に焼けた男は鉢巻の下の大きな目をぎょろりと二人にぶつけた。

「三回目になるかな、毎週、月曜日。あ、火曜日のこともあった」

「それなら七月の郷の人たちも買い物難民卒業だな」

「いや、ここに来るのは今日でおしまい。商店会にクレームつけられてね。こっちで宅配サービスやっているのに引き売りされたら困るって」

「だって、あっちがうまくいっていないんじゃない」

「こっちもうまくいっているわけじゃないよ」

「どうして?」

「移動販売も、これでけっこう大変なんだ。品揃えするんでも、ここにやってくるにも手間暇がかかる。それにしてはお客さんが少ない」

店主は客に手渡された商品を袋に入れ始めた。

「せっかく来てくれているのに買わないんだ」

「なじむまでに時間がかかるんだよ」

麻生が割り込んで問うた。

「どこから来ているんですか」

「K町」

聞いたことがある気がした。資料の中で見たのだろうか。麻生がDバッグから取り出した地図を確かめている。

「ここだよ」

お釣りを渡した店主が地図の上を指で示すと麻生も指を差し出した。

「そうすると、このルートを通ってくるんだ」

「そのときによって色々だね。途中で仕入れに回ることもあるから」

「なるほど、臨機応変か」

麻生は親しい仲のような口調でいい、帰りかけていた客のほうを見た。

「みなさんはこの方に来てもらって助かるんでしょう」

二人は困ったような笑みを浮かべ顔を見合わせた。

「来ない日は、どうされているんですか」

「どうぞ、ご心配なく」

二人はそそくさと勘定を済ませ、少し上り坂になっている舗道を上がっていった。

「毎朝新聞の記事に懲りているんですよ」

大和田がいった。野々村を通して「七月の郷」の資料は麻生に渡してある。

「こっちが何者か自己紹介もしなかったんですから、警戒されても仕方ないか」

移動販売車に乗り込もうとしていた店主に麻生が大きな声で尋ねた。

「これから他のエリアにも行くんですか」

ドアに手をかけて店主が答えた。

「国道側にも行ってみるよ」

「助手席にでも、乗っけちゃもらえませんかね。そっちの様子も見せてもらえたらありがたいんで」

運転手が答える前に大和田がいった。

「約束の時間に間に合わなくなってしまいますよ」

「ああ、そうでした」

トラックが行き、大和田らはさきほどの老女たちを追うように道に沿ってなだらかな坂を上がっていく。

麻生は花の山でも眺めるようにあたりに広がる家々に目を配る。ニュータウンに残された自然と絡み合って穏やかな街並みが視線の届く限り続いている。

踊り場のように平らな部分に出たとき、その視線の中に「ふれあいサロン・ジュライ」の看板が浮かび上がった。

8

壁際の円い時計の下で独り週刊誌を読んでいる六十代の女。窓際の畳のスペースで囲碁を打っている七十前後の二人の男。ケラケラと笑声を上げている二人の女に挟まれ、嬉しそうな顔の八十過ぎの男。

大和田は静かにガラス戸を開けたつもりだったが、たちまちサロンのあちこちから客たちの視線が飛んできた。

大和田よりも先に麻生が、「お邪魔します」とサロン中に通る声をあげた。

奥の大きなテーブルに先日会ったスタッフたちがいた。中の一人が立ち上がってこちらに来た。黒木秀子だった。今日もボーイッシュな服装だが、薄く口紅をつけている。

「すみません。急に森村さんが都合が悪くなっちゃって」

「どう、されたんですか？」

「ちょっと具合が悪くなったから、私たちでご案内するようにと連絡がありまして」

「ビッグマザーでも具合が悪くなるんだ」

大テーブルまで行って、そこにいた女性らに麻生を紹介した。辣腕ぶりがくっきり際立つような話をしながら、一番の売り文句は最後にさりげなく披露した。

「ひところ女性誌で評判になっていた丸高デパート南郷店のMアベニューをご存知かもしれませんが、あれをプロデュースしたのが麻生です」

あらすごい、と口にはしたが半信半疑な表情が浮かんでいる。二十年近く前のことで記憶に残っていないのか、始めから知らないのかもしれない。

「そんなたいそうなものじゃありませんよ。快適な街づくりを長いこと考え続けてきただけの男です」麻生がスタッフたちの顔を一つずつ見ながらいった。「七月の郷って、想像していたよりずっと素敵な街だったので、ここに来るまでの眺めを堪能してきました」

「そうでしょう」と女たちが嬉しそうな顔をした。彼女たちが入居した三十年前、「七月の郷」は光り輝くほどきれいだったに違いない。

「ニュータウンといっても、公団が作ったものとは趣が全然違いますよね」

「集合住宅ってわけじゃありませんから」

秀子の口調が得意そうになった。

麻生はひとしきり「七月の郷」をほめそやした。麻生が話題にしたのは、大和田が送っておいた資料のコピーにはないものだった。ネットか何かで調べたのだろう。麻生にあおられて秀子とスタッフたちはかわるがわる「七月の郷」の思い出を語り自慢話をした。

話に切れ目がないので大和田がいった。

「今日、お話を聞かせてくれる方たちは、お待ちいただいているのですよね」

「あら、いけない」

壁の時計に目をやり秀子が立ち上がった。スタッフの一人も同行するという。メッシュを入れたように筋状の白髪の女性は草野和世と名乗った。秀子と同年配の六十代半ばだろう。ここのスタッフは一様に積極的に見えるが、草野は控えめな雰囲気を漂わせていた。

「話してくださる方を見つけるのがなかなか大変で」

歩きながら秀子がいった。秀子が向かうのは国道のほうである。七王子駅から「七月の郷」のメインストリートを一キロほど抜けて、そこから舗装されていない山道を数百メートル抜けると国道に出る。国道を五分ほど行くと「スーパー大王」があることを大和田は確認してある。

「見つけるのはなかなか大変なんですか？」

麻生が秀子の言葉をそのまま繰り返して問うた。

「みなさんあんまり自分のことを話したがらないんです。愚痴はしたないと思っているし、夢のような希望をいったって叶いっこないですし」

「夢のような希望を聞きたいですね。私はどの街をつくるときもまず夢から始めました。語っていると夢は叶うんですよ」

和世がいった。

「七月の郷もわたしにとっては大きな夢だったんです」

「そうそう、あたしたちは胸弾ませてここにやってきたのよね。入居した最初の日なんて部屋中を走り回ったわ」

「でも、その分、主人たちは大変だった」

「そうそう、なにしろ通勤に二時間以上もかかって、冬なんか暗いうちに出ていったもの」

「でも、あんなに満員電車にヒイヒイいっていたのに、定年になったら今度はあれが懐かしくなっちゃって、しばらくは魂が抜けたみたいにしていて」

「うちもそう、それなのに三年も経つと懐かしがることも忘れちゃって」

二人の思い出話に麻生が割り込んだ。

「私ももうすぐ定年になりますが、ご主人たちの気持ちの変遷がよく分かるような気がします」

「男の人は仕事しなくなると、急に元気なくなるのよね」

秀子の言葉に「ドキン」と麻生が冗談めかしていった。

「仕事がアイデンティティなんですよね」

和世が使った固い言葉に、大和田は夫が買い物にどう関わっているかを思い浮かべた。

「お二人はお買い物はどうされているんですか」

秀子が答えた。

「うちは主人が車が好きなもので、週に一、二回はスーパー大王に行っているんです。以前は仲のいい人にも声をかけて乗せていってあげていたんですけど、やっぱり難しくて」

「やっぱり難しい、んですか？」

麻生が秀子の言葉を繰り返した。秀子がええ、といって言葉をとぎらせると、和世が代わりにいった。

「ご近所さん同士は、助けたり助けられたりのバランスがとれているといいんですけどね、いつも乗せてもらっているだけとか乗せてあげるだけじゃきつくなるんです」

「きつくなりますか」

「気持ちの負担になっちゃうんです」

分かります分かります、麻生がいったとき、秀子がメインストリートから直角に交わる道に入った。こちらには銀杏《いちょう》が立ち並び、豊かな葉の重なりがあたりに柔らかな雰囲気を漂わせている。

　大和田が話を続けた。

「草野さんのところはいかがですか」

「うちは息子が定期的に買い出しに行ってくれるんです。一回行ってくると、冷蔵庫がぎっしりになります」

「そりゃ親孝行の息子さんですね」

　和世が小さく苦笑した。

「一向に自立してくれませんで」

「うちの子もそうです。就職氷河期のど真ん中だったものですから、正社員になり損ねましてね、身分も不安定だし、給料も上がらないし、あれじゃ結婚も難しいなと」

　はあ、とだけいって和世は口をつぐみ、秀子は足を速めた。間もなく一軒の家の前で秀子が足を止めた。

　奥行き数メートルの小さな庭の、背の低い樹木の前で鋏《はさみ》を持った男がひっそりと立っていた。秀子が声をかけた。

「キタオさん。お連れしましたよ」

「おーい」

　男は振り向いてしわがれ声を上げたが、声に勢いはなく部屋の中まで届いたとは思えない。

秀子が先に立って庭の脇に回った。白い車が停まっている駐車場と門柱が並んでいる。門柱に「北尾」と表札があった。秀子はためらわずにその中に入っていく。玄関に男の妻と思われる女性が出てきた。

あっと声を上げるところだった。トラックで買い物をしていた女性だった。彼女も二人に気づいたろうか？

玄関脇の洋室に通された。秀子に紹介され二人は名刺を差し出した。

「お忙しいところを恐縮です」

大和田が丁重に切り出すと麻生が世間話の口調でいった。

「いいお宅ですね。ウバメガシもソヨゴもあれだけきれいにしておくのは大変でしょう」

麻生はあの庭木の名前まで知っているのだ。

「会社を辞めてから主人が始めたんですが、最近は手入れが億劫《おっくう》になったようで、すっかり荒れちゃいました」

北尾夫人は唐突に夫と二人の暮らしの大変さを話し始めた。定年後すでに十五年を超えるのに、未だに掃除も料理もやろうとしないこと、テレビを見るか庭仕事くらいしか関心がないこと、そのくせ妻が外出するのを嫌がること。

それが一段落すると、北尾夫人は「七月の郷」に暮らした半生を話し始めた。北尾一家は三十年前の第一次分譲に応募した住民で、四十代の半ばからここに住み、当時中学生だった二人の息子はとうに家を出たが、二人ともすっかり嫁の尻に敷かれめったにここへは帰ってこないという。夫人の愚痴っぽい話は何度か同じ場面を行きつ戻りつしたが、みな辛抱強く耳を傾けていた。

じれったくなった大和田が何とかきっかけを見つけて買い物の話に引きずり込んだ。

「つまりは、おたくもお買い物にご苦労されているんですよね」

夫人は語気を強めていった。

「まったく西都不動産もひどいのよね。売り出すときは、西都ストアがありますのでお買い物には不自由ありませんって、あんなに大威張りで宣伝していたのに」

「それでどうなさっているの……」

大和田が問いかけた言葉を途中で麻生が奪った。

「本当にひどいですよね。西都ストアを閉店するなら後の手を打たなきゃいけませんよね」

「そうなのよ」

「皆さんで、そういう要望を出されたんですか？」

「なんか、自治会でやってましたよね」

夫人が秀子と和世の顔を交互に見た。

「結局、西都ストアは赤字続きだから背に腹は代えられない、ということで押し切られちゃったのよね」

秀子が言い訳するようにいった。自治会の役員でもしていたのだろうか。

麻生が夫人の側に立った口調でいった。

「不動産会社ってのは売るときはいいことをいいますが、最後はソロバンになるんですよね」

「あっちはソロバンで済むかもしれないけど、こっちは生活かかっているんですから」

西都不動産への非難が出尽くしてから麻生が「お買い物が大変になったでしょう」と本題に水を向けた。

「ええ、まあ」

夫人が上目遣いに秀子を見、秀子がうなずいていった。

「ご主人が車に乗らないようになっちゃったからね」

「車に乗らないようになっちゃった？」

麻生がわずかに語尾を上げると、夫人が説明し始めた。

「一ヶ月前に軽い追突事故をやったんですよ。それで怖くなっちゃって、主人はもう絶対に車の運転をしないってことに。だから大王まで自転車を使ったり、二人で歩いていったり。木谷さんじゃないけど、おかずを買いに小さな旅よ。……でもお父さん、もうあそこまで歩くのはくたびれるっていうから、わたし一人で行くようにしたんだけど、女一人じゃ、たいして持てないのよね。それでも行くわよ、ゆっくり歩けば行けないわけじゃないから。そしたら終戦後、母の買い出しについていったことなんか思い出しちゃって」

　切れ目のない話に相槌を打ちながら麻生は、迂回路をたどってY市の宅配サービスの話へと誘導した。

「最初は本当に喜びましたよ、これでお買い物の心配をしなくて済むって。でもそのうちお店の人から、今日はそっちへ行かない日だから、とか、それは切らしている、とかいわれるようになって、ああ向こうは喜んでいないなって」

「喜んでいないんですか」

「わずかな注文だから仕方ないのかもしれないけど、市でやっているのに、もうちょっと何とかして欲しいわね」

　麻生がにっこり笑った。

「だから、何とかするようにと市にいわれてわれわれがやってきたんです。どう、何とかしたらいいですかね」

待ち構えていたように夫人が早口になった。

「宅配サービスって言葉はいいけど、品物が目の前にないのに、電話で頼んでいうのがそもそも不自然なのよね。お店で買うときだってテレビショッピングだって、まず商品を見るじゃないですか。何にも目の前にないのに、リストだけ見て、ニンジン幾ら幾ら届けてくださいって頼むの勇気がいるわよ。どんな大きさなのか、新鮮なのかしなびているのか、何にもわからないんですもの」

「商品を見て選びたいってことですね」

「見なきゃわかんないわよ」テーブルに置いた名刺に目を走らせてから夫人がいった。

「麻生さん、さっき会いませんでした?」

麻生が顔中を笑みにした。

「やっぱり奥さんでしたか。間違ったら失礼になると思って、うかがうのを遠慮していました」

不思議そうな表情になった秀子と和世にトラックの所で会った話をした。説明が終わるのを待ちかねて夫人がいった。

「あれだって手に取ってよく見て選べるから、ずっとましなのよ」

「あのおじさん、商店会からクレームがついたといっていましたね」

「自分たちの縄張りを荒らすなとでもいいたいのかしら」と和世。

「ちゃんと面倒見てくれないくせに」と秀子。

「でも、あれ、利用する人が少なかったですね」

麻生がいうのに北尾夫人が答えた。

「まだよく知られていないのよ、それに家から買い出しに行く時間とうまく合わなかったり、欲しいものがなかったりで」

「欲しいものがないのですか？」

「だって西都にしろ大王にしろ、あの十倍、いいえ二十倍の品ぞろえの中から選んでいたんですから」

なるほど。大和田が知っているスーパーの売り場は、確かにあのトラック二十台分でも足りないくらい広い。

「無理してでも大王まで行きたくなるわよね」

「それが車が使えなくなって、大変になっちゃって」

そのときドアが開いて庭で見かけた夫が姿を現した。足を引きずり不安定な歩き方をしている。怒ったようにいった。

「だから、おれが運転するっていっているだろう」

話を外で聞いていたらしい。妻は夫の言葉に答えようとしない。夫に笑顔を向けて麻生がいった。

「いいお庭ですね。お手入れがちゃんとしている」

「暇つぶしだよ、あんなものは」

部下にいうような口調で麻生にいった。サラリーマンだった頃は多くの部下を使っていたのだろう。

「おれに免許証を返してくれよ」

「もうその話は済んでいるでしょう」

「お前に騙されたんだ」

「あなたも納得したじゃない」

「していないよ」

妻の視線が一瞬、夫の顔を切り裂くように鋭く尖って見えた。

「車がなかったらここじゃ生きていかれんだろうが」

アタシヲ、コロシカケタデショウ。小さな声だったが、妻の口からそういう言葉が聞こえた。それをかき消すように秀子がいった。

「だからちゃんとお買い物ができるように、この先生がたが来てくださったのよ」

夫は唇を尖らせたがその先の言葉を呑み込んでしまった。どんな感情を隠しているのか、読み取ることができないほどしわが深く、皮膚は古い本の用紙のように艶を失っていた。

四人とも無言のまま、「ふれあいサロン・ジュライ」への帰路を辿っていた。

北尾家を去った後、二時間ほどかけて三軒の家を訪ねた。いま聞き終えたばかりの住民たちの綱渡りの暮らしが胸に重くのしかかっていた。みな老夫婦二人の家だった。どこも何とか日々の買い物を間に合わせていたが、すっかり息切れしていた。このままではあと半年は続かないだろう。

しかし彼らの困難は買い物だけではなかった。人は老いて自分の身の回りのことができなくなるとき様々な困難にぶつかる。その困難は、結局、一緒に暮らす夫婦の息苦しい葛藤につながる。

それは交わされる言葉に現れる以上に、表情や彼らの間に漂う緊張感の中に垣間見えた。

アタシヲ、コロシカケタデショウ。

事故のことをいっているのだろうか、ほかに何かあったのだろうか？　それともおれの聞き間違いか？

「息子にいつまでも家にいられても困るけど、出ていかれても大変だわね」

和世が独り言のようにつぶやくと秀子が応じた。

「そうよ。佳彦君は、本当に親孝行よ」

「あんなの親孝行って、いってもね」

大和田は不意にふーちゃんと母親のことを思い浮かべた。あの日、ふーちゃんは口を湿らせる程度しか酒を飲まずにあわただしく帰って行った。酒と「ＡＹＡ」を愛していたふーちゃんはあの窮屈な日々をいつまで持ちこたえていけるだろうか？

秀子が道を曲がったとき大和田が気づいた。

「ここって、ビッグマザーのおうちじゃなかったですか」

庭の草木と屋根の形に覚えがあった。

「そうだ、ちょっと声かけてみようかしら」

秀子が早足になり玄関に向かった。大和田も少し距離を取って後に続いた。秀子がチャイムに手を伸ばした。中でかすかに音が鳴っている。

9

森村恭子は、固く絞った雑巾でダイニングキッチンの床を磨いていた。毎日、隅々まで力を入れて磨くがほとんど雑巾が汚れない。独り住まいでは汚す人がいないのだ。

それでも心にいやな思いが溜まると恭子はいつも自分を奮《ふる》い立たせて家中の拭き掃除をする。床がピカピカしていくにつれ大抵いやな思いも薄らいでいく。しかし今日はまだ自己嫌悪が体の中で暴れている。

（ビッグマザーが、あの人たちをご案内しなくてどうするの！）

澤田主任が連れてきた寺島さんも大和田さんも頼れそうな人だった。彼らならもっと宅配サービスを使いよくしてくれるかもしれない。それなのにどうしても一緒に聞き取りに行く気になれなかった。

前から薄々気がついていた。いや、そう感じることが一度か二度あっただけだ。「世話焼きさん」なのに、放っておいたことが気になっていた。だからあの日あの人たちにいわれたことをきっかけに、自分を安心させるために行ってみることにしたのだ。赤城さんの家のドアの前に立ったら、記憶の奥底に押し込めていた恐ろしい場面が生々しく蘇ってきた。なんだか立ったまま金縛りにあったような感じになった。あそこにいた皆が変に思っただろう。

――ふた月ほど前、「ジュライ」の常連の藤巻さんが急に顔を見せなくなったので様子を見に行ったことがある。もう一人スタッフが行くはずだったのに、急に都合が悪くなり自分一人となった。でも何の不安もなかった。「ジュライ」を立ち上げるときは、毎日色んな人の家を訪ねていた。藤巻さんの家は9エリアのなだらかな坂の一番高い位置にあった。ためらいなくチャイムを押し、返事もないままいつも鍵をかけていないドアを開け、中に呼び掛けていた。藤巻さん、藤巻さん。わたしは玄関の中に入り、靴を脱いで廊下を進み始めた。藤巻さん、藤巻さん。

恭子は雑巾を取り落として流しの縁に両手をついていた。これまでも記憶がその先に向かおうとすると、貧血を起こしたように頭の中が空白になった。

頭を振って目を開いた視線の先、ガラス戸の外側の庭木の隙間から人影が見えた。一瞬で誰が何をしようとしているかわかった。ああ、まずい、恭子はうろたえた。

ぴぽーん、部屋中にチャイムの音が響いた。あの人たち、何しに来たの、どんな顔で出ていったらいいのかしら。

ドアスコープに目を近づけると秀子のいびつな顔があった。その後ろに大和田と和世もいる。思い切ってドアを押し開けた。

「なんだ、元気そうじゃない」

秀子は笑みを浮かべた。

「どうしたの、もう終わったの？」

恭子も笑みを返した。

「ええ、いろんなお話、聞いてきたわよ」

大和田が秀子の後ろから顔を出して「お世話になっています。もうよろしいのですか」といった。恭子はドアの外へ出て「今日は、すみませんでした」と頭を下げた。

大和田が門の所に立っていた男を振り返った。

「日本で一番の街づくりのプロを連れてきましたよ」

男は近づいてきて、大げさだな、と大和田の肩を叩いた。

「丸高シティ開発の麻生高志といいます。よろしくお願いします」

髪型といい服装といい青年のように見えた。大和田と同年配だろう。この頃、テレビでよくいう〝アラカン〟が若々しく見える、よっぽどこっちが年を取ったのだろう。

「あたし、ちょっと片付けものしてからジュライに行くから先に行っていて」

秀子にいうと、大和田が答えた。

「私たち、このあと、澤田さんにY市役所まで連れて行ってもらって、宅配サービスの有志たちのヒヤリングをするんですよ」

「あら、そうでしたね」


秀子たちは去り、恭子はダイニングキッチンに戻って拭き掃除の続きにかかった。あの日のことがまた頭に浮かんできた。頭を振ってそれを追いやろうとしたが出ていかない。忘れ去ることなんかできはしないのだ。

一度、本気でこのことと向き合ってみなければならないと思っている。いままでも何か障害にぶつかったときは、とことん考え抜くことで乗り越えてきた。どんな障害なのか、なぜ障害なのか、タテからヨコからナナメからいやになるほど考えると、自然と乗り越える方法が見つかる。夫が死んでしまったときも、一人娘の晴子とぎくしゃくしてしまったときもそうだった。

夫は型通りの猛烈サラリーマンだった。あの時代まともな男はみんなそうだったからとくに不満もなかった。晴子が小学校に上がる年にここに越してきた。まだ荷物をほどいていないこの家で、布団だけを引っ張り出し、親子三人川の字になって寝た夜が、自分の人生で一番うれしかったかもしれない。真新しい素敵なおうち、きれいな風景、きれいな空気、お隣さんたちもみな同世代で、今日より明日がもっとよくなることを信じて疑わない、明るいエネルギーをお互いに振り撒いていた。

夫が家庭に関心を持たない分、晴子には熱心な教育をしたかもしれない。学校の勉強だけじゃなくて習い事にも力を入れた。周り中がそうだったのだ。それが後になって反発されるなんて思いもしなかった。

晴子は大学を出て勤めた会社の取引先の営業マンと遠距離恋愛を経て結婚した。そのまま関西に行き二年目に男の孫が生まれ、何度かここにも連れてきてくれた。子より孫のほうが可愛いというのは本当だった。可愛がりたいだけ可愛がり、くたびれたころには連れて帰ってくれるのだ。

恭子はそのつもりだったのに、孫が三歳になったころ晴子に言われた。お母さん、あの子に厳しすぎる、あたしのときからそうだった、まだ治っていない。

愕然とした。

お箸の持ち方を教えたり、「イヌ」と「ネコ」の区別を教えたり、スーパーで走り回るのを叱ったりしたのは、みんな孫のためによかれと思ったからだ。そういうと、お母さんはあたしのときもそうだった、そんなの教えなくたって自然と分かるようになる、口やかましくいわれると嫌な気分だけが残ると返してきた。それからは何かと昔のことを思い出して恨み事をいうようになった。嫁と姑ならいざ知らず実の娘とこんなことになるとは思ってもみなかった。

夫が亡くなった四年前、最期の看取りから葬儀まで一週間ほどここに泊まったとき、晴子と自分の心がすっかりすれ違っていることを思い知らされた。

独り暮らしはさびしい、しかし誰かがいても心が通わなければもっとさびしい。それを思い知らされないよう程よい距離をとるしかないのだ。さびしさを吹き飛ばそうと「ふれあいサロン・ジュライ」の発足に打ち込んだときも、程よい距離をいつも考えていた。

それでいい、それしかない、自分にそう言い聞かせながら恭子は手の中の雑巾を硬く絞った。

10

澤田に連れられて三階の会議室に入ると、テーブルの向こうに五人の男女が座っていた。

中央に布袋《ほてい》のような下腹が一段と突き出た「丸富食品」の富川がいた。大和田を見ると艶々した頬に笑みを浮かべ、どうも、といった。

「ご苦労様です」

澤田がそう切り出して大和田と麻生を彼らに紹介した。照れ臭いほど大げさに二人を持ち上げてみせた。

それから澤田は〈Y市・宅配サービス協力店名簿〉とタイトルが打たれた小冊子を出席者たちに配った。

皆の手に行きわたるのを待って、出席者の店が載ったページを示しながら一人ずつ紹介した。

富川は野菜を中心とした食料品店を経営し、Y市K商店会の会長である。澤田の紹介に、富川はひっきりなしに冗談交じりの合いの手を入れた。

肉屋の店主、桜井は四十半ばの働き盛りで重量挙げの選手のような四角い体をしている。ポロシャツの襟のボタンが弾け飛びそうだ。

魚屋の店主、青井はたぶん最年長で、こちらはY市W商店会会長である。Y市には九つの商店会があるが、富川のK商店会のほうが大きくて立場が強いということは、前回、澤田から聞かされていた。

酒屋の店主、染谷は四十代半ば、一人だけスーツを着てネクタイを締めていた。五年ほど前にサラリーマンを辞め実家の酒店を継いだという。仕草や短い言葉にサラリーマン時代の作法がしっかりと残っている。

クリーニング店主・はるみは六十前後の女性だった。昔は美人だったかもしれないと思わせる顔をしているが、体つきが男のようにいかつい。

「皆さん、こんなお忙しいお時間に来ていただきまして、お店のほうは大丈夫なんですか」

紹介が終わったとき麻生が第一声を放った。

「お父さんに散々文句をいわれましたよ」

体つきに似合った男まさりの口調ではるみがいった。

「あんた、お父さんに文句をいうことがあっても、いわれることはあんめえ」

富川がいうと会議室に笑いが響いた。

それから大和田と麻生が補い合うように、ヒヤリングしてきたばかりの住民の意向を伝えた。最後に麻生がいった。

「皆さんからすれば、勝手なことをいいやがってということもあるでしょうが、皆さんもどうぞ勝手なことをおっしゃってください。両方の勝手がうまく出会うところで、この宅配サービスを改良していきたいと願っています」

「勝手が出会うか、うまいこというな」

富川は笑ったが、商店主たちはけん制し合っているかのように、なかなか勝手なことをいおうとしなかった。

配られていたペットボトルの緑茶に口をつけながら、当たり障りのない話をしばらく続けた後、麻生がいった。

「七月の郷には四〇〇〇人を超える住民が生活していて、毎日、朝起きたら服を着替えて、食事をして、鼻をかんで、トイレにいって、洗濯をして、また食事をして、ってやっているわけですから、その暮らしのニーズを皆さんのご商売とうまくドッキングできないわけは、絶対にないのです。うまくドッキングさせるためには皆さんの本当の気持ちが聞きたいんです。遠慮されることはありません。住民の皆さんも本当の気持ちを話してくれました。本当の気持ちを理解しあってこそ、本当に役に立つ仕組みを作れるんです」

麻生の話の途中から商店主たちの表情が変わるのが分かった。話が終わると肉屋の桜井が小冊子をめくっていった。

「こういう風に並んでいると、やっぱり最初の店に注文が集まるんだよね」

冒頭の見開きページに目次があり、その次から一ページ一商店ごとの紹介が順不同に並んでいる。利用者が肉を注文しようとすれば、複数並んだ肉屋の中で最初のページの商店に注文がいくといっているのだ。桜井が四角い体を揺さぶるようにして続けた。

「配達料だって、取るところもあれば、取らないところもある、これじゃ取らないところにしか、注文がいかないよね。うちは取らないことにしたけど、市のほうで最初に基準を示してくれればよかったんだ」

「市としましては、皆さんのご厚意でスタートさせた制度でしたから、皆さんのご希望を大事にしようと思ったわけです」

澤田の説明は言い訳っぽかった。

それからしばらくはリストの作り方について、商店主たちが不満を連ねた。

彼らの語る不満に麻生は柔らかな相槌を打った。言葉が足りなくて分かりにくいことも遠回しのクレームも、麻生が短い言葉をはさむと、商店主たちはその奥にある本音をするすると口にした。

彼らはまだ宅配サービスをすっかりやめてしまったわけではない。店頭の混み具合を睨み、気心が知れた相手だとか、少しまとまった注文をよこしたり、泣きつかれたところには配達をしている。しかしあまり喜んでいないことを隠そうともしなかった。

「お客さんにはお客さんの事情があるとは思いますすけど」

はるみがいった。

「店の事情も理解してほしい、ですか？」

「冷たいかね」

「ちっとも冷たいとは思いません、商店のご主人としてソロバンを弾くのは当然です」

麻生は一人一人の顔を見ながらしゃべる。

「それでも四千数百人のお客様があの一・五キロ四方に暮らしているんですよ。とてつもなく魅力的じゃないですか」

麻生のスローペースにじれったくなり、始めから胸に浮かんでいた質問を大和田が口にした。

「皆さんは一回の配達でいったいいくらの売上げがあったら、このサービスを続けていかれるんですかね」

互いを窺うような視線を交わしてから富川がいった。

「注文品を揃えて、袋詰めして、車に積んで、配達の往復まで一時間かけて五軒回れたとして、いまどきここら辺りでアルバイトの時給が九〇〇円はするから、仮にだよ」仮にだよ、ともう一度繰り返してから富川は続けた。「粗利《あらり》二〇パーセントとすると、四五〇〇円は売れないとアルバイトの時給も出ないことになる。まあ、わしらは自分で配達するとしても、最低そのくらいは売れてほしいね」

魚屋の青井が話の腰を折った。

「一回の配達に、五軒の注文なんかまとまらんでしょう」

はるみが皮肉っぽくいった。

「御用聞きするわけでなし、まとまるまで待っていたら、最初に注文してくれた人が文句いってきますわ。うちなんか二軒まとまったら御の字です。一軒当たりの注文も、思ってたよりずっと少なくて、ほんまに期待外れですよ」

「クリーニング屋さんは結構多いですね」

小冊子を見ながら大和田がいった。三店舗もエントリーしている。

「そのリストに載ることが店の宣伝になるような気がしたのよね、よそがやるんだからうちもやらなきゃと思っちゃって」

「宣伝にはなるでしょう?」

「骨折り損のくたびれ儲けの商売を宣伝してもね」

はるみが商店主たちへ苦笑いを向けて見せた。

「それじゃ、配達料を取りますか？」

麻生がいうと富川が商店主たちをあごで示していった。

「ここにきているのはみな配達料金を取っていない店ばかりなんだよ。取っている店には注文が来ないから、もう宅配サービスはやめたって感じだね」

「それは両方が混じっているからじゃないですか、一律に同じ基準で取ったらどうですか？」

待ってください、と澤田が割り込んだ。

「Y市の住民福祉の一環として斡旋した事業ですから、日用品の買い物が、制度的に他の住民より高いというのはどうなのかな、と思いましてね」

「Y市はバックアップしただけで、主体は商店会ということなら問題ないんじゃないですか」

うーん、と澤田は唸り声をあげたが意見はいわなかった。

「それは主任に検討いただくとして」と引き取って麻生が話題を転じた。「今日の昼過ぎに、『七月の郷』のメインストリートで、小型トラックの移動販売車を見たんですがね。あれについては皆さんどう思われているのですか」

「ああ、コダマね」富川が吐き捨てるようにいった。「ああいう抜け駆けは困るって、きつく注文を付けておいたよ。あいつは宅配サービスに入ろうとしないくせに、自分だけ勝手に移動販売するなんて、ずるいでしょう。今回でおしまい」

「それほど流行《はや》っていないようでしたが」

魚屋の青井がいった。

「流行るか流行らないかは、少し続けてみなければ結論は出ないからね。とくに年寄りの客には長年なじんだ買い物の習慣ってのがあって、新しい物になれるには時間がかかります」

「時間をかければなじみますか？」

「そりゃなじむでしょう。四〇〇〇人の消費者が他に買うところがなければ、それを利用するしか仕方ないんだから」

「それなら皆さんでチームを組んで移動販売をやったらいかがですか」

商店主が顔を見合わせた。

「まさか」肉屋の桜井が呆れたようにいった。「肉屋だけだって二軒加わっているんですよ。富川会長の青果店なら四軒もある。どうやってチームを組むんですか」

「それはみなさんでご相談したらいいじゃないですか？　いろんな業種が組まなきゃいけないだろうし、曜日や時間帯を分ける必要だってあるだろうし、地域を分けたっていいし、希望者が多すぎるならくじ引きで参加商店を選んだっていいでしょう」

商店主たちの黒目がきょときょと動いた。要素が多すぎて麻生の言葉に考えが追い付かないのだろう。富川が麻生の最後の言葉に反応した。

「くじ引きだなんて、そんな、よそを蹴落とすようなことはできないよ」

「蹴落とすわけじゃありません。原点は商店のみなさんにもお客さんにもプラスになるようなやり方をなんとか編み出すということですよ」

富川の頬が挑発的に膨らんだ。

「それならいっそもうY市もお宅も手を引いちゃって、各店がコダマのように自由に移動販売でも何でもやるようにしたらいいんだ」

「自由に移動販売車を出してくれますか、ね」

「儲かると思えば誰かやるだろうし、儲からないと思えば誰もやらない」

それは困ります、澤田が慌てて口をはさんだ。

「どこもやってくれなかったら七月の郷の住民は飢え死にしてしまいますよ」

「仕方ないでしょう。資本主義なんだから」

桜井が冗談めかしていった。富川の顔色をうかがって発言しているようだ。富川が続けた。

「それが困るなら、Y市がちゃんと予算をつけて、みんながハッピーになる制度を考えるんだね」

「みんながハッピー、それこそ、われわれの目標ですよ」

麻生がいったが、話は出発点に戻ってしまった。皆、申し合わせたようにペットボトルに手を伸ばした。

ネクタイを緩めながらビジネスマン風の口調で染谷がいった。

「あれを増やすことにしたらいかがでしょうかね」

麻生が問うた。「あれって何ですか？」

「四季いちばです」

「四季いちば？」

染谷に代わって澤田が説明した。

「ジュライではいつも色んなイベントをやっているのですが、その一つとして春夏秋冬の四半期に一回、『七月小学校』の体育館を借りて、Y市の有志で市場《いちば》を開くんです。始めてから二年ほどたちますが、ここにいらしている方はみな何度か出店していただいています。本物の商店の他に住民のフリーマーケットのようなお店も出店するのでいつも大賑わいになります」

「もうすぐじゃなかったか」

富川がいうと澤田が苦笑した。

「お願いしますよ、次の次の土曜日ってご連絡してあるじゃないですか」

染谷が澤田を見据えるようにいった。

「春夏秋冬に一回ということではなく、あれを常設したらいかがでしょう」

商店主たちは、互いの心の内を探るように顔を見合わせた。桜井が口を開いた。

「染谷酒販さんならいいだろうけど、あれはもともと生鮮品には向かないんだよね」

「でもいつも桜井さんにも青井さんにも出店してもらっているじゃないですか」

青井が苦笑いをした。

「こちらは大変なのよ。冷凍陳列ケースもいるし、終わりの時間が近くなれば出血大サービスの叩き売りだものね」

富川も笑った。

「うちだって森村のばあさんに頼まれたから出ているんだ。けっして儲かるもんじゃないからな」

「毎回、ちょっとずつ売上げが落ちているしね」

「七月の郷の胃袋が小さくなっているってことだよ」

愚痴っぽい話の流れを遮るように麻生がいった。

「次回は、西都ストアが閉店してから初めてになるのでしょう？」

澤田が答えた。

「ええ。本当は先月やるはずだったのが、宅配サービスのことでバタバタしていたので少し延ばしていたのです」

「それなら今までとは違いますよ」

富川が咎めるようにいった。

「どう違うんだね」

「今までの十倍は売れます」

まさか。商店主たちの鼻先で笑う声が重なった。澤田も少し控えめに同じ表情を浮かべた。麻生がそれらの笑い声と表情に立ち向かった。

「前回までは『七月の郷』の住民は毎日、西都ストアに買い物に行っていたんですよ。それが今度は買い物難民となって、足りないものだらけなのに商店がない、欲求不満の塊となって、どっといちばんに流れ込んでくるんです。十倍くらい行かないはずはないでしょう」

「二、三倍なら、行くかもしれないな」

富川が桜井の顔を見ながらいった。

「十倍ですよ」

麻生が繰り返したが、商店主たちは誰一人同意しようとしない。

「少しでもそれに近づけばありがたいですね」

澤田が空気を和らげるようにいった。

「近づくんじゃなくて十倍必達ですよ、ねえ、大和田さん」

ふいに水を向けられ「ええ」といってしまった。いい終わると同時に、とんでもない言質《げんち》を与えたという焦りが体じゅうに広がってきた。

こんな根拠のない約束をしてもし実現できなかったら、「宅配サービス改良計画」が吹き飛んでしまい、あの人たちを買い物難民のまま置き去りにしてしまうのではないか？　そうしたらあの人たちはどうなるのだろうか？

車は七王子駅を目指して国道を進んでいた。ハンドルを握る澤田の隣に大和田が座り、後ろの座席に麻生がいた。道路の周辺は闇に包まれているが、対向車線のヘッドライトがすれ違う度に闇を鋭く切り裂いていく。

沈黙を破って澤田がいった。

「麻生さん、十倍って、むちゃくちゃですよ」

すぐに答えはなく澤田が続けた。

「もう少し実現可能性のある目標を設定しましょうよ。そうじゃなきゃ彼らだって本気になってくれないでしょう」

麻生が運転席に手をかけ顔を寄せていった。

「『七月の郷』の買い物難民を救うには、宅配サービスの改良より四季いちばを常設にするほうがずっと可能性があると思います。でもあの人たち、でっかいアドバルーンを上げないとついてきてくれないでしょう」

「それで十倍ですか？　それが失敗したら宅配サービスはどうなっちゃうのですか？」

「とにかくあそこの人たちが買い物に困らないようにすればいいわけでしょう」

「私のミッションは宅配サービスの改良なんです」

「あそこの人たちがちゃんと買い物ができる仕組みは間違いなく作りますよ」自分にいい聞かせるようにいって麻生が続けた。「私ね、毎年、夏休みを二週間とるんです。今年はちょっと早いけど明日からとります」

「そんなことできるんですか」

　大和田がいった。

「シティ開発はいまの私を全く必要としていませんし、あの人たちを飢え死にさせるわけにはいきませんから」

「それだけは絶対に困ります」

　澤田の動揺を示すように車がわずかに蛇行した。対向車線の大型トラックが怒ったようにクラクションを鳴らした。

　やがて車は七王子駅に着いた。二人を降ろして澤田は車を発進させた。Y市の庁舎に戻って仕事を片付けるという。役人がこんなに働き者とは知らなかった。

　二十一時八分。「あと十五分だ」上りの電車が来るまでの時間を確認しながら麻生がいった。七月の郷には都心とは違う速度の時間が流れている。

「やっぱり十倍は大風呂敷過ぎるでしょう？」

二人だけになってようやく口にした大和田の問いに答えず麻生が逆に問うてきた。

「森村さんの携帯は知っていますか」

「どういうこと？」

「これまでの実績を知らないと十倍作戦が立てられませんから」

恭子の名刺は持っていたので連絡は取れたが、恭子はもう風呂に入って寝るところだという。これまでの「四季いちば」の運営についてできるだけ詳細に知りたいと恭子に伝え、翌日ジュライで会うことを約束して、二人は乗客もまばらな上り電車に乗った。


雑居ビル二階の「ＡＹＡ」のドアは開かなかった。いつもの閉店時間より二十分も早い。やはりさっき見かけた人影が綾子だったのだ、と大和田は階段を走って降りた。

人影が向かうのが綾子のマンションへの道ではなかったので確信が持てなかった。そちらはふーちゃんのマンションに続く道だ。

綾子が店を閉めてからふーちゃんの部屋を訪ねるとは思いもよらなかった。今まで二人の間にそんな気配を感じたことは一度もない。訪ねて行ったとしてもあいつの母親がいるではないか？　それとも母親がいるから訪ねて行くのか？

その先を考えないまま小走りにふーちゃんのマンションへの道を行く。日付の変わる時間だが家路を辿るらしき人影がいくつもある。次々と彼らを追い越しながら先日、久しぶりに確認した道を進んでいく。

ひと区画先に綾子らしい姿が見え、速度を緩めた。緩めても少しずつ距離が縮まっていく。見覚えのある綾子の後ろ姿がはっきりしてくる。店で見るより小柄で若いシルエットだ。手に提げたトートバッグが歩調に合わせ張り出した腰にリズミカルに弾かれる。

ふと自問が浮かんだ。おれは綾子に追いついたら何と声をかけるつもりなのか？「ＡＹＡ」に行こうと思いついたのは、今日のことを話して意見を聞きたくなったからだ。綾子は毎日、自宅の分も店の分も買い物をやっているし、自分をこの仕事に巻き込んだ張本人なのだから相談に乗ってもいいだろう。しかし深夜の道を追いかけてまで話すようなことではない。それでも足は止まらない。

十メートルほど先の三叉路で綾子が右に折れた。そこからならふーちゃんのマンションが見えるはずだ。頭の中にはためらいがあるが足は後を追っている。

三叉路で首だけを電信柱の向こうに出し綾子の姿を確かめようとして叫び声を上げるところだった。綾子が目の前に立っていた。にっと笑みを浮かべた。

「痴漢かと思ったわよ、どうしたの？」

「悪い、わるい。店を出たところを見かけて追いかけてきたんだ」

「誰も来ないから、お店、早く閉めたの」

「ふーちゃんのところか？」そう問うしかなかった。

「煮物とサラダが余ったから、鹿さんに届けてあげようかと思って」

「シカさん？」

「ふーちゃんのお母さん、動物の鹿よ、かっこいいでしょう」

やはりふーちゃんと綾子の間に自分の知らない場面があるのだ。

「それなら、おれは帰る」

「いいじゃない、ふーちゃんも喜ぶわよ」

「そりゃ、ママ一人のほうが喜ぶさ」

大和田が背を向けようとしたとき綾子は大和田が持っていた鞄を奪い取った。

「これ人質よ。行きましょう」

綾子がふーちゃんのマンションのほうに歩き始めた。鞄には澤田からもらった資料が入っている。

ふーちゃんの部屋の前で、綾子はチャイムボタンは押さずにドアを小さくノックした。すぐにドアが開いてふーちゃんが顔を出した。綾子を見て笑いかけた目が、後ろの大和田を捉え見開かれた。

「オーさんも鹿さんが心配だっていうから一緒に連れてきちゃった」

「あ、そう」

二人とも小声だった。綾子が鹿さんと呼んだ母親が寝ているのだろう。以前、ふーちゃんに、オーさん、ママに手を出すなよ、といわれたことが頭をよぎった。あのときは手を出せない立場だったが今は違う。

「邪魔してごめん」

「馬鹿いえ」

足音を忍ばせて小さな玄関の内側のキッチンに入った。

綾子がトートバッグからタッパーウェアを取り出し、テーブルの上に置いた。一つ、二つ、三つ。ふーちゃんが食器棚から器を出した。

かずお。

最初は聞き取れなかったが、二度続いて、ふーちゃんが呼ばれているのだと知った。

ふーちゃんはガラス戸を開けて奥の部屋に行った。

鹿さんがよろよろとキッチンにやってきて、聞き取りにくい口調でいった。

「いつもは寝たふりしているんだけど、今晩はほかの人もいるようだからな」

「なに、いってんの、いつもじゃないだろう」

い。

「毎晩、お邪魔してまーす」

綾子が冗談めかした。冗談のニュアンスからは鹿さんの言葉の真偽までは分からな
「お母さん、こちらに慣れましたか」

「××に帰りたいよ」

「だから、帰れっていってるだろう」

吐き出すようにいった。

「帰してくれないじゃないか」

「いいよ、いつ帰っても」

「おらを追い出して、この女と仲良くするんだろう」

「それなら、いろよ」

「だからもう死にたいっていってるだろう」

綾子が二人のいい争いにふわりと割って入った。

「お母さん、これ味見してみます。美味しくできたの」

鹿さんは人参を指先でつまんでひと口、口に入れて流しに吐き捨てた。

ふーちゃんの手が鹿さんの頭の上を舞った。鳥の巣のように乱れていた白髪に小指

が絡まったようだ。

イテイテイテ。鹿さんは悲鳴を上げてしゃがみ込んだ。

「何するのよ、ふーちゃん」

「大げさなんだ、さわっただけだよ」

綾子が抱き起こそうとするが、鹿さんはフローリングの上に横たえた体に力をこめて足をじたばたさせる。大和田が背中に手を回して鹿さんを抱き上げた。背中の骨が指先に当たり驚くほど軽い。

「ふーちゃん」大和田がいった。「さわるんならママにしなよ」

ふーちゃんはどう答えていいか分からない顔になり、綾子は「どうしてよ」といって軽いパンチを大和田の脇腹に見舞った。

角を曲がったところで大和田がいった。

「毎晩、ふーちゃんに差し入れか?」

「まさか」

「鹿さんがそういっていた」

「わかるでしょう、鹿さんはもう普通の会話できないんだから」

たしかに鹿さんの会話はまともではない。

「あんなんで、ふーちゃん、仕事できているのか」

「会社に頻繁に電話がかかってくるんだって」

「そりゃ大変だ」

「だから、あたしのところにＳＯＳがきたの」

ふーちゃんに頼まれて部屋に行っているのか、と思ったとたん、まずい言葉がポロりとこぼれた。

「避難所に戻せないのか」

「ひどおい」

勢いで次の言葉も出てしまった。「そのほうが二人とも幸せかもしれない」

綾子は返事をしなかった。大和田も黙って足を速めた。

何か用事だったの、と綾子は聞かなかった、大和田からもいわなかった。

表通りに出てタクシーを拾った。

「落としていこうか？」

「お願いします」

その夜は、綾子は体をくっつけてこなかった、夜明けのコーヒーの話も出なかった。

物足りない思いが体中に広がりそうになるのをじっと腹の底に抑え込んでいた。

11

テーブルの上にチラシの束がいくつも積み上げられている。ピンク、ベージュ、ライトブルーの三つの色がある。

大和田と麻生はその前に座り、一枚ずつ手に取ってはじっくり眺めていた。パソコンで作ったものだろう。所々に子供が描いたようなイラストがあしらってあり、ほのぼのした手作り感があふれている。

「ジュライ」のスタッフルームのデスクの抽斗《ひきだし》に、これまでの活動にかかわる様々な資料が保管されている。今朝、早目にここに来た森村恭子と黒木秀子と草野和世が「四季いちば」の資料を探し出してくれていた。

麻生が顔を上げていった。

「ずいぶんと愛情のこもったチラシですね」

「あたしたち愛情と熱意しか持っていないもん」

恭子が応えると秀子と和世がそうなのよねと笑った。

チラシは二つ折りA4判四ページ、扉の中央に「四季いちば＊2011WINTER」と大きな文字が躍っている。見開きの二ページには三〇店ほどの出店予定店のリストが載っている。昨日、Y市役所の会議室で会ったメンバーは、みな入っている。フリーマーケットに出店した住民のリストはない。出店するのも止めるのも自由に任せたからだという。開催スケジュールは平成二十三年一月×日（土曜）午前十一時から午後四時まで、会場は七月小学校体育館。

「来場者数とか売上げのデータは残っていないのですか？」と麻生が問うた。

「そんな細かいことは調べていませんよ。私たちは商店会の商店や住民の有志に出店をお願いして、場所の割り当てをして、まででおしまいです。あとは自由にやってもらっています。当日に飛び入り参加の方もありますし、誰でも大歓迎ですから、データなんてわかりません」と恭子が答えた。

「およその数字くらいはわかるでしょう？」

恭子に代わって和世が答えた。

「前回あたしも、古いお洋服とか前から溜まっていた引き出物の器とか出してみたんだけど、午前十一時から夕方四時まで家族が交替で座っていて、売上げは二八五〇〇円だったわ。買えば五〇〇〇円くらいのコーヒーカップセットに一〇〇〇円で値段を付けていたのが、値切られて五〇〇円にしかならなかったもの。でも八百屋さんとか肉屋さんとか本物のお店はもっと沢山売れていたわよ」

「もっと沢山といいますと？」

「あっちは普通のお店だからお客が大勢来ていましたよ。でも売上げまでは分からないわ、ねえ」

同意を求められて恭子がうなずいた。

「何か、調べる方法はないですか」

「だってジュライのイベントなんですから、お店だってみんな箱みたいな所にお金を出し入れするようなどんぶり勘定だったわよ」

「そうそう、あたしたちと一緒」

「なるほど」麻生は大和田に話しかけた。「困りましたね。これじゃ十倍作戦が宙に浮いてしまう」

「ジュライで把握していないなら商店会に聞くしかないだろう」

「商店会は正しい数字を出してくれないですよ」

どうして、と問いかけてから気づいた。十倍の売上げを保証された彼らは、どんぶり勘定をいいことに前回の売上げを多めに申告してくるだろう。それを基準にすればハードルが高くなる。

「十倍作戦て何ですか？」

怪訝《けげん》な顔で恭子が訊ねた。秀子も和世も興味深そうに麻生の答えを待っている。麻生が手短に説明すると恭子が呆れたようにいった。

「十倍なんて無理に決まってるわよ」

「西都ストアが閉鎖したのですから、買いたい物は山のようにあるでしょう」

「それだって十倍もいかないわよ」

「もう商店会の幹部に約束してしまいましたから、石にかじりついても実現します」

「無茶よね」と恭子は秀子と和世に同意を求め、二人とも遠慮がちにうなずいた。

　麻生は三人の反応を気にも留めないように問うた。

「売上げ数字ですが、およその推測はできませんか？」

「そうね」和世が目を細めた。「たとえば丸富食品さんだったら、人参でもジャガイモでもダイコンでも、ああ、リンゴやバナナもあったかしら、そういうのがたいてい一袋一〇〇円か二〇〇円くらいで、二〇〇袋は売れたわね」

「もっと売れたわよ。うちは全部で一〇袋は買ったもの」と恭子が口をはさんだ。

「丸富さんだけで、そんなに？」

「ああ違った、肉も魚も牛乳も菓子パンも入れてだわ」

「丸富食品だけだったら？」

「三つか四つね」恭子は言い訳のように付け加えた。「だってあのときは西都ストアがあったから、たいていのモノは間に合ってたのよ」

「そうでしょう、うちは丸富さんでは買わなかったもの」

「じゃあ、平均二つでいい？」

恭子と秀子がうなずいた。

「お客さんはどのくらい来たかしら、十一時から四時までで、合計五〇〇人くらい？」

「もうちょっと少ないでしょう。午前中と夕方は結構混んだけど、お昼ごはんの時間帯なんかぱらぱらだったじゃない」

「じゃあ、三〇〇人」

「いいところね。二人連れも結構いたから二〇〇世帯の三〇〇人というところね」

「でも二〇〇世帯、全部が野菜は買わないでしょう」

「半分より多いわよね。三分の二ってとこ？」

「そんな感じね」

三人のやり取りは家庭の主婦らしい細部に食い込んでいき、大和田も麻生も黙って耳を傾けている。

「そうすると」恭子がテーブルの電卓を叩いた。「一袋平均一五〇円かける二個かける二〇〇世帯の三分の二、ちょうど四万円になるわ」

どうでしょうか？　と恭子が電卓の表示を大和田と麻生に見せた。

「粗利が二割とすると一万円足らずか、商売としてはそう嬉しい数字じゃないな」

大和田の言葉に麻生がやんわりと被せた。

「でも十倍の四〇万円となればかなり大きいでしょう」

「四〇万円なんて絶対に無理」

秀子がとんでもないという顔でいった。和世も同じ表情になった。

「でもうちは前回よりいっぱい買うわよ」今度は恭子が大和田らの応援に回った。

「八百屋さんの持ってくるもの、ひと揃い欲しいもの。おネギだってジャガイモだって人参だって、ブロッコリーだって、それにリンゴもイチゴも」

「そんなに食べきれないでしょう」

秀子がいった。

「冷蔵庫に入れておけば大丈夫よ。ジャガイモなんてひと月もふた月も持つわ」

秀子と和世は車でスーパー大王まで行けるが、恭子は自転車だから買い物への飢餓感が違うのだろう。

「それにね」恭子が続けた。「今度は来れるおうちは皆来るんじゃないかしら」

「来れないお宅って、どんなところですか？」

麻生が聞いた。

「いつも車で大王に行っているところとか、若い家族がいるとか、なんか他のやり方で間に合っているとか、たまたま留守にするとか……、多くても半分ってところじゃない？」

「だとすると来店予定世帯は一〇〇〇強か？　それだけで前回の五倍くらいになるんじゃないですか」

「五倍の人が前回の二倍買ってくれれば、十倍作戦は成功しますね」

「あらほんとだ」

恭子がにっこりした。

一応皮算用が成り立ったが、目いっぱい都合のいい前提を並べ立ててある。大和田はまだまったく信じていない。

「待て待てよ。五時間で一〇〇〇世帯つまり一五〇〇人も来るとなると、あの体育館に一時間当たり三〇〇人も滞留することになるな。大和田さん、やっぱりあれいかなきゃ仕方ないですね」

麻生にいわれ大和田がうなずいた。

「ねえ、皆さん、今回は土曜日だけじゃなく日曜日にも開催しませんか」

驚きのあまり言葉を失ってただ顔を見交わす女たちに、麻生がゆっくりと話し始めた。

「土日とも午前十一時から午後四時まで、合計十時間、時間当たり一五〇人のお客さんが滞留する……、いいところじゃないですか」

ようやく恭子が口を開いた。

「七月小学校は、いつだってジュライのイベントには協力的だし、フリーマーケットに出店する人は好きな日を選んでもらえばいいわけだから、あとは商店会よね」

「商店会だって、こちらの呼びかけに有志が参加するってことでしょう。ダメだなんてことはいわないわよ」と秀子がいった。

「でもあのタヌキが面倒くさいのよ。仁義を通さないとへそを曲げちゃうわ」と恭子が笑った。

「タヌキ？」

大和田は変なアクセントでいって笑い出した。タヌキと突然いわれても意味が通じるほど富川の風貌には特徴がある。

「いいでしょう。仁義は通しましょう」

「ここは大和田さんの出番ですよね、よろしくお願いします」

大和田は麻生の方針に全面的に従うつもりになっている。この二日間の作戦会議で麻生の辣腕をしっかりと確認した。

ジャケットのポケットから携帯を取り出した。すでに丸富食品の電話番号は登録してある。ボタンを押しながら麻生にいった。

「十倍作戦の基準の数字もいってしまうよ」

「それをいわなかったら、日曜日も出店するという話に乗ってこないですよね」

携帯から女の声が響いた。妻だろう。

——毎度ありがとうございます。丸富食品です。

「宅配サービスの件でお世話になっているユートピア工房の大和田ですが、社長いらっしゃいますか」

——ちょっと出ているんだけど、すぐに帰るよ。

言付《ことづ》けを頼もうか迷ってからいった。「それじゃまたご連絡します」

携帯を切ると恭子たちが短く息を吐いた。固唾《かたず》を呑んで成り行きを気にしていたのだろう。麻生だけはのどかな表情のまま話しかけてきた。

「富川さんに、広告宣伝費のことも話していただけませんかね」

昨夜の電車の中で、麻生がチラシとかポスターなどをプロに頼みたい、その経費を十倍になった売上げから出してもらってもいいのではないかといいだし、大和田は半信半疑で同意していた。

「三パーセントでいいのね?」

「富川さんのところで四〇万円の売上げがあれば、粗利は二割として八万円もある。三パーセントをいただいたとしても罰は当たらないでしょう」

四〇万円かける〇・〇三は一万二千円か、と頭の中でソロバンを弾いたとき、ポケットに戻した携帯が鳴り出した。表示に〈丸富食品〉とあった。

「はい大和田です」

——富川だけど、電話、くれたって？

「いまジュライでせっせと四季いちばの準備をしているんですがね。一つ二つ会長とご相談したいことがありまして」

——怖いな、ご相談てのは嫌いなんだ。

「前回まで、四季いちばはいつも土曜日にやっていましたが、今回は土曜日、日曜日と二日間やりたいんですよ、時間帯はこれまでと一緒で結構です。ジュライのスタッフたちからもそういう強い希望が出ています」

——二日間もやるのか？

「七月の郷の皆さん、西都ストアがいなくなって以来買い物に飢えているから一日じゃとうてい間に合いません」

ちょっと間が空いた。回線が切れたような気がして声をかけた。

「もしもし」

——ジュライのおっかさんたちが希望しているのかい？

「もちろんです。それで、こういう重要なことは、まず富川会長に了解を得ないとだめですっていわれたんです」

また間が空いた。今度は黙って富川の言葉を待った。

――十倍売れるならみんな日曜日だって出るだろう。うちはそれでいいよ。この間の連中には話しておくが、他の店にはそっちから連絡してくれよ。

「もちろんそうします。それからいまいわれた売上げですが、十倍の根拠となる数字をこちらで試算させていただきました。ジュライのスタッフの方たちが前回の売れ行きをかなり詳細に覚えていらして、それをもとにしたものです」

――なんだい、それは？

用心深い口調になった。

「いちおう試算の中身を申し上げます。前回の四季いちばに出品された商品の平均価格が一袋一五〇円、お客さんは五時間で二〇〇世帯三〇〇人ほど見えて、その三分の二が平均ふた袋購入しましたので、売上げは四万円となります」

――ちょっと待ってくれよ。おーい、ボールペン、どこへやったんだ。

富川が受話器から口を離して大きな声を上げた。女房を呼んでいるのだろう。

――もう一遍いってくれないかね。

大和田が繰り返すとまた間が空いた。計算している様子がくっきりと目に浮かんだ。

――たしかに四万になりますね。

富川が畏《かしこ》まった口調でいった。丁寧語も使えるのだ。

「ですからその十倍だと四〇〇万円となります」

——よ、四〇万円。

「よろしいですね」

——待て待て、おっかあ。

そこで声が消失した。通話口をふさいだのだろう。すぐにまた話し始めた。

——分かったよ。うちには伝票が残っていないし、ジュライのおっかさんたちが、そういうならいいだろう。

声がわずかに弾んでいる。期待していたよりいい数字が出たに違いない。

「ご了解いただいたところでもう一つのお願いになるのですが、今回は十倍売るために、広告宣伝に力を入れたいと思っています。私どもの人脈で、第一線のプロに友達料金で協力してもらいますので、出店される商店会の皆さんに若干のご負担をお願いします」

——どういうことだい、ご負担て？

「売上げの五パーセントをお願いしたいのですが」

横から麻生が大和田の肩を叩いた。間違えたと思ったのだろう。

——バカいいなさんな。こっちは粗利でそんなもんだよ。

「われわれも小売店さんの原価計算を勉強させてもらっているんです。先日、会長からもうかがいましたように粗利が二〇あるのですから、五パーセント負担していただいても悪い話じゃないでしょう」

――いや、そんなことにOKを出したら、おれがみんなに怒られちまう。

「みんなって、商店会の皆さんは会長の胸一つでしょう。これがうまくいって七月の郷の人たちが救われたら、駅前に会長の銅像が立ちますよ」

――おれは口のうまい奴は信用しないようにしているんだ。

言葉と裏腹に声に嬉しそうな響きが混じった。

「ちょっと待ってください」といいながら大和田は麻生を見て笑った。ワカッテイマスヨ。声に出さず、口の形だけでそういって胸の中でゆっくり十まで数えてから携帯に戻った。

「それじゃ、もう二パーセントこっちで自腹切りますよ。三パーセントでどうですか？」

また間が空いた。悪い間じゃないような気がした。

――四〇万円売れて一万二〇〇〇円か、泣いておくか。十倍いかなかったら一銭も負担しないよ。

「ちょっとお待ちください」大和田は携帯を遠ざけ、小さな声で麻生にいった。

「十倍売れなかったら負担しないといっているけど」

麻生が大きくうなずいた。大和田は携帯に戻った。

「それで結構です。よろしくお願いします」

――奴らにはおれから話しておくから、あとはそっちで頼むわ。うるさいことをいう奴もいるだろうけど、おれの関係のほうはなんとかするさ。

電話を切って大和田はいった。

「おれの関係はなんとかするって機嫌よさそうだったよ。あとはそっちで頼むっていわれたけど」

うむ。麻生の黒目が一瞬左右に動いた。大和田もすぐに麻生の表情の意味に気づいた。

「富川さん、どういう風に何とかするんだろう？」

大和田の疑問を麻生が口にした。基準値は丸富食品のものしか出していない。青井鮮魚店や桜井精肉店に何といって、売上げ十倍の中身を説明するのだろう。

「あのタヌキは自分の店だけ保証されれば、あとはどうでもいいのよ」

恭子が冗談めかしていうと、秀子と和世が揃って吹き出しあわてて掌《てのひら》で口を覆った。

そうかもしれない、しかしそれでおさまるのだろうか、二つの思いが大和田の脳裏で交錯した。

12

Ａ４判四ページのチラシ。最初のページの中央に「四季いちば＊２０１２ＳＰＲＩＮＧ」と、一画ずつ色違いのパステルカラーで描かれた柔らかな文字が載っている。

その文字と絡み合うように、七月小学校の生徒たちの描いた図画作品の花や太陽、月、星、昆虫などが配され、画面からのどかな雰囲気が立ち昇っている。

キャッチフレーズは、「美味しさ、便利さ大集合のスーパーマーケットを／七月の郷の住民に／二日間、ご提供します」とした。ページをめくると見開きに出店予定の店と商品が並んでいる。前回の出店者と、短い時間に間に合っただけの新たな出店希望者のデータを紹介した。

「まあ、すてき、やっぱりプロは違うね」

「小学校関係の人が喜ぶわね」

恭子と秀子がいい合った。子供たちの作品を利用しようといい出したのは麻生である。

「ふれあいサロン」に来ていた客にも見せたが、皆うっとりした表情でチラシに見入った。

「なんだか贅沢すぎるような気がするな」

「七月の郷、五〇〇〇人がお客さんなんですから、贅沢なんてことはないですよ」

いつの間にか皆「七月の郷五〇〇〇人」というようになっていた。「四〇〇〇人強」より威勢がいい。

このチラシは麻生が「丸高シティ開発」で利用していたデザイン事務所の親しいデザイナーに、個人ベースで依頼した。わずか三日で一万枚が仕上がってきた。ほとんど同じデザインの新聞紙大のポスターも一〇〇部ほど作った。

麻生は自分の車「フィット」でこれを運んできた。麻生は十倍の数字を富川に提示した次の日から宣言通り二週間の休暇を取り、赤い可愛らしいフィットに乗って「七月の郷」にやってきている。Y市中の商店を訪ねるのはもちろん「七月の郷」の外れの住民を訪ねるにもすっかり便利になった。

「四季いちば」を強力に進める武器となったのはフィットばかりではない。二人は大きな模造紙いっぱいに「いちば」を開催し終えるまでの工程表を書き出し、サロンの壁に貼り付けた。重要な項目は太いマジックペンで目立つように書き、詳細はその隣にボールペンで書き込んだ。

それを目にした恭子らは「まあ、すごい」と目を輝かせ、やるべきことの多さに表情を引き締めた。

客たちをうっとりさせたチラシはすぐにスタッフや協力者が総がかりで「七月の郷」の全戸とY市の商店に配布した。ポスターは二つの駅の構内や小学校など「七月の郷」の目立つ場所に貼った。スタッフは二〇名ほどいるが、それ以外にも彼女らの身内や友人が手伝ってくれた。

それと並行してY市の九つの商店会と「七月の郷」の住民にさらなる「出店者」を募集した。

魅力的なチラシが効いたのか、「売上げ十倍」が効いたのか、前回の出店数は商店が一五、個人が二二だったのが、両方ともほぼ倍増した。まだ増えそうな気配である。

大和田らは出店希望者に電話をかけ、メールを送り、埒《らち》が明かないときは相手を訪ねて、四季いちばを盛り上げるためのアイデアを打ち合わせることにした。魅力的な目玉商品を用意してもらい、住民のニーズに合ったいちば作りに趣向を凝らすのだ。

富川にはしばしば電話を入れることになったが、彼をその気にさせるにはどう話をもっていったらいいか、大和田も要領が分かってきた。

「会長、おかげさまで、出店希望者が激増してうれしい悲鳴を上げています」

――おれも、みんなをプッシュしておいたからね。

「売上げ十倍作戦ですが、目玉商品を作りたいと思って皆さんに相談しているんです。丸富食品さんでもびっくりするような商品を出してくださいよ」

――だったら京野菜でも持っていくか。老人はああいうの好きなんだよね。

「それはいいですね。近いうちにご相談に伺います」

いい出しっぺの染谷は一番やる気があった。

――お年寄り向きの目玉が必要ということでしたら、甘酒でもご用意しましょうか？

「作ってくれるんですか？」

――缶のものがあるんですよ。ほとんどアルコール分がないから、ちょうどいいかと思います。

「いいですね」

――あまり年寄り扱いばっかりじゃうれしくないでしょうから、夕方になったら立ち飲みコーナーをやりましょうか。

「立ち飲みコーナー！」よさそうな気もしたが不安もあった。「場所が取れますかね？」

――体育館の外に設置したっていいんですよね。検討していただけませんか？

個人の出店希望者にも連絡を取って出品予定品目を訊ね、あまり売れそうにないものはレベルを上げてもらうよう説得した。家を訪ねるのに、当初は歩いたりスタッフの自転車を使っていたが、黒木秀子の夫が車を出してくれることになった。見たところ妻と同年配、完全にリタイアして五年といったところか、口数の少ない男だった。いつの間にか遠出も引き受けてくれるようになり大和田も何度も乗せてもらった。いつも無口だが、ハンドルさばきは巧みだった。

「すみません、家内がお世話になっています」

「いいえ、無理を申し上げて」

誰もが目にするサロン壁面に工程表を貼ったので、スタッフや出入りする客や出店者の参加意識が高くなった。色んな意見があちこちから飛び出してくる度に工程表に追加したのもよかったようだ。大和田と麻生は、次々と発生する膨大な作業を片端からこなしていった。

その日、サロンを閉じた後、大テーブルに座って大和田と麻生の仕事を見ていた恭子が感嘆の息を漏らしていった。

「二人ともすごいのね。なんだか目の前をブルドーザーが走り回っているみたい」

秀子も相槌を打った。

「男の人の仕事のやり方って初めて目の前で見たわ」

「皆さんのご主人たちはもっとモーレツサラリーマンだったんですよ」と大和田がいった。

「知っているのは、飲んで遅く帰ってきたときの管《くだ》を巻く姿とか、休みの日にいつまでも寝ていて、起きてきたかと思ったら、一日中テレビの前から動かなかったりとか」と秀子がいった。

「ご主人は、男は黙ってサッポロビールって人だったんでしょう」

「もっとよく知っていたら、違っていたわね」と恭子がいった。

「どう違っていました？」

「もうちょっと優しくできたっていうか、ダンナにだけじゃないのよね、社会人になってからの娘にも」といいかけて「でも、うちのは家では本当に何もしなかったから」と恭子は話の流れを変えた。

「ナントカ達者で留守がいいって、誰がいい始めたのかしら」

「昼間のパパは光ってる、なんてのもあったわね」

　二人の会話が大和田の耳を素通りしていた。もっとよく知っていたら違っていた、と聞いた途端、百合子と真佐子のことが頭に浮かんでいた。

　おれが仕事の前線にいたとき確かに百合子との間に隔絶があったが、女房が、表に出て七人の敵と戦い生活を支えている亭主を理解するのが当然と思っていた。百合子はそういう夫にモヤモヤしている思いを、お袋とのことでさらに整理ができなくなったようだった。

　両親の葛藤が真佐子との間にも及んでいた。おれが百合子の介護に精根を奪われていたときおれと百合子との距離は縮まったかもしれないが、真佐子とのそれはさらに離れただろう。おれは何かに集中するときっと誰かを踏みにじってしまう。部付部長になって半年経ったころ、仕事の勢いで弾き飛ばした何人かの部下や取引先の顔が思い浮かぶようになった。そのたびに叫び出したいほどの後悔を覚えた。しかし閑職に飛ばされ戦意を失っていたからそうなったのだ。もし部下を引き連れて戦場に戻ればまた同じことをしたに違いない。

戦場には張りつめた戦場の心理が、弾の飛んでこないところにはのどかで生ぬるい心理がある。そして自分は戦場が好きなのだ。

13

北尾夫人が出店を希望してきたと聞いたとき、大和田は信じられなかった。日々の暮らしをやっと乗り切っているあの老夫婦に、そんな意欲が残されていたのか、いったい何を出すのだろう？　電話で聞いても思わせぶりな言葉しか返ってこないので、恭子と一緒に北尾家を訪ねることにした。

庭に夫の姿はなかった。夫人はニコニコと玄関の隣の部屋に二人を通した。

「すいませんね。何度も来ていただいて」

「北尾さんが参加してくれるっていうから嬉しくなっちゃって」

恭子がいった。家の中にも夫の気配は感じられない。出店に夫は関係ないのだろうか？　大和田の視線に気づいたように妻がいった。

「なんか気が抜けたみたいで寝ているんですよ」

「どうしたの？」

「車を出品することにしたのよ」

「まさか」

「本当よ」

驚きのあまりだろう、恭子の質問がわき道にそれた。

「あんな大きいもの、どうやって出すの？」

「校庭に駐車して、お客に見てもらえばいいじゃない」

大和田が疑問の核心をたずねた。

「だって、ご主人が納得しないでしょう」

「納得しましたよ。運転しないことに決めたのに、あれがあるといつまでも未練が残るからって、未練は断ち切りたいって」

「かわいそう」

恭子の声が大きくなると、しいーっと夫人が口の前に人差し指を立てた。

ふいにドアが開き足を引きずりながら夫が入ってきた。今日もまたドアの外で聞き耳を立てていたのだ。

「そうでしょう」夫が忌々《いまいま》しそうにいった。「うっかり口車に乗せられるところだった」

「ちゃんと話したじゃない」

「お前に騙されたんだ」

「あなたも、そのほうがいいっていったじゃない」

「いわされたんだ。足が治ったら、おれはまた乗る」

「足のせいじゃないでしょう。自分から、走る凶器っていったじゃない」

「馬鹿いえ。あれがなきゃどこにもいけないじゃないか」

「いいのよ、買い物はこの方たちがちゃんとしてくださるのだから」

「この間だってそういってたろう」

大和田も恭子も二人の剣幕に目を見張った。一見したところ穏やかに見えるこの老夫婦の間にこれほどこじれたものがあるのだ。

夫がさらにいい募ろうとしたとき、大和田が立ち上がって夫の肩に手をかけた。

「まあ、ま。ご主人もお座りください」

夫はぎこちなく脚を折りソファに座った。

「お二人とも仲がよろしくて羨ましい」

口からそういう言葉が出てしまった。

「どこが、仲がいいものか」

夫が吐き出すようにいった。

「昔からいうじゃないですか、喧嘩するほど仲がいい」

いやならけんかをするものか、と途中から大和田の言葉にメロディがついた。

「聞いたことありませんか？　小林旭です」

「そんなんじゃありませんよ」

妻がいうと、ああそんなんじゃないよ、と夫も応じた。ここでは二人の意見はすぐに合うのだ。

「でもね北尾さん」恭子が大和田に加勢した。「あたしなんか、もう喧嘩する相手もいないんですよ」

北尾夫妻が黙り込んだ。

「文句をいうにもせいぜいテレビが相手。元々うちの人は無口だったから、会話なんてほとんどなくて、いつもあたしの独り言だったけど、それでも聞いてくれる人がいるっていいことじゃない」

「私の話し相手はいつも仏壇の位牌ですよ」

恭子に引きずられて大和田も少しだけプライバシーを明かした。軽口のつもりだったその言葉は思いがけず深く自分に突き刺さり、裸をさらしたようなうすら寒い思いに襲われた。

ソファに座っていた夫がそわそわしだした。何かいわなければいけない気持ちになったが言葉が見つからないという様子だった。妻はつと立って部屋を出ていき、夫用の茶碗を持ってきた。何もいわずそれに茶を淹れた。夫は淹れ終わるのを待てないように手を伸ばした。

大和田も音を立てて茶をすすってからいった。

「四季いちばに参加してくださるのはとてもありがたいのですが、車のことはもう一度ゆっくりお話しされたらどうですか？」

一瞬、間があって「ああ、そうするよ」と夫がいった。妻はかすかにうなずいたように見えたが言葉は口にしなかった。

「さすがビッグマザー、二人とも冷静になってくれましたね」

北尾家の門を出たところで大和田がいった。

「とんでもございません。大和田さんの小林旭がグッドタイミングでした」

「ご存じだったたですか」

「ご存じどころか、ファンだったのよ。とくに中年になってからね。小林旭って、あたしと同い年なの」

「マイトガイと同級生ですか」

「あの人は同級生のチャンピオン。いつまでも現役で活躍してくれてて、うれしかったわ。『昔の名前で出ています』なんて、あたしの人生とどこも重ならないのに、なんか胸にしみてくるのよね」

そこから少し無言で歩いた。後悔に似た気分が大和田の胸の中にある。自分が妻を亡くしたことと日常生活の断片を、あの短い湿った言葉で伝えてしまった。そして恭子の日常も短い言葉で今までより色濃く知った。「ジュライ」では皆を元気にするエネルギーを振りまいている恭子が、家ではテレビを相手に話すしかないのだ。ふっと赤城の家で見せた恭子の異変が頭をよぎった。なぜ玄関から中に入れなかったのだろう？

「ビッグマザーは爺さんは苦手なんですか」

恭子の大きな目の中を臆病そうな色がよぎった。あわてて話の軌道を修正した。

「いえ、今だってご主人より奥さんをスムーズになだめていらしたから」

「やっぱり女同士のほうが話が通じるのよ」

恭子が臆病そうな色の向こう側にあったものを取り繕ったのが分かった。

恭子がジュライへの道ではないほうへ歩き出したことに、大和田は少し遅れて気づいた。

小高くなった街区に向かう踊り場のような場所に木製のベンチが置いてあった。

「変だったでしょう、赤城さんのとき」

恭子が立ち止まって振り返らないままいった。

どう応じていいか分からず、黙り込んだ大和田に恭子が続けた。

「爺さんが苦手なんじゃないの、独り住まいが苦手なの」恭子がベンチに座った。

「聞いて下さる?」

はあ、といって大和田は恭子の前に立った。

恭子の話は日頃の恭子のイメージからは想像もできないものであった。

三ヶ月ほど前、ジュライの常連だった老人が数日顔を見せないことが続き、心配になった恭子が訪ねてみることにしたという。たまたま一人で行くことになったが、風邪でも引いたのだろうと何の不安も感じていなかった。

呼び鈴を押しても返事がなかったことも、ドアノブをひねると軽やかに開いたのも赤城老人の家と同じだった。

それでも恭子は心配することなく玄関に入り込み、明かりのついていない廊下の奥に呼びかけた。「藤巻さん、藤巻さん」。反応がないので今度は少し心配になり、上がってみることにした。高熱でも発して眠り込んでいるのかもしれない。廊下を進みだしたとき何かにつまずいてつんのめって転んだ。つまずいたものの上に倒れこんだ。きゃあ、と悲鳴を上げたはずだが声は出なかった。体の下に何があるのか、すぐに分かった。藤巻さんだった。人間の身体とは思えないほどひやりとしていた。

腰が抜けたのか、足が折れたのか、体中の力が抜けたのか、藤巻さんの上から動くことができなかった。

薄れそうになる意識の中で、手提げ袋の中に携帯があることを思い出した。慌ててそれを取り出し、119番だったか110番だったかに電話をした。

気がつくと体の大きな男たちが恭子の周りに立っていた。大勢の「七月の郷」の住民たちの見守る中、恭子は地元警察署に連れて行かれ事情を聴かれた。もちろん何の疑問もなく藤巻の脳出血による自然死と判定され、恭子は丁重に放免された。

何もなかったように翌日から「ジュライ」のマスターを務め、スタッフや常連客の前では以前と変わらない態度を取っている。自分のことを気遣ってくれているのか、彼らも思い出したくないためなのか、スタッフも客もそのことに触れなかった。

しかし死後硬直していた藤巻の上に倒れこんだショックはいまでも癒えていない。常連がしばらく来なかったことを放っておいたという罪悪感と共にフラッシュバックに絶えず襲われた。

何とか立ち直らなきゃいけない、と日々、思い続けている。先日は荒療治をしようと思って赤城さんのところに行ってみたのだが、まだ当分後遺症が抜けないと思い知らされた。

——恭子の長い話が終わっても大和田は口を開くことができなかった。こんなときには慰めようがないと知っていた。

大和田はゆっくりと恭子の隣に座った。恭子の呼吸が少し荒くなっているのが分かった。そのまま恭子と同じ方向に視線をやっていた。「七月の郷」の三分の一ほどが一望できた。緑をたくさん残し、町並みにも、自然と融け合わせる工夫のあるニュータウンだ。

「あ、そうだ」と恭子がいままでと違うトーンの口調でいった。「赤城さんのことはY市の高齢介護課にお願いしておきました。最優先で手を打ってくれるそうです」

「そう、よかったですね」

あら、遅くなっちゃうわねと恭子がベンチから立ち上がった。大和田もすぐに立ち上がり坂道を下りながら恭子に語りかけた。

「北尾さんちのクラウン、どうなると思います」

「出してくるわよ」

恭子はもう普通の口調に戻っていた。

「あの年で奥さんに逆らうことができる男なんていないもの」

そうかあ、と大和田がずっこけて見せると恭子がいった。

「でも買い手がいるかしら」

「さあ？」

それは大和田にも疑問だった。それでも車がフリーマーケットに出れば話題になるだろう。すごい目玉商品ともいえる。

14

「大和田さん、ぼくら、ぬかっていましたよ」

ジュライのドアを開けると、大テーブルに置かれたパソコンの前に座っていた麻生から声がかかった。

秀子と和世がその向かいに座っていて資料らしき紙の束に目をやっている。

隣に座った大和田に麻生が紙の束の一部を渡した。

「何のこと？」

「『フリーマーケット』で検索したら、フリマ体験記ってのが山ほどあるんですね」

紙片をぱらぱらとめくるといくつものタイトルが目に入った。

〈フリマに行ってきました〉〈わが家のフリマ損益決算〉〈フリマでお小遣い稼ぎ〉〈××商店街のフリマ情報〉……

「すごいな」

最初にあったのはもう参加回数十回を超えるベテランのブログらしい。なかなか面白く読ませる文章で、フリマ初心者に行き届いた教えを垂れている。

読みふけっている大和田に麻生がいった。

「勉強不足でしたわ」

たしかに教えの中には思いもよらなかったことが次々と出てくる。これまで商店を中心に考えていて、住民が参加するフリーマーケットは付録としか思っていなかった。

そもそも一般的なフリーマーケットは出店参加費を取るものなのだ。素人だけではなく激安商品を扱うプロも参加している場合もある。値札はあらかじめ作っておくこと、売るときは値引きサービスをする必要があるからそれを見込んだ値付けをすること、釣銭を用意しておくことなど、基本的なことを詳細に教えてくれている。

大和田は読み終えたものを次々と恭子に回し、恭子も眼鏡をかけて読みふけった。麻生も秀子も和世も黙って二人を注視している。

やがて顔を上げて大和田がいった。

「ここでは出店費なんて取れないでしょう」

「そうよ」「そうですよ」と秀子と和世が声をそろえた。

遅れて顔を上げた恭子がいった。

「でもすごいのね。普通の人で売上げが三万円だなんて、ここじゃ、ひと桁下よね」

「みんな、こんなに本気じゃないもの」和世がいった。「ジュライの催し物だからちょっと混ぜてもらいましょうかってくらいで、サロンに近い人しか出店しないでしょう。だってお年寄りは遠くから品物運んでくるの、大変じゃない」

恭子の言葉に麻生がゆっくりと続けた。

「当日、遠くから来る人のために、送り迎えサービスをやりましょうよ」

送り迎え？　と恭子がオウム返しにいった。

「歩いて十分もかかる人はどれくらいいます」

秀子が出店者リストを見て「三分の一くらいね」といった。

「私の車でしょう、澤田さんの車でしょう、それから」

「うちのもいいわよ」と秀子がいった。

「三台フル回転でピストン輸送するんですよ。そしたらみんな今予定している倍くらいのものを出品するんじゃないかな」

「出品する人だけじゃなく、買いに来るんだって、遠くの人は億劫なのよ、だから遠い人はあまり来てくれないのよ」と恭子がいった。

「お客も送り迎えしたいけど、乗用車じゃスズメの涙だな」と麻生がいった。

「やらないよりいいだろう」

「誰が運転しますか、当日われわれはいちばんのほうでてんてこ舞いですから」

「運転できる人はいっぱいいるから募集しましょうよ」

「北尾さんの車、とりあえず、そっちに使わせてもらいましょうか」と恭子が大和田にいった。

「あれはまだ分からないでしょう」

「大丈夫、出してくるわよ」

そのとき大和田の背後からか細い声がかかった。

「北尾さんの車、どうかしたんですか？」

畳のスペースで囲碁を打っていたはずの木谷の華奢《きゃしゃ》な姿があった。トイレに行くため通りかかったのだ。

「免許を返上するというので四季いちばに出してくれるかもしれないんですよ」

「本当ですか」

「ええ」と恭子がいった。

「あんなに車好きだったのに……」

「でも運転が難しくなってきたんだから、そのほうがいいんじゃないですか」

木谷は口を閉ざしてトイレに向かった。木谷が囲碁の相手以外に話しかけるのを聞くのは初めてだった。

恭子が小声でいった。

「北尾さん、以前はここで囲碁を打ったこともあるんですよ。仲が良かったんですけど、木谷さんが東西物産の部長だって聞いてからぴたりと来なくなっちゃったの」

北尾にはそういう神経の細いところが感じられる。ああやって奥さんにキレて見せるのはその裏返しなのだろう。

「あ、もう時間だ」

麻生が壁の時計を見ながらいった。車を提供してくれそうな住民をリストアップし、何人かに電話をかけ、電話で話が進まない人には家まで相談に行こうとしている最中だった。

商店主と打ち合わせに行く時間が迫っていることに大和田も気がついた。

「森村さん、車の準備を皆さんで進めておいてくれませんかね」

麻生がいうと恭子らは顔を見交わした。

「お客さんも出品してくれる人も、できるだけ便利になる方法を考えてください」

三人は緊張した顔でうなずいた。

大和田と麻生はあたふたとフィットに乗り込んだ。通いなれたコースを赤い車は加速し始めた。

「大丈夫かな」国道に出るとすぐ大和田がいった。

「大丈夫ですよ。自分たちが主人公になると、普通のおばちゃんでも相当のことをやってのけます」

「もうおばあちゃんだぞ」

「シティ開発でそういう場面を一杯見てきました。住民に何か役割を任せると、自分の財産がかかっているだけにプロより先に行くことがいくらでもあるんです」

信号の黄色を突き抜けたとき麻生が急に笑い出した。

「××さんの玄関に、赤ちゃんくらいのテルテル坊主がぶら下がっているんですよ。当日、雨になって人出が少なかったらみんな可哀想だって」

大和田が訪ねた先でも雨を心配している人がいた。

「われわれが思っていた以上にみんな楽しみにしているね。そわそわしている感じだ」

「七月の郷」は日を追って賑やかになっている。家の周りや通りに人影が多くなり、ときどき垣根越しの会話も聞こえた。最初に訪れたときの不安になるような静けさはもうない。

「われわれが丸高百貨店関係ってのもいいらしいです」

「どういうこと？」

「ここんところ苦戦しているといえども天下の丸高でしょう。一流百貨店の関係者が、西都ストアに見捨てられた自分たちを応援してくれるってのは悪くないらしい」

「おれも丸高の看板の恩恵を受けているってわけか」

「愛しているんでしょう」

不意に麻生がいったが何のことだとは問わなかった。

「じゃなかったらいつまでも丸高の人間と付き合っていないものね」

「個人的には好きな奴もいれば嫌いな奴もいるさ」

「いいから、丸高を愛しているっていっちゃいなさいよ」

「麻生君はどうなんだ」

「愛していますよ」

「シティ開発に飛ばされてもか？」

「丸高は私の人生そのものですから、憎むことなんてできっこないですよ」

「きみが仕事ができるわけだ」

麻生は黙ってハンドルを右に切りフィットは見覚えのある通りに入っていった。

富川の奥さんがいつもの部屋に案内してくれた。

「みんな、ずいぶん張り切っているな」

奥さんと入れ替わるように部屋に入ってきた富川は、紙切れをひらひらさせながらいった。すでに配布してある「目玉商品」のリストである。

「みなさんのご協力に感謝します」

「まあ、ここにいたからって千客万来ってわけじゃないからな。儲かるところならどこへでも出て行くよ」

京野菜を出品するといい出した富川が一番張り切っているかもしれない。

魚屋の青井は、富川に対抗するように老人好みの白身の魚を幾種類もとり揃えることにした。

肉屋の桜井は冷しゃぶ用の柔らかな牛肉を安く提供する。

クリーニング店のはるみは、車載型布団乾燥機を借りてきて「七月の郷」を走り回る。

酒屋の染谷は甘酒は用意するが、立ち飲みコーナーは年寄り相手にはふさわしくないと諦めることにした。

「一応こんな風に考えているのですがね?」

向かい合って胡坐《あぐら》をかいた富川に麻生が「出店見取り図」を渡した。出店者の利害が錯綜するから決める前に自分に相談しろと富川に要求されていた。

昨夜、二人で遅くまでかけてこれを作った。二人とも丸高で物産展を手伝ったこともあるので、店舗の配置の土地勘はある。すっかり熱が入った。

富川はメガネをかけ替え、見取り図に顔をくっつけるようにして見入っている。冗談ばかりいっている富川の顔ではない。やがて顔を上げ、わざとらしい咳払いをしてからいった。

「二人ともあまり買い物なんかしないだろうけど、どんなスーパーでも、野菜が入口のところにくるんだよね」

こんな風に出てくるだろうと二人は予測していた。

「これだとお客さんは違和感を感じまっせ」

体育館の正面入口に一番近いところを指さした。そこにパン屋を配してある。いい匂いのデニッシュや菓子パンが入口にあったほうが、土のついたジャガイモやネギより客を引き込むだろうと二人は了解していた。

「といいますと？」

大和田がとぼけていった。

「料理の要《かなめ》となる野菜類を店頭に持ってくるというのが、こういうマーケットのレイアウトの鉄則なんだよ」

なあ、と富川は少し開いた障子から店頭の女房に声をかけた。女房は商売物のウーロン茶を持って部屋に現れた。

「そりゃ、マーケットの入口は野菜だよね」

女房はたちまち夫に加勢した。なるほど、といってから麻生がゆっくり話し始めた。

「私たち、丸高百貨店の物産展を経験しています。ご承知のように物産展は近年大人気で、日本中の百貨店でやっています。あれはどこが店頭か決まっていませんが、入口付近にはその場で食べられるソフトクリームとか銘菓がありまして、重鎮の商店は奥の院でどっしり構えているんです。富川さんところの京野菜は重鎮中の重鎮じゃないですか、慌ただしい店頭に置くのじゃなくて、お客をゆるりと中に導いてしっかりと売っていきましょうよ」

「まったく口が上手いね、麻生先生は。でもこればっかりはごまかされないよ」

富川は麻生さんといったり麻生先生といったりする。

「富川会長をごまかそうなんて思っていませんよ」

麻生も、富川会長と富川さんを使い分けている。

「四季いちばで野菜が店頭にないとおかしいよ。これまでもずっとそうだったんだから、澤田君にも聞いてみてよ」

澤田君と澤田さんと主任も使い分けている。

「わかりました、聞いてみましょう。他はどうですか？」

「それがね」と富川が笑みを浮かべ、問うたこととは違うことを答えた。「みんなもどこまで売れたら十倍なのかっていい出しているんだ」

「おれが何とかするっていってくれたじゃないですか」大和田が軽くなじった。「丸富さんが十倍売れたらそれだけいちばにお金が落ちたわけですから、余所《よそ》も十倍売れたことにしてくれてもいいでしょう」

「おれもそういったんだけど、それじゃ納得してくれないんだ。おれも弱くなったよ」

「どうしたら納得してくれるんですか」大和田がいった。

「おれも困っているんだ」

「丸富さんと同じようにジュライのスタッフに推計値を出してもらいますか」

麻生がいった。冷静な口調だった。

「それは数字次第だな」

「そう都合よくはいかないですよ」

大和田が放り出すようにいうと麻生がいった。

「スーパーマーケットには売り場ごとの売れ行き比率のデータがあるんです。丸富さんを基準にしてあとはその比率に従って推定値を出しましょうか」

「それはだめよ」と妻がいった。「だってスーパーじゃ野菜、肉、魚っていう風に分けるでしょう。個人商店は缶飲料とか、牛乳とか、納豆もお豆腐もお菓子も、クリーニングとかスーパーじゃ分類できないものも扱っているんだから」

なるほど。麻生が笑い出しそうになるのをこらえてうなずくのが分かった。大和田もおかしくなった。二人は何もかもダメといって、どういう解決を欲しているのだろう。

麻生がウーロン茶を呷った。脂肪が吸収されないと大宣伝されているものだが、麻生はそんな必要がないほどスリムな体つきをしている。

「こちらとしましては今のところその三つくらいの方法しか思いつきません。それでも納得いかない方には、残念ながら無理矢理参加をしていただくこともできませんからね」

麻生の言葉を聞いて大和田が驚いた。やんわりと富川を脅しているのだ。

「待て待て、そこまで事を荒立てたらおれが中に入った意味がないだろう、なあ」

富川は女房と顔を見合わせ、わざとらしい哄笑《こうしょう》を上げた。

丸富食品を出て車に乗り込んだとたん麻生がつぶやいた。

タヌキおやじめ！

大和田が失笑した。釣られて麻生も笑った。

「どうしろっていうんでしょうね」

「さあ？」

訳のわからないことをいう奴はどこにでもいる。しかし言葉の裏にはぴたりと本心が張り付いている。富川は、自分が声をかけた出店希望者が切り捨てられることは望んでいないのだ。

十分ほど走ると次の訪問先が見えてきた。ひと区画手前からでも店の建物が輝いているように見えた。

サラリーマンを辞めて実家を継いだ染谷の「染谷酒販」はY市一の繁華街、といってもシャッターが下りた店が目につくY駅前商店街の真ん中にあった。

ブルーの制服を身に着け、店頭で段ボール箱を運んでいた二人の男の片方がこちらを見て頭を下げた。染谷だった。

「すみません。お忙しいところをお呼び立てしてしまいまして」

言葉づかいも、両腕を脇に付けて三十度ほど頭を下げる無駄のない仕草も、サラリーマンのものだ。傍若無人な富川よりこちらのほうが大和田の肌に合う。

ビールのケースがあふれた店内の通路を通って、狭い事務所の接客用の椅子に案内された。レジで柔らかく頭を下げた女は多分、染谷の妻だろう。

染谷はデスクの上にあった茶封筒を手にし、中から数葉の紙片を取り出した。「目玉商品」のリストだった。

「さすがに辣腕の街作りコンサルタントですね。前回の倍もエントリーしている」

「澤田さんやジュライの方々がよくやってくださっていますから」

「麻生先生の十倍宣言が効いたんですよ」染谷は一貫して麻生先生、大和田先生だ。「私も最初は驚きましたが、西都ストアの当時の売上げを考えたらいけるかもしれないと思うようになりました」

「私らも大雑把な計算をしたんですが、可能かもしれないという計算が成り立っています」

「それはいちば全体の売上げですよね」

「もちろんです」

染谷の表情が少し曇った。「富川会長は個々の店の売上げが十倍になると、みなに話しているようですよ」

「どういうことですか？」大和田がいった。

「ニコニコ食品さんから、富川会長にそういわれたと聞きましたもの」

ニコニコ食品は染谷と同じ商店会の肉屋兼総菜屋だが、前回は出店していなかった。大和田の頬に血が上ってきた。もちろん「四季いちば」全体の売上げのつもりだったが、大きなミスをした。

「まずかったですね」麻生がいった。

個々の店の売上げが十倍になると思われても仕方のない説明を富川にしてしまった。出店数が二倍になって個々の店が十倍売上げれば、全体では二十倍の売上げとなってしまう。

「当然、いちばん全体と思い込んでいたから、きちんと区別しなかった」麻生の顔がわずかに歪んでいる。

「富川さんに念を押しておくか」

大和田がいっても麻生は結んだ口を開こうとしない。

「念を押すしかないだろう。二十倍なんて、とても無理だぞ」

「さっきの話で、さらに言質を取られましたよ」

麻生がいった。頬に上った血が全身に回っている。

「まずかったな」

「あいつそのために答えの出ない質問を繰り返したんですね？」

二人の話に染谷が割り込んだ。

「富川会長は全体で十倍って分かってるんですよ」

「どういうことですか？」

怪訝な顔をする二人の前に染谷が出品者のリストを突き出した。麻生がリストを手に取ってじっくりと眺め回し、「そうか」と小さな叫びを漏らした。

「どういうことだい?」と大和田が聞いた。

「十倍宣言以降どの業種も出店者がふえていますが、ふえていない業種が一つだけあるんです」と染谷が答えた。

言葉の途中で大和田も気づいた。酒屋も魚屋もクリーニング店もほぼ倍増しているのに、八百屋だけは最初から丸富食品ともう一店の二軒だけと変わっていないのだ。富川は全体で売上げ十倍と理解しているからこそ、八百屋をふやさない工作をしたのだろう。

「八百屋の数がふえなければ、いちば全体で十倍売れたときは丸富食品も十倍売れるということだ」

「そうなるはずですね」

染谷は表情を変えずにいった。

「皆さんは十倍売れるというときの基準値をどう捉えているのですか」

「さあ? みんなお互いの売上げなんか知りませんからね。売上げ十倍はキャッチフレーズと思っているんじゃないですか。私は五倍になるか十倍になるかは気にしていません。中長期的に見て『七月の郷』のお客様に使い勝手のいい買い物のインフラを作ることこそ重要です」

「嬉しいな、私たちもそう考えています」

「四季いちばが週一くらいで根付いて、あそこの人が買い物に困らないようになればOKですし、うまくいかなければ、引き売りだって選択の一つだと思っています」

　大和田がいった。

「引き売りじゃ、四千数百人の需要を満たせないでしょう」

「コダマさんみたいに軽トラックを利用したんじゃ無理だけど、きちんとした専用車を何台か使えばできますよ」

「専用車？」二人が顔を見交わした。

「全国チェーンの『セブンデイズ・ストア』が東日本の被災地で移動コンビニを始めたことがニュースになっていますが、移動コンビニは最近日本列島のあっちこっちに登場しているんです。日本じゅうに過疎化が進んで、買い物難民だらけですからね。あれには冷蔵庫も冷凍庫も載せられる。私はあれを一台仕入れてきて、『七月の郷』で試しに運用してみたいんです。うまくいけばよそにも行けるかもしれない」

「よそ？」

「当店から車で一時間くらいまでの買い物難民地区をターゲットと考えたら、そうとう商圏が広いでしょう」

「染谷さん、チャレンジャーなんだな」

　麻生の声が少し弾んだ。サラリーマンを自ら辞めて、一国一城の主となった染谷の胸の中には富川や青井とはケタ違いの野心が満ちているのだろう。

「うちは配達が多いですから、移動販売車には前から関心を持っています」

「今後の日本の小売り業にとっては大きな可能性ですよね。ここで試してみる価値はありますね」

「でも私一人で突っ走ったらみんなから総スカンとなりますでしょう」

　大和田の脳裏に商店主たちの顔が浮かんだ。彼らは共存共栄のために足並みを揃えているようだが、互いに足を引っ張り合ってもいる。そこから誰かが抜け駆けしようとすれば必ず邪魔立てするだろう。新参者の染谷には大きな足枷となる。

「両先生のほうから、四季いちばと並行して引き売りも試してみるか、というご提案があって、じゃあ、私が汗をかきましょうか、それならやってみろっていうことになれば話はスムーズでしょうがね」

「汗をかく？」

「マーケットリサーチとか、車の手配とか、仕入れ、販売、まあ移動販売のための全てですよ」

　もう調査済みなのだろうと大和田が思ったとき麻生が問うた。

「染谷さんがそっちにかかったらこのお店が困るでしょう」

「さしあたり今の染谷酒販の能力でもできると思っていますが、それでも人が足りないほど忙しくなってくれれば、いくらでも手伝ってくれる人はいます。私の古巣は万年リストラ中なんです。営業マンなんかいつ首になるか分からない。うちで二〇万出せるようになったらきっと来てくれます」

　染谷の構想はだいぶ先まで進んでいるようだ。


　すっかり暗くなった国道にフィットが入ったところで、二人はそれまで閉ざしていた口を同時に開いた。

「染谷さんはあれをいいたくてわれわれを呼んだのか」と大和田。

「やっぱり前回出店した店は売り上げを十倍にしてあげたいな」と麻生。

　相手の言葉に先に応じたのは大和田だった。

「そんなの無茶だよ」

「今からいえますか？　あれはいちば全体の数字だって、出店数が二倍になっているから個々の店は五倍になりますって」

「いわなきゃ仕方ないだろう。広告宣伝費だけならまだいいけど、仕入れた商品が半分余って廃棄処分にでもなったら、われわれに責任の取りようがない」

ジュライのスタッフや商店主には能弁な麻生も、大和田には沈黙で答えることがふえている。

「『四季いちば』全体の十倍ってのは、当然のことじゃないの?」

前を向き続けている麻生の顔を対向車線の車のライトが照らしていく。

「仮にだよ、丸富食品の四万円を基準として前回は一五店だから売上げ六〇万円、その十倍で六〇〇万円、これだって達成は難しいのに、二十倍の一二〇〇万円もどうやって売るんだよ」

麻生はハンドルを握る手に力を籠め、大きく右にカーブする道から目を離さなかった。

あごに奥歯を噛み締めている筋肉が浮き出ている。当たり前の理屈が通らない頑固野郎、ふっと、かつては自分もそうだったかもしれないという思いが頭をよぎった。そのとき閉ざしていた麻生の口が開いた。

「全世帯が一万円使えばその数字を超えますよね。二週間分の食料を買ってくれるとすれば、そのくらいいくんじゃないですかね」

「無茶いうなよ、全世帯も来るわけないだろう」

麻生がまた黙り込んだ。以前ならこういう無茶をいうのはおれだった、という思いがまたよぎった。

15

「四季いちば」の開催が三日後に迫ったその日、「ふれあいサロン・ジュライ」は開業の一時間も前から賑わっていた。

森村恭子らスタッフは次々とフリーマーケット出店希望者と連絡を取り、値付けやPOPのキャッチフレーズなどを話し合っている。ネットの書き込みを参考にして作った「フリーマーケット・出店の心得」は急遽、全員に配ったが、「よくわからない」と直接聞きに来る人もいるし、こちらから説明にも行っている。

これまでサロンには縁のなかった四、五十代の住人が顔を見せ、部屋のあちこちで老人のものではない力強い声を響かせている。常連客たちは席に着いても新聞や雑誌を読むのではなく、人々のやり取りに耳を傾け目を輝かせている。

黒木秀子の夫も常駐するようになっていた。妻や恭子に頼まれて「四季いちば」当日の車の便の責任者になったのだ。いま入口近くのテーブルで、向かいに座った清原と何事か相談している。木谷は畳のスペースに取り残され、ぼんやりと窓外に目をやっている。囲碁は休戦のようだ。

大きなテーブルに隣接した小さなテーブルにひと際若い男の姿があった。綿パンにチェックのシャツ、スニーカー。一見、社会人か学生かわからない。若者はマーカーペンと画用紙を使いPOPを作っている。

「うまいじゃない」

大テーブルで当日の進行予定表をチェックしていた大和田が声をかけると小声で答えた。

「漫画家になろうかと思ったこともあるんです」

「そういう世界は厳しいだろう」

「やりたいことなら我慢できますよ」

若者は草野和世の末の息子・佳彦だった。

三年前、新卒で中堅商社に入社したのに「雑用ばかりやらされるし尊敬できる奴がいない」といって三ヶ月で辞めたという。それ以来フリーターをしながら自分に合う仕事を探しているが、はかばかしくないようだ。和世が買い物をしてくれる孝行息子のことをあまり喋りたがらなかったのはそのせいだろう。佳彦は母から、急激に規模を拡大する「四季いちば」のことを聞いて興味を抱いたという。当初、自宅でPOPを制作してくれていたが、推進役の〝丸高百貨店の人たち〟を見たくなって、一昨日からここにやってきている。

「やりたいことをやるためには、やりたくないこともやらないとな」

喉まで出てきたその言葉を大和田は佳彦にはぶつけない。みな好きなように生きればいい。人生、つまりは自己責任だ。逃げ続けたところでどこまでも自己責任は追ってくる。

「すいません」

秀子が大和田に声をかけてきた。大和田が顔を上げると、秀子は入口のほうを振り返った。秀子の夫が頭を下げた。話があるということらしい。人の間を縫ってそちらへ行った。

「お世話になります」丁重にいった夫は初対面のときよりずっと若く見える。「車の便のことなのですが、マイクロバスを借りましてね、一日中会場と『七月の郷』の間をつなごうと思うんですよ」

はあ、といったが、まだ話の全体像が分からない。住民の車を借り出すはずだったのではないか。夫はすかさず説明を始めた。

「レンタカー屋で借りると十二時間までで二万円弱なんですが、二九人乗れますから、あちこちで人を拾いながら一時間で『七月の郷』の外縁部を一周するとしまして、開会前の午前十時から閉会後の午後六時まで走らせるとしまして、九往復およそ二〇〇人ほど運べます。まあ細かくいえば出品物などもありますからもっと少ないでしょうが、その分は乗用車でも補います」

なるほど。細部の疑問は残ったが、この人は自分でこれをやり抜くつもりだと納得した。

「マイクロバスを運転するにはそれなりの免許がいるんですが、ありがたいことにこれだけの人数が暮らしていますと、それを持っている人がいましまして、引き受けてくれることになりました」

「いい方に責任者をやっていただきました。大船に乗ったつもりでいます」

「とんでもない、頭も足腰もすっかり錆びついてしまい、おたおたしています」

「今のご説明をうかがっただけで、神経が行き届いているということがよく分かります」

「はあ」と黒木が照れた表情を浮かべたとき、隣にいた秀子が夫の肩に軽く自分の肩をぶつけた。夫はそれに気がつかない風を装ったが大和田が気づいて、こちらからその仕草に応えた。

「もちろん、レンタル料金のほうはこちらの予算から出させてもらいます」

「よろしいですか」

「当然ですよ」

「新田レンタカーのものが一番リーズナブルでしたから、それでいこうと思います」

「新田レンタカー?」

大和田の脳裏に閃《ひらめ》くものがあった。

「ええ、余所はもう少し高いです」

栗木光一が新田自動車東京販売にいる。彼に何か便宜を図ってもらえるかもしれない。栗木の携帯にすぐに電話をかけた。

「お久しぶりです。大和田です」

——その節はお世話になりました。

互いに手短な挨拶をしてから話を切り出した。

「……というわけで、栗木さんなら何か融通が利かないかと思いまして」

——また難しいことをお引き受けになっているんですね。大和田さんのお話ですから何とかお役に立ちたいのですが、うちと新田レンタカーはまったくの別会社でして、私にどんなことができますやら。

話している途中でそのことに気づいた。黒木の頑張りに嬉しくなって、筋違いの依頼をしてしまった。

「そうですよね、失礼しました、お忘れください」

——ご成功をお祈りしています。

電話を切ったとき、黒木夫妻の間から木谷が顔を出した。

「十倍作戦て、本当ですか？」

間近で木谷の顔を見るのは初めてだった。余生をひっそり生きていくつもりだろうと思っていた木谷の細い目が光っていた。

「ええ」

「無茶でしょう」

自分でも無茶だと思っているとはいえなかった。

「全世帯の人が一万円ずつ買ってくれれば達成できるのですよ。木谷さん、北尾さんの車買ってくれませんか」

大和田が冗談とわかる口調でいうと、木谷は、「私、免許持っていませんから」と肩をすくめ傍らの清原に話を振った。

「清原さん、どうですか？」

「私は今の車、乗りつぶしておしまいにします」

清原は自分にいい聞かせるようにきっぱりといった。

商店主回りをしていた麻生が帰ってきた。ちょっとお願いしますと、大和田の肩を抱くようにスタッフルームに連れ込んだ。二人ほどいたスタッフがそれとなく席を外した。

「やっぱり富川さんは個々の店ごとの売上げ十倍増を親しい仲間に煽っていましてね、

青井さんとか桜井さんとか一部の商店主が頑強なのです」

「そうか」

「それで売上げ目標ですが、丸富を基準にして総計一二〇〇万円で手を打ちましたよ。四〇万円かける三〇店です」

「多すぎるだろう」麻生に怒りをぶつけるようにいってしまった。「もともと八百屋はよく売れる業種なんだし、あの推計値だって向こうが喜んでいるんだ。それを三〇倍したんじゃやれないよ」

目標未達成で、「七月の郷」の買い物難民卒業計画は雲散霧消してしまう、という最悪のシナリオが頭をよぎった。

「だから『七月の郷』の住民以外のお客も四季いちばに集めましょう」

「どうやって?」

「新聞にチラシと目玉商品のコピーを折り込むのです。この周辺に一万部撒いても五万円もあればできます」

「間に合うのか」

「新聞販売所に聞いてきました。明日の昼十二時までに納入すると、辛うじて土曜の朝刊に間に合います」

「ギリギリだな」

「両方とも残部は数百部しかありませんから、皆で手分けして一万部コピーしましょう」

すぐにフロアにいた恭子をスタッフルームに呼び入れ、いきさつを話した。

「そういうわけで、あのチラシを一万部コピーしたいんです。ここのプリンターだけではとても足りません。みなで手分けをして、近くのプリンターのあるところに片端から依頼してください。パソコンにデータを送ってプリントしてもらってもいいです」

「あら、大変」

恭子は嬉しそうにいってフロアに出ていき、数人の人を連れてきた。黒木夫妻、和世と息子の佳彦、常連客も混じっている。佳彦が大和田に親しげな視線を送ってきた。何度も言葉を交わしたので親近感を持っているようだ。

恭子が彼らに事情を説明すると次々と意見が出てきた。

「学校にならプリンターが幾つもあるでしょう」

「月川駅と七王子駅にもあるわ」

「まさかスーパー大王じゃ使わせてくれないわよね」

恭子が冗談混じりにいった。

「ここの住民でもパソコンとプリンターを持っている人は結構いるのよ」

「そうだ、フリマに出品する人には片っ端から聞いてみましょうよ」

携帯を持っている者はその場で連絡を取り始めた。引き受けてくれるところが、少しずつ出てきた。電話をかけていた黒木の夫が途中で「あっ」と声を上げていった。

「これ、無理ですわ」

「どういうこと?」と秀子が問うた。

「一万枚ということは、もし二〇軒なら一軒当たり五〇〇枚になります。うちのプリンターだと一枚当たり四、五十秒かかるから五〇〇をかけると……」

恭子がすぐに電卓を弾いた。

「四十秒だと二万秒になるのね、それを六十秒で割ると三百三十三分、五時間半もかかるわ」

「そりゃ駄目ね。そんな大変なことは誰にも頼めないわ」

秀子がいった。大和田も同感だった。二〇軒くらいに頼めば一時間で済むだろうと思い込んでいた。

「まいったね」麻生が肩を落とした。

「仕方ないさ。周辺のお客は諦めて、全世帯に一万円を買ってもらうことを目指そう」大和田がいった。

「うちはそれ以上買いますから」恭子がいった。

「うちもよ」「うちだって」と秀子と和世が競うようにいった。中核メンバーはそれでなくては困る。しかし当初の見通しでは半分も来てくれればいいことになっていた。とうてい全世帯が来るとは思えないし、一万円も買ってくれるはずがない。

そのとき、いつの間にかスタッフルームから姿を消していた佳彦が部屋に入ってきて、大和田にいった。

「ちょっと来てくれますか?」

「何だい?」

促されて佳彦がPOPを作っていたテーブルまで行った。ノートパソコンが開かれていた。自宅から私物を持ってきているのだ。

「これを見てください」

開いてあるホームページの上部に〈激安・ストレート印刷〉と赤い文字がある。すぐ下に印刷枚数と料金の早見表がついていた。大和田はスクロールしながら詳細をチェックした。どうやらあのチラシなら、二万枚・二色刷り・入稿から丸一日の納期、四万八〇〇〇円という条件でできるようだ。

「すごいじゃないか。よく気がついたな」

「だから、ぼくは、やりたいことはやる人なんですよ」佳彦の鼻の穴がかすかに膨らんでいた。

スタッフルームに戻ってそのことを麻生に告げた。麻生が慌ててフロアに出てきた。他のメンバーも後をついてきた。麻生がパソコンの前にかがみこみ、モニターを覗きながらタッチパッドを操作する。

しばらく見ていた麻生が大和田を振り返っていった。

「これだと販売店への納入は明後日になりますね」

「それでも日曜の分は間に合うじゃないか」

麻生が佳彦にいった。

「佳彦君、発注はきみがやってくれるかな」

「ぼくですか？」

「頼むよ。データはここのパソコンに保存されている。明後日の十二時までにここに搬入してもらいたいんだ」

麻生がポケットから名刺を佳彦に渡した。

「明日の十二時に間に合うようなら最高なんだけど、まあそれは無理だろう」

「わかりました」

佳彦はちらりと大和田に視線を投げてからパソコンの前に座り込んだ。その顔に緊張と晴れがましさが入り混じっていた。

「佳彦君、やりますね」

大和田が和世の肩を叩くと、「そうかしら」と彼女も息子と似た得意の表情を浮かべた。

そのとき大和田の胸のポケットで携帯が鳴った。液晶画面に〈綾子〉の文字が浮かんでいる。大和田は足早にフロアから外に出て通話のボタンを押した。

「なに?」

——ふーちゃんがね、会社辞めちゃったのよ。

「本当か?」

——お母さんがひっきりなしに会社に電話をかけてくるんですって。それで仕事ができなくなっちゃって、思い切ったらしいの。

「そうか」

——今夜ここに来て、相談に乗ってあげてくれない?

「無理だよ」

——薄情なこといわないの、友達でしょう?

「おれなんかよりママのほうが頼りになるだろう」

——ふーちゃんとお母さんが煮詰まっちゃって、危ない感じなのよ、みんなも呼んでおくから、来てちょうだいよ。

頭の中にいくつかの顔が浮かんで閃くものがあった。

「遅くなるぞ」

——できるだけ早くね。

綾子は大和田が来るものだと決め込んでいる。胸の奥が温かくなるような気がした。綾子自身、親しい友からのSOSの声がかかったら必ず飛んで行くということなのだろう。

16

「AYA」のドアを開けると中から「オーさん」「来た来た」などという声が上がった。カウンターにふーちゃんと社長だけでなく森と塚本の姿まであった。

「勢ぞろいだな」

「おれたちは、なんでこんなにママに弱いのかね」

社長の台詞《せりふ》を綾子が一蹴した。

「何よ、社長なんか、いつも威張っているじゃない」

ふーちゃんと社長の間に座りながら大和田がいった。

「大変だったたな」

ふーちゃんは黙ってグラスに口をつけた。目の下やあごが黒ずんでやつれて見える。

お前が自分で連れて来たんじゃないか、いいそうになるのを抑えて綾子にいった。

「ママは、くたびれたブタやニワトリに緊急招集をかけてどうしようというんだ」

ブレーメンの音楽隊の話は、もうこのメンバーの共通のものとなっている。

「それを相談するんじゃないの」

綾子が大和田にもビールを注いだ。

「正式に辞めたのか？」

ふーちゃんが口を開いた。

「まだだけど、すぐに正式に辞めるよ。老人ホームにでも入れなきゃ、仕事はできない」

老人ホームは探しているが、すぐに入れるようなところは金が足りないと以前から聞かされている。

「生活保護でも受けるか」

社長がいうと、よしてくれ、ふーちゃんは強くいった。

「働けないんだから、しょうがないだろう」

社長の二の矢に反論できないふーちゃんの顔に、悲壮な表情があった。お上に頼ることなんか考えたくもない、そういう性格だと社長も大和田も知っている。

「S市にお母さんを預かってくれるような制度はないのかね」

「電話をしてみたけど、たらい回しにされた挙句、そういうのはないと……、お袋を東京に連れて来てるといったら、全然本気に聞いてくれないよ」

　綾子が皆の前に小さなクリスタルグラスを置いた。棚の一番上の端から白いラベルのスマートなボトルを下ろし、ゆっくりとグラスに注いだ。バランタイン17年、半年ほど前にも出されたことがある。

　みな黙ってグラスを口に運んだ。トロリと甘い舌触りは心地よいが、大和田は最近ビールでも日本酒でも焼酎でもみなうまく感じるようになっている。

「これ飲んじゃうと、ただじゃ帰れないいんだよな」

　社長が沈黙を破った。

「そうよ、ただじゃ帰さないから」と綾子がその言葉に乗ったとき森が口を開いた。

「二人でうちに通って来たらどうでしょう」

　みなが互いの思いを探るような時間をおいてから塚本が訊ねた。「うちって、オーランドのことですか」

　誰も答えなかったが、それに違いなかった。

「うちならいいかもしれないな」社長がいった。「いま売り出しているマンションの一室に事務所構えているけど、一部屋自由になるんだ。一緒に出勤して、お袋さんをそこに置いて、ふーちゃんは営業に出ればいい」

「誰か一人は必ず事務所にいるから、お袋さんも心配ないだろう」

ふーちゃんが答えないので大和田が口を開いた。

「オーランドは順調なんだ？」

「ええ」塚本が答えた。「もう一棟マンションの販売を受注したので、春日さんの昔の仕事仲間が二人も加わることになりました。やっぱり仕事はできるのにどこかで冷や飯食っていたらしく、めちゃくちゃ働いていますよ」

「ふーん、きみみたいなやつがあちこちにいるんだ」

「前から分かっているでしょう」

塚本が笑ったとき店に着信音が響いた。みな、体をピクリとさせたが、ふーちゃんの携帯だった。耳に押し当ててふーちゃんがいった。

「起きたのか。もうじき帰るよ」

携帯を持ったままふーちゃんは立ち上がった。

「少し待ってなよ、テレビ見ててよ」

ドアの前まで移動した。

「冷蔵庫に何でもあるだろう」

強引にいって携帯を切った。

カウンターに戻ってきたふーちゃんに大和田がいった。「どう？　社長の話、やってみたら」

「あんなばあさんがいたら仕事にならないだろう」遠慮している口調だった。

「別にお袋さんが客と顔を合わせるわけじゃない。お袋さんは、部屋でテレビを見たり昼寝をしてればいいんだ。試しにしばらくやってみて、その間にどうするか考えたらいいじゃないか」社長がいった。もう決めている口調だった。

「おれに営業はできないよ」

「うちには、営業以外にもいろんな仕事がある」

「いろんな仕事って？」

「事務もあるし、広告もあるし、体力仕事もあるし、そのうち印刷だってやるようになるかもしれない」

社長の勢いに気圧《けお》されたようにふーちゃんがかすかに頭を下げた。その気になったのだ。

「じゃあ、春日さんと具体的なことを相談しておくよ」

「社長、頭いいね」綾子がいった。

「おれじゃない、森ちゃんだよ、アイデアマンは」

「くたびれたブタさんでも頭は回るのね」綾子が笑った。

「この頃、アイスクリームトークは出さないな」

「辛口のアイスだってあるのよ、ワサビアイスとか」

「アイスクリームトークは甘くなきゃ意味ないだろう」

皆が声を揃えて笑い出した。ふーちゃんもちょっとだけ笑いに付き合ってから、慌ただしく勘定を払い「AYA」を出て行った。

「あれじゃ、ふーちゃん、パンクしちまうよな」

ひとしきりふーちゃんの大変さと今後の見通しを話した後、大和田はここに来るまでに考えていたもう一つのテーマを、皆に切り出した。

17

夜中に何度も目が覚めた。布団の上に倒れ込むほど疲れていたはずなのに、ずっとウトウトしていただけだったのかもしれない。

昨日は昼過ぎから夜にかけて「七月小学校」の体育館で出店位置の目印を貼ったり電気コードを敷いたり、体育館前の庭に綱を張ったりブルーシートを敷き詰めたり、と大わらわだった。まだ体の節々が痛い。

大和田は布団から抜け出し窓のカーテンを少しだけ開けた。見上げる空に星が瞬いていた。体の底から嬉しさがこみ上げてきた。やったと小さくいい、尻餅をつくように布団に横たわってからの記憶がない。

次に目が覚めたとき、部屋の外から、大和田さん朝ですよ、という声がかけられていた。佳彦の声だった。

「よく晴れています」

腕時計を確認すると六時半を示している。飛び起きて枕元に置いてあったシャツとジャケットを身につけた。

「これ見てください」

佳彦がこぼれんばかりの笑みを浮かべ、「毎朝新聞」を突き出した。折り込み広告の束が重ねてあり、一番上に「四季いちば」のチラシが載っていた。スーパーや不動産の広告に呑み込まれるほどささやかなものだった。自己満足かもな、ちらっとそう思いながらいった。

「本当に間に合ったんだ」

佳彦の素早い働きで「ストレート印刷」が最短時間で仕上げてくれ、今日の朝刊に折り込まれることになった。

「よくやった」と肩を叩くと佳彦は鼻腔を膨らませた。

トーストの香ばしい匂いのするキッチンに行くと、和世が晴れやかな声を上げた。

「絶好のいちば日和《びより》になりましたね」

「草野さんのテルテル坊主が効いたんですよ」

昨夜、初めて顔を合わせた夫の姿はない。まだ寝ているのだろう。フリーターの息子とそれを甘やかしている妻を不満に感じているらしい言葉をいくつか冗談めかして漏らした。

食卓にトーストとサラダと目玉焼きが出された。

「今コーヒーを淹れますから」

昨夜、大和田は草野家に泊めてもらった。麻生は黒木家に泊めてもらっている。今朝も開場前にしなければいけないことが山ほどあるので、遠くから通ってくる時間の余裕はない。大和田のことは佳彦が「うちに来てくださいよ」と熱心に誘い、麻生は秀子の夫が「よろしかったらどうぞ」と控えめに誘ってくれた。

たちまち朝食を終えた大和田は、一人でジュライに出発するつもりだったが、佳彦が自分も行くといってついてくることになった。

佳彦は大きなリュックを背負い、見送る母親に「忘れないでよ」といった。「分かっているわよ」と和世は幼い子供にいうように答えた。ジュライのスタッフはみな裏方に回るが、去年まで毎回出店している和世は今年も出店し、現場責任者として他の店の面倒を見ることにした。そのため釣銭や筆記用具、電卓、値札用紙などを余分に準備してある。その一部を佳彦がリュックに入れ、残りは母親が持っていく。

ジュライに着くと、すでに麻生と恭子と黒木夫妻の姿があった。

「あたし一番乗りだったんですよ」

昨夜「拙宅をご提供したいんですが、これでもレディの独り住まいですから」と笑って見せた恭子は、そういって明るいジャケットの胸を張った。あの日以来、藤巻のことは一度も口にしない。大和田にはあのことが実際にあったのかどうか不確かになることさえあった。

「これからレンタカー屋に行ってきますが、うまくいくかどうか心配ですよ」

黒木の夫は少し青い顔をしていった。長くリタイア生活をしていた身にこの数日の多忙は堪《こた》えたことだろう。「七月の郷」の五つの地点に黒木の作った仮停留所の表示と時刻表が出ていて、黒木ともう一人、マイクロバスの運転免許を持ったボランティアスタッフは昨日、自分の車で運行のシミュレーションをした。

恭子と黒木夫妻をサロンに残して、三人はフィットで「七月小学校」に向かった。荷台にはブルーシートや立札の予備、釣銭、商品用の袋、ハンドマイクなどが積んである。

出店の準備を開始する九時までにはまだ一時間以上あるが、やるべきことはいくらでもある。

「あれっ？」校舎が見えてきたところで麻生が声を上げた。

校門の前に二台のトラックが見える。近寄ると、右手のトラックには「丸富食品」という看板と同じ文字があり、左手のトラックのボディには牛や馬をデフォルメしたイラストが載っている。こちらは富川の子分「桜井精肉店」のものだ。トラックの間からがっしりした体つきの桜井が校門の鉄扉を開けているのが目に入った。

「早いですね」

桜井に声をかけたのに、右手の運転席から富川が顔を出してにっと笑った。

「おれがみんなに声をかけた手前、責任あるしな」

「ご苦労さんですねえ」助手席から富川の妻が声をかけてきた。

「二人とも来ちゃってお店はいいのですか」

「今日は四季いちば休みってことにしたのよ」

大きく開けた校門の間を富川の車が通り抜けた。桜井が急いで後を追い、フィットも続いた。トラックは二台とも段ボール箱をぎっしり詰めている。

三十分も経つと商店のトラックが続々と姿を現した。割り当てておいたはずの駐車位置や出店場所をめぐる小競り合いが何度も起こった。その度に二人が間に入って収めた。

商品を入れた段ボール箱が想定していたより多く、予定したスペースに入りきらなかった。仕方ないので、遅くにエントリーした五つの店でくじ引きをし、負けた二つの店には、バスケットボールのゴールの裏に出店してもらった。

どの店も割り当てられたスペースを一杯に使って商品を並べた。商店街の彼らの店よりずっと迫力があるように見えた。

中でも染谷酒販の店づくりは水際立っていた。先日、見かけた店員と息を合わせて専用のキャリーを使い、冷蔵庫や冷凍庫をたちまちスペースの際《きわ》に設置し、店頭には冷凍ショーケースを置いて缶飲料を展示した。他の店がみすぼらしく見えるほどだった。

青井がショーケースに魚を並べているところに二人で通りかかった。青井は「ああ、どうも」と話しかけてき、「これなら麻生先生の思い切った十倍宣言も達成されますな」と周囲の店主に聞かせるようにいった。

「すごいですな」というと、「私、今回は色んなことを試してみたいんです」と大和田にしか聞こえない声で答えた。

体育館前のフリーマーケットは商店より遅い立ち上がりだったが、九時ちょうどに和世が現れると、ぽつぽつと顔を出し始めた。こちらは行儀よく出品者名の表示があるブルーシートに品物を並べ始めた。

そのころには「ジュライ」のスタッフも総出で体育館にやってきた。

「なんだかすごいことになったわね」

恭子は体育館の裏手に設けた駐車場にびっしり並んだトラックを見て目を丸くした。

「これもビッグマザーたちが積み重ねてきた苦労の賜物ですよ」と大和田がいった。

「あたしたちがやってきた四季いちばとは別物よ。これなら十倍、いくかもしれませんよ」

黒木の夫が添乗員となったマイクロバスが、最初に乗客や段ボール箱などを一杯詰め込んで体育館前に到着したのは九時半過ぎだった。予定より三十分も早い。

「皆さん、早くから停留所に並び始めたものですから」

黒木の夫が言い訳のようにいったが「グッジョブですよ」と麻生が親指を突き出して見せた。

乗客がバスから次々と降りてくると、出迎えたスタッフが大きな拍手をした。凱旋した兵士を迎えるかのようだった。二〇人を超える客の半分は大きな荷物を担いでブルーシートに向かい、残りは「お客様はここに並んでお待ちください」という表示板の前に用意されたパイプ椅子に腰を下ろした。ほとんどの客は配ってあったチラシを手にしている。

十時半。体育館の中もブルーシートのほうも開店の準備が整ったとき、客用の三〇人分のパイプ椅子は埋め尽くされ、後方に同じくらいの人数が立っていた。

三度目のマイクロバスが運んできた客がさらにその後ろに並ぼうとしていた。バスの運行は黒木の夫が想定したよりずっと回転が速い。

大和田と恭子は長くなった列に沿って歩きながら「もうしばらくお待ちください」と頭を下げていた。

校門から徒歩で姿を現す人の数も時間を追って増えてくる。よろよろとこちらに向かってくる老人に見覚えがあった。向こうから頭を下げられたとき、「よく来てくれましたね」と声が出た。清原だった。妻と思しき女性が腕を抱えている。

「すごい賑やかですね」

「木谷さんは一緒じゃないんですか」

「木谷さんとは碁盤の前以外では一緒になったことはないです。人前がお嫌いのようで」

毎朝新聞にからかわれて以来、人嫌いになったと恭子に聞いていた。先日、言葉を交わしたとき、ぜひ来てくださいと声をかけておけばよかったと後悔した。

ポンと背を叩かれ振り返ると澤田の顔があった。いつものようにスーツをきちんと着こんでいる。

「驚きました。もうこんなにお客が来ているんだ」

「ジュライのスタッフが大活躍してくれましたから」

いやあ、凄い、これで買い物難民解消ですね、とささやくようにいって澤田は体育館に向かった。入口のところで麻生とすれ違い、なにやら言葉を交わした後、麻生が小走りになって大和田のもとに来た。列をあごで示しながらいった。

「少し早いですが、もう開店しましょうか？」

「私もそう思っていたところです。私、草野さんと森村さんに知らせてきます」

麻生は体育館に戻り、大和田は和世のところに行った。

フリーマーケットの店の中で和世の店はひと際輝いていた。スタッフを代表して出店することに責任を感じた和世は、商品説明やＰＯＰは佳彦に作らせ、結婚して家を出た長女にまで商品を出させたという。

「草野さん、立って待つお客さんが多くなりましたので、もう開始しようと思うのですが、皆さんにそういってくれますか」

大和田は持っていたハンドマイクを和世に渡した。

「わかりました」

しかし和世はマーケットの間の通路を歩きながらマイクを使わずに声をかけた。

「皆さん、いまから四季いちばを開店しますのでよろしくお願いします」

「はあい」「え、もう？　たーいへん」、弾んだ声がそこここで上がった。出品者は三十代以下が二割、四十代五十代が三割、残りがそれ以上の高齢者という年齢構成だった。

続いて大和田は長く伸びた客の列に向かった。後方で知り合いらしき女性と何か話していた恭子に声をかけた。

「森村さん。少し早めて今から開店しますので、開場宣言をしてくれますか」

宣言をすることは打ち合わせ通りなのに、恭子はビッグマザーに似合わない緊張した表情になって列の先頭に向かった。

「みなさん、大変お待たせいたしました。いまからふれあいサロン・ジュライ主催の四季いちばを開場しますので、どうぞお好きなお店にお立ち寄りになって、思う存分お買い物を楽しんでください」

客が手を叩きながら一斉に立ち上がった。もう一〇〇人近くになっていた客は先を争わない穏やかな足取りで売り場に向かった。体育館に八割、フリーマーケットには二割といった割合だろうか？

大和田はフリーマーケットの真ん中で出店者と何か話していた佳彦に声をかけた。

「あれ頼むぞ」

はい、と佳彦は後についてきた。佳彦にいくつかのモニター店の売上げをチェックする役目を任せてある。丸富食品、青井鮮魚店、桜井精肉店……、十分だけ調査してそれを六倍すれば一時間の売上げ、さらに十倍すれば二日間の売上げが出ると想定している。

実際の売上げは各店が自己申告することにしてある。簡易レジスターを持ってきた店と、どんぶり勘定の店が一対三くらいになっている。レジスターはきちんと売上げが出るし、どんぶり勘定の店でも大勢が見ているので誤魔化しもするまい。それでもリアルタイムにチェックして売れ行きが芳《かんば》しくなければ、何かテコ入れしなくてはならない。

体育館に向かいながら大和田は校門のほうを振り返った。切れ目なくこちらに押し寄せてくる客の姿があった。これなら来場客はもう二〇〇に届いているだろう。しかし全世帯が訪れるには最低でも二千数百人、土日二日間の延べ十時間にわたって、毎時二百数十人が来て五〇〇〇円を超える買い物をしなければ目標は達成できない。恐ろしいほどの大きな数字である。

大和田は奥歯を噛み締めた。おれも麻生も恭子たちも全力を投入した。それでもきっと麻生がぶち上げたとんでもない目標は達成できないだろう。

「大和田さん」

開店三十分後、混み合う客の間を縫うようにして店舗を観察していた大和田は、後ろから背中をどんと強く叩かれた。佳彦だった。

佳彦に押されるように体育館を出た。フリーマーケットに目をやるとこちらにも体育館の三割くらいの客がいた。

「丸富食品、凄いですよ」

佳彦が興奮して話し始めた。

「ぼくが見ていた十分間に買ったお客は一一人、平均七袋です。商品の平均価格は一五〇円としまして、時間当たり六万九三〇〇円になります。このままいくと二日間で六九万三〇〇〇円売り上げることになります」

大和田も丸富食品の店頭に群がっていた客を少し遠くから見ていた。佳彦の計算は合っているだろう。これなら優に目標をクリアしてしまう。

しかし丸富は一番いい場所に出店しているし、野菜は料理の必需品だ。

「八百源はどうだい？」

奥まった位置に出店しているもう一軒の八百屋だ。

「これからチェックしてきます」

18

午後一時過ぎ。大和田は体育館の店舗を見回っていた。開店してから二時間ほどの、通路を歩きにくいような混雑は一段落したが、どの店の前にも通路にもいまだ大勢の客がいる。

どの客たちも両手に幾つものビニール袋を提げ嬉しそうな顔をしている。

大和田を見かけると「ありがとうございます」と手を握ってくる客もいた。準備段階の苦労を見聞きしていたのだろう。

さり気なくモニター店の売上げをチェックしている佳彦はときどきその結果を報告に来る。

八百源はあの時間帯でも丸富食品の半分しかいかなかった。他の店もみな前回の売上げは軽く超えるが、十倍はとうていクリアできそうもないというデータが出ていた。青井の鮮魚店も桜井の精肉店も二日間で三五万円を売り上げればいいところだろう。パン屋や豆腐屋、惣菜屋などは三〇万円を切りそうだ。

染谷酒販の前を通りかかった。染谷はしっかりしたレジを持ってきたし、信頼しているのでモニター店にはなっていない。染谷と目が合ったので声をかけた。

「どうですか、調子は？　甘酒は売れてますか」

「甘酒はぼちぼちですが」

染谷はニヤリと笑い大和田を招き入れる仕草をした。

大和田が染谷の隣に行くと、レジを操作して紙片を打ち出してくれた。数字が印字されている。

（153，852）

「何ですか？」

「開店してからの売上げです」

「すごいじゃない」

染谷は声を殺していった。「この調子でいくと二日間で六〇万円を超えますね」

「すごいな」

「うちは配送サービスをやってますから、お客様も思い切って買ってくれるんですよ」

レジの横に（ご希望の方は閉店後、まとめて配送をいたします）という張り紙があった。冷蔵庫の傍らの台の上に、住所表示が貼り付けられたビニール袋が山と積まれていた。

「そうじゃないと、うちのように重たい商品は売れませんから」

「だってそのためにマイクロバスの用意をしているんですよ」

「あれは周辺部への便しかないんでしょう。歩いて五分の人だって缶ビールや酒ビンは大変なんですよ」

どんと胸を突かれたような気がした。酒屋の商品じゃなくてもたくさん買えば重くなる。老人でなくても二週間分もの食品を持つのは敬遠したくなるだろう。

「それを早く教えてよ」冗談口をきいたのに、すみませんと染谷は謝った。

大和田は染谷の店を出て会場を見回した。麻生を見つけて、すぐに配送便の相談をするつもりだ。見当たらない。客の中に紛れ込んでいるのか、それともフリーマーケットのほうにいるのか？

急いで体育館の出口に行くと、入ってくる恭子と出くわした。

「やっぱり来たわよ」と顔にからかうような笑みがある。

「誰が、ですか？」

恭子が大和田の手をつかんで外に引っ張っていく。手を握られたのは初めてだった。ふいに、あの日のことは確かにあったのだ、と実感が湧いた。

見上げた空には相変わらず一点の雲もなく、この時間は日差しが強すぎるくらいだ。

恭子はブルーシートのエリアを過ぎて、特設の来客用駐車場のほうへ行く。

三〇台分設けた駐車場は一杯になり、校庭の中央に向かって二〇台ほどがはみ出している。

はみ出した一番端の車の傍らに老夫婦がいた。車にも夫婦にも見覚えがあった。

「北尾さん」

大和田がいうと、北尾夫人が晴れやかな笑みを浮かべたが、地面に視線を落としている夫の顔からはどんな感情も読み取れない。

「よくいらっしゃいました」

「わたしどもの最後のドライブですのよ」夫人は気取った声でいった。

「本当に出品するのですか?」

もうそういう話はしないのよ、と恭子が大和田をたしなめた。

「これ、どこに出したらいいかしら?」と夫人がいった。

「だけど……?」

いくらにするのか、どんな展示をしたらいいのか、いくつもの疑問が大和田の頭に浮かんだ。

「値段はオークションにしてくれていいわ」大和田の疑問を見透かしたように夫人がいった。「いくらでも一番高い値段を付けてくれた方にお売りします」

夫人は車の助手席から折り畳んだ紙を取り出した。覚束ない手つきで広げていく。書初《かきぞ》めに使う細長い用紙だった。中央に「クラウン、お売りします」と太い墨文字が書かれ、その下に「一番高い値段を付けて下さった方にお売りしますので、事務所までご連絡ください」と細い文字が書き込まれている。

「ただの『事務所』にしたけど、『ふれあいサロン・ジュライの事務所』って書いた方がいいかしら」と夫人がいった。

「そうね、分かりやすいものね」と恭子が答えた。

夫人は書初め用紙をボンネットに寝かせ、筆ペンで文字を書き加えていく。

「それで、この車どこに置いたらいいかしら？」

ちょっと待って、と恭子がフリーマーケットまで急ぎ足で行き、和世と話をしている。

「ご主人、よく決心をしてくださった」

大和田がいってもその声は夫の耳に届いていないようだ。恭子がすぐに戻ってきていった。

「あの一番手前でいいんじゃないかしら」

手を伸ばした先、ブルーシートと駐車場の間に三メートルほどの空きスペースがある。

「それじゃ、あなた、お願いします」

夫はいわれるままに運転席に乗り込んだ。足を引きずってはいない。白い車はゆっくりと動き出しするするとカーブした。

ところが車は空スペースの前を通り抜け、行き来する人の間を縫って校門のほうに進みだした。

「どうしたの、そっちじゃないわよ」夫人が金切り声を上げた。

しかし車は停まることなく、もう少しで人を轢きそうになりながら校門の間をすり抜け、大和田らの視界から消えた。

まあ、と夫人は呼吸を荒くしていい、よろめく足取りでそのあとを追っていくが、追いつけるはずもなかった。

あらあら、と恭子が上げた声はどこか嬉しそうだった。校門まで二十メートルほど残して夫人は立ち止まった。身をひるがえして戻ってくる。

「どうしましょう?」と夫人。

「七月の郷めぐりに出ているマイクロバスが間もなく戻ってきますから、それに乗せてもらって探しに行ったらどうでしょう」

「そうね。それじゃ、わたしも少しお買い物しましょう」

夫人は夫の反乱のことを忘れて、恭子とともに体育館に向かった。


ようやく麻生の姿をフリーマーケットの真ん中に見つけた。洒落た帽子を被っていたから、正面から見るまで分からなかったのだ。

「どうしたの、それ?」

「いいでしょう。草野さんの店で買ったんですよ。今度、山に登るときに被っていきます」

振り返った和世の店にはいつの間にか夫も来ていて、商品の包装などを手伝っている。

大和田は染谷から聞いた配送のことを麻生に話した。

「気づくべきだったですね」麻生は渋い顔をした。「人の便だけじゃなくて荷物の便のことも考えなくてはいけなかった」

「売れ行きに影響するよな」

「何とかしましょう」

二人は急いで黒木の夫と恭子を探した。マイクロバスを増やすか、配達員を確保するしか思い当たらなかった。これから間に合うだろうか？

四時。ハンドマイクを使って体育館の中とフリーマーケットに「閉店しますよ」といって回ったのだが、どちらの売り場にもそれから二十分ほどは客がいた。

レジを締め終わるとすぐに売上げを申告してもらった。

「丸富食品」の勢いは午後には弱まっていたが二五万円に迫っていた。他の店は一〇万から二〇万円の間で、合計売上げは四八八万円、明日も同じ売上げならば一二〇〇万円には届かない。

「これじゃ約束が違いますな」青井が自分の周囲の若い店主に聞こえよがしにいった。

「まあ、こんなもんでしょう」

昼飯も布団乾燥機を載せた車でとったというはるみはあくまで大らかだった。

「問題は全体の数字だからな。とても広告費なんか払えないな」

富川も青井に呼応するようにいったが、機嫌よさげな声の響きまで隠すことはできない。

「明日はもっと売れます。とにかく十倍を目指して頑張りましょう」大和田が声に力を込めてそういった。

商店主たちが引き揚げた後、大和田と麻生と澤田と佳彦がひと塊になり、恭子と黒木夫妻、和世がもう一つの塊になって「ふれあいサロン・ジュライ」に移動した。

「大和田さん、どうして明日のほうがもっと売れるんですか？」道すがら佳彦がいった。

「もう一台バスを用意したからな」

黒木の夫が、マイクロバスを運転できる住民をもう一人見つけ、増便の手配をしてくれている。これを使って明日は配送サービスもすることにした。

「それで売れるようになりますか？」

「たぶんな。そうでなくとも、そういうしかあるまい」

「そうですね」少し遅れて佳彦が答えた。

「うちのほうはみんな大喜びよ。こんなに売れると思っていなかったって」

隣の塊の和世がこちらに聞こえるようにいった。

「文句をいう人なんか一人もいないわ」と秀子が応じた。二つの塊は、長細い一つになった。

「商店会の人だって、ほとんどは喜んでいるんですよ」澤田がいった。「それどころか七月の郷でこんなに売れるのかって、驚いています」

「買いたいものが溜まっていたからね」恭子がいった。

「大事なことは、皆さんがそういう買い物難民の状態から救われる恒常的な制度を作るということです」澤田がいった。

「作ってくれるのでしょう」恭子は澤田に問いかけたのだが、途中から大和田のほうに視線を移した。

大和田と麻生が顔を見合わせた。麻生が表情で大和田に答えるよう促した。

「とにかくこのいちばで当面の買い物は間に合ったでしょう」大和田は用心深く話し始めた。「明日もとことん売ってみて、あとは商店会の出方次第です。画期的なプランを暖めている人もいるんです。私は絶対、恒常的な制度を作れると確信していま
す」

19

部屋の外からかけられた佳彦の声の調子ですぐに気づいた。

雨なのだ。

布団から飛び出して窓の外を見た。霧のような小雨だが空は鈍色《にびいろ》の雲に覆われ、晴れる気配はない。一気に体じゅうが空と同じ色の憂鬱な気分に塞《ふさ》がれるのを感じた。

「まずいすね」

佳彦が顔をしかめるのを見て、大和田は憂鬱を振り払い携帯を取り出した。相手は待っていたかのようにすぐに出た。

「雨になっちゃいましたね。ご主人に相談があるのですがお願いします」

妻に代わった黒木の夫は大和田が口にする前にいった。

――マイクロバスを増やすのですか？

「よくお分かりで」

――雨を見たとたん、それしかないかなと思っていました。

「『七月の郷』じゅうの住民の移動をマイクロバスでつなぎましょうよ」

――バスはいくらでも借りられるのですが、バスの運転免許を持っている人がなかなか見つからないんです。

「ジュライのスタッフを総動員して、もう一度探してみてください」

――やってみましょう。

携帯を切ってキッチンへいくと、草野夫妻がテーブルについていた。

「弱りましたね」夫のほうがいった。

「予定通りやるしかありませんから」大和田は自分の退路を断つようにいってから和世を見た。「念のため参加者に連絡をお願いします」

雨になったら七月小学校の教室にフリーマーケットの会場を移すと、予め《あらかじ》参加者に伝えてある。その準備は前からしてあるのだ。

四人分のコーヒーを出し終えて和世は携帯を手にした。

「××さんですか、今日のフリマはお教室のほうでやりますので、よろしくお願いします。ああ、入口のところに案内図を出しておきますので」

それからしばらく和世は携帯から手を離さず、同じ台詞を繰り返した。

昨日と同じメニューの朝食もそこそこに、大和田は佳彦と共にジュライに向かった。ビニール傘をしっかりと頭上に持たないと肩が濡れるほどの雨足になっていた。

ジュライの入口が見えたところで後ろから車が近づいてきた。赤いフィットだった。

「早いですね」

窓を開けて麻生がいった。助手席に黒木の夫が、後部座席に秀子がいる。

「まいったね」大和田は空を見上げていった。

「二日とも雨よりはましでしょう」麻生が落胆を抑え込んでいるのが分かった。

ジュライに入るとレインコートを羽織ったままの恭子がいた。

「いやになっちゃうわね」といいながら、顔には臨戦態勢の表情が浮かんでいる。

黒木の夫が恭子にいった。

「マイクロ便を増やしたいんで、もう一度マイクロバスの運転をできる人、探そうと思うのですが、何かいい考えがありますか?」

「先日の名簿じゃだめなんですか」

「そうなのよ」秀子が説明を始めた。

三人に、よろしくお願いしますと声をかけて、大和田と麻生と佳彦は「七月小学校」に向かった。

人の影も車の影もない校庭は昨日の二倍の広さがあるように見えた。あちこちに水溜りができ、パイプ椅子に立てかけておいた「お客様はここに並んでお待ちください」という表示板はすっかり濡れそぼっている。

麻生は体育館に向かい、大和田と佳彦は体育館に近い校舎の、仮の準備をしておいた教室に行った。佳彦が背負ってきたリュックから取り出した案内図を廊下と五つの教室のドアに貼った。教室ごとに振り分けた出店者の配置が書いてある。

校舎を出て体育館に向かっていると、校門から富川と桜井のトラックが連なるように姿を現した。

二人を見て車はスピードを落とした。先頭の車の窓から顔を出したのは富川だった。

「降っちゃいましたね」と大和田がいった。

「商売にはいつだって雨が付き物ですから」

雨だからって約束は約束ですよ、という言外の声が聞こえた気がした。

二台が臨時駐車場に向かったとき、またトラックが校門から入ってきた。染谷酒販の車だった。店員が運転をしており助手席にいた染谷が大和田に声をかけた。

「昨日は八時くらいまで配送していましたよ」

「今日は配送車をこっちで手配するつもりです。まあ、あんまり必要ないかもしれませんが」

「いや、きっと引っ張りだこになりますよ」

ビニール傘を手にした大和田は、何度も体育館と教室を行ったり来たりした。校門にも行って「フリーマーケットは体育館の隣の教室で開店いたします」というビニールを張った看板を立てかけた。

十時を過ぎた頃、体育館の商店は九割がた埋まり、慌ただしく準備を進めていたが、教室のフリーマーケットは半分しか埋まらなかった。

客は体育館の入口の狭い溜まりに数人の老人がしゃがみ込んでいるだけで、昨日とは大違いだった。

こりゃだめだ、という大和田の弱気は、胸の中で少しずつ膨れ上がっていた。

十倍は達成できなくても、少しでも目標に近づけておけば、商店会と今後の体制作りの交渉をうまく進められるだろう、今朝目覚めるまではそう思っていた。その張りつめた思いがこの雨で溶けてしまった。

体育館の入口を通り抜けたとき携帯が鳴った。

「はい」黒木の夫だった。

――マイクロバスだけは、とりあえず二台借りてきたんですが、やっぱり運転手が見つからないんですよ。

「そうですか」半ば予想していた答えだった。

ギリギリまで追求してくださいといって電話を切り、体育館にいるはずの麻生を探した。善後策を練らなくてはならない。

通路の中ほどの染谷の店舗の前を通りかかると、染谷と店員が段ボール箱から冷蔵庫に商品を入れていた。なめらかな連係プレーが取れている。はっと閃くものがあった。

「染谷さん」

声が高くなり染谷が驚いたように大和田を見た。

「おたくにマイクロバスの運転をできる人がいませんか?」

怪訝な顔をする染谷に大和田が説明を始めた。

「残念ながらうちにはいません」染谷が話の途中でいった。「でも、この会場にマイクロバスを運転できる人がいますよ」

「本当ですか?」

染谷は笑みを浮かべて入口のほうへ歩き始めた。大和田は慌ててそのあとについて行く。染谷は丸富食品の前で立ち止まり、いったん大和田を振り返ってから富川にいった。

「丸富さん、奥さんは大型の免許をお持ちですよね」

夫婦で顔を見交わせてから妻がいった。

「やだ、どうして、そんなこと」

「いつだったか、忘年会の時に丸富さんが嬉しそうにそういっていましたから」

話の途中で大和田が割り込んだ。

「富川さん、奥さんを貸していただけませんか」

「どういうことだい？」夫が目を見開いた。

深々と頭を下げてから事情を話した。

「お客が来なければこっちも困るけど」聞き終えた富川が首を傾《かし》げていった。「うちの女房だって、客の相手をしたり、商品の袋詰めしたり、銭の受け渡しをしたり、ヒマじゃないんだよ」

「こっちで手伝いを出しますから」

「手伝い？」

大和田はポケットから携帯を出し、登録してある番号をプッシュした。

「佳彦君、どこにいる？」

――理科準備室です。

「すぐに体育館に来てくれるか」

その電話を切ってから次の登録番号を押した。

「黒木さん、ご主人は今どこにいらっしゃいますか」秀子は携帯を持っているが、夫は持っていない。

――ここにいますけど。

「マイクロバスを運転できる人が見つかったんで、すぐに体育館に来てくれますか」

富川が慌てていった。

「おいおい、まだ誰もやるっちゃ、いってないだろう」

お願いします。大和田はもう一度、頭を大きく下げて切実な声を出した。

「弱ったね」富川は一軒置いた桜井に語りかけるようにいった。「目標達成のためにうちの女房に一肌脱げってんだよ。「こっちはこれでも女だよ」

会長、みんなのために頼みますよ、と桜井がおだてるようにいった。

「奥さん、われわれのためにもお願いしますよ」

染谷も妻に向かって頭を下げると、妻は体をくねらせて恥ずかしそうな顔をした。

昨日から確保していた運転手には秀子が付き添い、富川の妻が運転するマイクロバスには黒木の夫が付き添って、二台のマイクロバスが「七月の郷」の臨時停車場を出発したのは十時半だった。

付き添いの二人に、大和田が大急ぎでひねり出した宣言文句を書いた紙片とハンドマイクを渡した。宣言文句はこういうものであった。

「あいにくの雨ですが、四季いちばは本日も開店します。お買い物に行かれる方は、今お近くをゆっくりと通っているこのマイクロバスにお乗りください。本日は全商品、お宅まで配送するサービスを行います」と触れ回ってもらうことにした。

祈るような思いで見送っていた大和田らの視線の先で、校門を出るや否や「アイニクノアメデスガ、シキイチババハ、ホンジツモ、カイテンシマス」とマイクに乗った秀子の声が聞こえてきた。

　その声が聞こえなくなってから大和田も麻生も教室に行ってフリーマーケットの出店を手伝った。計算通りにはいかずはみ出した店は廊下に出店することになったが、そっちのほうが目立つし、スペースも広いので希望者が何人も出た。発想を転換してできるだけ多くの店を廊下に細長く並べることにした。じゃんけんで勝った六店が廊下に移動することになった。

　商品を移すのを手伝っていた大和田は目を疑った。

　廊下の窓から見える校門の間にマイクロバスが現れたのだ。大和田は時計を見た。十時四十一分。まだ出発してから十分しかたっていない。

　麻生に声をかけ二人で走って校庭に出た。

　マイクロバスは悠然とこちらにやってきて体育館の正門前に停まった。最初に黒木の夫が降りてきた。嬉しそうな笑みを浮かべて二人にいった。

「校門を出たところから、乗っけてくれという人が次々と現れましてね、すぐに満員になってしまいました」

　黒木の夫の後ろから傘を広げながら乗客が降りてきた。ほとんどが買い物客だったが、これからフリマに出店する人も混じっていた。大和田が出店会場となる教室の場所を教えると、慌てて駆けていった。

「奥さん、素晴らしいですね」「いちばの救世主ですよ」

大和田と麻生が運転席に声をかけた。富川の妻が照れたようにハンドルを握り直した。

買い物客はどんどん体育館の入口に入っていく。

「それじゃ、森村さん、お願いしますか」

大和田が恭子を促した。恭子は体育館の入口に立って絶叫するようにいった。

「皆さん、雨にも負けず、ご苦労様です。ふれあいサロン・ジュライ主催の四季いちばをいまから開場いたします。今日が最終日です。心おきなく思う存分お買い物をしてください」

宣言が終わらないうちに、もう一台のマイクロバスが校庭に入ってきた。窓からぎっしり詰まった乗客が見える。

降りてきた秀子はきりりとした口調でいった。

「もう、停留所なんて関係なく片端から乗せてしまいましたよ」

入れ違いに夫の車は次の客を迎えに出発した。

秀子のバスから降りてきた客の中に昨日、見た顔をいくつも見かけたので聞いてみた。

「どうして今日もいらしたのですか」

「昨日だけじゃ、重くて買い切れなかったのよ。今日は配送してくれるというし」と七十前後の女がいった。

「そんなに買っても使いきれないと思ったんだけど、次の『いちば』は三ヶ月後なんだから、日持ちするものを目一杯買っておこうと思ってね」とリタイア直後とみられる夫婦もの。

「隣の奥さんに頼まれましてね」と五十代の女。

十五分後にまた二台のマイクロバスが相次いで戻ってきた。二台とも満員だった。

「マイクの声が七月の郷じゅうに聞こえているらしくて、家の前で傘を差して待っている人が遠くからでも見えるんですよ」と黒木の夫。

「まだ近場にしか行けていませんよ」と秀子。

富川の妻にはまた「ご苦労をおかけします」と二人で声をかけた。

正式の開店時間の十一時を過ぎると、傘を差した歩きの客や車に乗った客もやってきた。少なくない数だった。

これなら大丈夫かもしれない。校庭に立ち校門を見続けていた大和田は、ようやく体育館に入っていった。

昨日と同じ場所に出店したどの店にも客が立ち寄り、品物の品定めを始めている。

出足はまだ昨日の半分にもいかないが、そのうち追いつくかもしれない。

「どうだい？」丸富食品の前で佳彦に声をかけた。

「頑張っています」佳彦がいうと「けっこうよく動くよ」と富川がからかった。

そのとき気づいた。佳彦をここに配置したから、モニター店の売上げをチェックする要員がいなくなってしまった。誰か他の人をと思ったときさらに気づいた。昨日と今日では客の出足、勢いが全然違う。仮にいまチェックしても正確な売上げ予測ができないだろう。どうしたらいいだろう。

大和田は体育館の中を見渡した。麻生の姿が壁際のはるみの店の前にあった。この雨では布団乾燥機の出番はないだろうから、売れた商品の配送サービスを手伝ってくれないかと持ちかけてみることになっていた。大和田がそこまで行くと麻生がいった。

「引き受けてくれましたよ」

「だってずっと雨だったら、商売にならないもん、配送料を稼いだほうがいいわ」

はるみは豪快に笑った。

お礼をいってから麻生を連れ出し売上げチェックの相談をした。

「どうしよう？」

「昨日と同じ混み具合になったときに手分けをして測ってみますか」

「それしかないかね」

しかし客の入り方がまるで違うので、そのやり方で一日分の売上げを推測できるとは思えなかった。

大和田は何度か十分単位でモニター店の売上げを測ってみたが、ばらつきが大きくて当てにならなかった。不確かな予想で最後までハラハラすることになるだろう。

マイクロバスの回転はしだいに間遠になって、遠く離れたまばらな客を拾い始めていることが分かった。

それでも十二時を過ぎ、五回転目となると、運んできた客の合計数は三〇〇人近くになった。傘を差し歩いてやってくる客も同じくらいいた。空になったバスに乗って帰る客も増えている。配送を頼んだ手ぶらの客と、自分で商品を持って帰る客がほぼ半分ずつだった。

昨日は昼の時間帯、客はめっきり減ったが今日はまだ増え続けている。雨も少し小降りになっている。息を詰めるようにして客の出入りを睨《にら》みながら、大和田は一喜一憂していた。

丸高百貨店でいろんなイベントの前線にいたとき「部長はいつも平常心ですね」とおだてる奴もいたが、いつだって一喜一憂しながら、それを外に出さないようにしていただけだ。

ぽんと背中を叩かれた。振り向くと佳彦の後ろ姿がすーっと入口に行くところだった。すぐに後を追った。

教室に続く道で佳彦は足を緩めた。

「トイレ行かせてくださいって出てきました」

「なんだい？」

「丸富食品はよくいっても昨日と同じくらいですね」

佳彦は冷静を装っていたが、その言葉は大和田の胸をえぐった。他の店も同様ならば二日間の売上げは一〇〇〇万円に届くかどうかだ。目標に二〇〇〇万円足りないことになる。

「どういう計算だ？」

「ぼくはずっとレジを見ているんですから」

「これからもっと混んでくるよ」

「それも見込んで計算しているつもりです」

「きみにそんなところまで見込めるのか」むっとした口調になったかもしれない。

「これでも色んなバイトをやりましたから」佳彦はわずかに唇を尖らせた。

「ごめん、ごめん」

「本当に買い物に困っている人は、昨日のうちに買っちゃったんじゃないですかね」

その言葉は若僧の軽口にも正解にも思えた。

体育館の片隅で麻生を捕まえ佳彦の見通しを伝えると麻生は表情を変えずにいった。

「私もいくつかの店をチェックしてみたんですけど、佳彦君と同じ見通しですね」

「これからは昨日より混むだろう」

「それを祈っていますよ」

マイクロバスがやってくるたびに大和田は迎えに出て、「いらっしゃい、今日は商品をお宅まで配送しますので、思う存分お買い上げください」と声を上げた。腹の底にじりじり焦げ付くような感覚があった。足りない分だけ自分で買って知り合いにでもばらまこうかという思いが何度となく脳裏に点滅したが、それでは商店会との交渉力を高めることにはならないのだ。

二時を過ぎた頃ようやく雲が切れて薄日が差し始めた。大和田は体育館に駆け込みハンドマイクを手にして触れ回った。

「皆さん、雨がやみましたよ。これからは晴れ晴れとお買い物を楽しんでください」

富川の妻を店に戻すかどうかを富川に相談すると、「おっ母には一人でも余計、客を連れてきてもらわんと、そっちも困るだろう。この若いのは結構役に立つんだわ」と佳彦の肩を叩いた。

客の間を縫って恭子が嬉しそうな顔で大和田を見ながらこっちへやってくる。目の前に来たとき大和田のほうからいった。

「北尾さんですか?」

「よくわかったわね。もう展示しちゃったわよ」

体育館前に出てみると、昨日、和世が指示をした場所に白いクラウンが停まっている。雲の間からこぼれた陽光を反射しまばゆい光を放っていた。「クラウン、お売りします」という墨文字はくっきりと浮き立っている。

隣に得意げな笑みを抑えきれない妻と、口をへの字に結んだ夫がいる。

夫に声をかけようと近づいていく大和田に、余計なことはいわないでくださいよ、と恭子がいった。恭子に妻が話しかけている隙に、大和田はささやくようにいった。

「昨日はお疲れ様でした」

「オモシロかったよ」

夫がほとんど唇を動かさずに答えた。聞き違いかと思って顔を見たとき夫が続けた。

「定年になってからこっち、ずっとあいつが思う通りにやってきたけど、昨日はあいつを驚かしてやった」一瞬、夫の顔がしわだらけになった。笑っているのだ。「この辺りを思う存分ドライブして、国道で四トントラックに踏みつぶされそうになったよ。もうそれで気が済んだ、いつ死んでもいいと思っていたが、ぺしゃんこにはなりたくはないんだ」

「あなた、いくらでもいいのよね」妻が恭子との話を中断して夫にいった。

「ああ」


三時前から大和田は三度も体育館の外に出て校門を見やった。「四季いちば」はあと一時間、売上げも足りないし奴らも来ない。昨夜、一人ずつに電話をかけて念を押したはずなのに、それが夢の中の出来事だったような頼りない気分になる。つい携帯を取り出したくなる気持ちは抑え込んでいる。そこまで水臭い仲ではないはずだ。

四度目、期待しないように校門に向けた目が見たことのあるワゴン車を捉えた。気づくと大和田はそれに向かって走っていた。

校庭の中ほどでワゴン車と大和田が出会った。ドアが開き待ち焦がれていた姿が降りてきた。社長、綾子、塚本、森に春日。最後にふーちゃんが母親の手を引いて降りた。

「来てくれたんだ。すまないな」

「ぼくらオーランドですから」いったのは春日だった。おれはオーランドのメンバーじゃないぞと大和田はいわなかった。

「それでどうなの？」綾子が問うた。

「あと小一時間で一五〇万円売れれば何とかなるがね」

「まあ、恐ろしい。うちのひと月分の売上げより多いじゃない。お肉とジャガイモをいくら買ったら、それだけになるかしら」

「一年間は肉じゃがばかり食わなきゃなんねえな」

社長の言葉に大きな笑声を響かせてから一同は体育館に向かった。ナメクジのような足取りの母親を先導するふーちゃんは、たちまち引き離されてしまう。大和田は二人と足並みをそろえた。

「どうだい、おっかさんは？」

「見ての通りだよ」ふーちゃんはからりとした口調でいった。

少し高くなった体育館の入口の手前で母親はしゃがみ込んだ。

「ここで待っているかい」

母親を振り返ったふーちゃんの視線が、別の一点に引き込まれた。先ほど北尾夫妻が出品した白い車だ。夫妻はそろって体育館に行ってしまい姿はない。

ふーちゃんはクラウンに近寄り、車を眺めながら墨文字の説明を読んでいる。

「いくらでもいいのか」

「買ってくれるのか」

「まさか。運転なんか仕事だけで沢山だ」

ふーちゃんは両手をクラウンの前で振ってその場を離れた。入口脇にビニールシートでベッドを作り、そこに母親を寝かせてふーちゃんも買い物客となった。

閉店までに社長たちは思い切り買ってくれた。

「これでひと月分になるわ」

綾子は野菜や肉、酒を十数万円ほど買ってくれた。この中には新宿店の経営が順調に回り出した栗木光一の三万円が入っているという。他のメンバーも一人当たり二万円は買った。住民たちも「四季いちば」の閉店を惜しむように気前よく商品をビニール袋に放り込んでくれた。それでも一二〇〇万円には五〇万円、あるいは三〇万円ほど届かない。大和田はそう計算していた。

「もう閉店しますよ」

商店主たちがいい始めたとき、広い体育館にはすでに買い物を終えた十数人の客と「AYA」のグループしか残っていなかった。

麻生が大和田を見た。大和田がうなずいた。もう閉店の宣言を出さなくてはならない。

「森村さん、お願いします」

ビッグマザーがハンドマイクを持って会場の出口に向かったとき声が上がった。

「おれ、クラウン買うよ」ふーちゃんだった。母親はまだブルーシートの上で寝ている。

「何いっているの」と綾子が冗談にしてしまう口調でいった。

「これがあれば、お袋と一緒にどこへでも行ける。オーランドのみんなに迷惑をかけないで済む」

「迷惑じゃないよ、お鹿さんはうちのアイドルだろう」と春日が口をはさんだ。

「いいんだよ。本当に買いたくなったんだ」

大和田が慌ててふーちゃんに近寄り耳元でいった。

ふーちゃん、これはフリーマーケットの売上げだから、こっちの目標とは関係ないんだ。

一瞬切れ長の目を大和田にぶつけた。その奥にどんな感情があるのか分からなかったが、ふーちゃんはいった。

「絶対おれが落とすから、一番高い指値《さしね》にしておいてくれ」

社長がいった。「すげえぞ、ふーちゃん、おれも乗せてくれよ」

麻生が話の中に割って入った。

「その具体的なご相談は後ほどするとしまして、皆さんお待ちですので、森村さんお願いします」

恭子は人々の真ん中に出て声を張り上げた。

「七月の郷の皆さん、Y市の商店会の皆さん、スタッフの皆さん、それから大和田さんと麻生さん、ありがとうございました。おかげさまで立派ないちばができました。お名残り惜しうございますが、これでふれあいサロン・ジュライ主催の四季いちばを閉店します」

誰からともなく拍手が湧いた。大和田も手を叩きながら、体中の力がなくなっているのに気づいた。そのまま体育館の床にへたり込みそうだった。

足に力を入れ床を踏みしめたとき横から麻生が肩を組んでくれた。細身に見えた麻生は意外にがっしりした体をしていた。

「面白かったですね」

「ああ、面白かった」

「やめられませんね」

「ああ、やめられない」

語り合う二人の後ろで出店した店の売上げの集計が始められていた。

エピローグ

真新しいマンションのエントランスに見かけた姿があった。小柄な老女が、エレベータ前で円を描くように歩きながら歌っている。節回しくらいは聞いたことのある東北の民謡だ。

「お鹿さん」

声をかけるとぴたりと口を閉ざし、首を回し大和田を見てからゆっくりと顔をほころばせた。もう覚えてもらったようだ。幼女のように邪気のない笑顔だった。

「いい声ですね」

恥ずかしいよ。

「息子さんは仕事に出て行ったんですか」

問いかけたとき廊下のほうからふーちゃんが現れた。

「オーさん、遅かったじゃない」

「お袋さん、元気そうだね」

「最近は、この近くを散歩したりもしてるんだ」

二週間前に販売受託をしたばかりだというこのマンションのひと部屋に構えた「オーランド」の事務所に向かった。

3DKの部屋に他の人はいなかった。

八畳ほどのフローリングの部屋のソファに向かい合って座りながらふーちゃんがいった。

「春日さんと社長は営業に出ていてもうすぐ帰るはずだ。森さんや塚本さんはいつも糸の切れたタコ状態。おれはとりあえず電話番兼データ入力をやっている」

「データ入力?」

「お客様の情報の管理はおれの担当だ。フェースツーフェース、アンド、インターネット管理って、これが春日さんの方針だよ」

「ふーちゃん、パソコンできるんだ」

「いまどきの印刷屋はキーボードとモニターだらけなんだぞ」

ドアが開いてお鹿さんがお盆に茶碗を載せて入ってきた。大和田のテーブルの前に緑茶を入れた茶碗を置いた。

「お鹿さん、オーランドの事務員をやっているんだ」

へへ、とお鹿さんはまた幼女のような笑みを浮かべた。

ひと口飲んで、うまい、と声に出したのには応えず、ふーちゃんが訊ねた。

「そっちは、どうなったの?」

「とりあえず四季いちばを毎月開催にしようということで、商店会主催の準備会ができた。染谷酒販が移動販売車の可能性を試してみることも商店会で了承された」

大和田と麻生が、染谷さんには貧乏くじを引いてもらって申し訳ありませんね、といったらみんなはその気になった。まさか染谷に頼まれていたとは思いもしないようだった。二人とも準備会のほうにも出席することになっているし、染谷からは密かなお礼の席を設けられた。

「いい方向へいってるんだ」

「ふーちゃんのおかげだよ」

そんなことはないだろう。いいながらふーちゃんは笑みを漏らした。頰にできたシワがお鹿さんにそっくりだった。

あの日、ふーちゃんがクラウンに付けた三〇万円が商店会の売上げにカウントされることになった。

「この分を足せば、売上げは一二〇〇万円を超えるね、おめでたいことだからそうしよう」といい出したのは富川の妻だった。青井が反対しようとしたが、はるみも賛成し、しょうがねえか、と富川がいったのでそういう流れができた。他の商店会のメンバーはみな想像をずっと上回る売上げに驚嘆して、三パーセントの負担に文句をいおうとはしなかった。

「それでドライブはしたのか？」

ママと一緒に、という言葉は省いたが、大和田の口調で察したようだ。

「馬鹿いえ。お袋をあちこちに連れ出したくらいだ。ママはオーさんなんだから」

「おれには手を出すなっていったじゃないか」

ふーちゃんの頰の線が少し硬くなったのを見て、口に出した自分が悪かったと思った。酔っぱらった果ての危うい戯言《ざれごと》は、丸ごと記憶の底に葬るのが男と男の暗黙の了解だ。当の綾子でさえ何もかもを心の深いところに押し込めてしまっているのだから。

あのあと麻生と二人、「AYA」で常連たちにお礼の場を設けた。

その後も一度顔を出したが、そのときしっかりと綾子の覚悟が伝わってくる場面があった。

——わたしはけっして客の一人と特別の仲になんかなったりしない、みんなのママでいるんだ、と。

覚悟の分だけ気前よく、誰彼問わずアイスクリームトークをばらまいていた。

チャイムが鳴った。部屋の端にいたお鹿さんがよたよたと玄関に向かった。後について行こうと大和田が立ち上がりかけたが、ふーちゃんが、一人で行かせてくれ、と目でいって制した。ふーちゃんはここでお鹿さんのリハビリをやっているのだ。

「鍵なんかかけてひどいじゃないか」といいながら、入ってきたのは春日と社長だった。

「ああ、大和田さん」「オーさん」

二人の全身から、新しいプロジェクトに乗り出した男の精気があふれている。

「とうとう仲間に入る気になったのか」

社長が弾き飛ばすように勢いよくいった。

「あの説得力ある電話営業をまた聞きたいですね」

春日は引き込むように丁重だった。

もう半分入っているようなもんじゃないか、と大和田は反射的に胸の中でいった。しかしこう畳み込まれては口に出していわずばなるまい。

大和田は胸の中に用意していた言葉を吐き出そうと静かに深呼吸をした。

解説

楠木《くすのき》　新《あらた》

出版社から『定年待合室』が送られてきた時に、著者の江波戸哲夫さんとは何度かご縁があったことを思い出した。初めは私が四十代後半の頃だ。体調を崩して長期休職した後に平社員として会社に復帰。その時に『辞めてよかった!』(日経ビジネス人文庫)を手に取った。このまま会社生活を続けるかどうか迷っていたからだ。

その後、サラリーマンと並行して執筆に取り組み始めた頃、会社員を経験した人が執筆した書籍にまとめて目を通した。その時に銀行員、出版社勤務を経た江波戸さんの本を数冊読んだ。また一昨年、私が左遷の本を書くために資料収集していた時に、『集団左遷』の本と映画にも出会った。そして今回は、この『定年待合室』の解説を書く話をいただいた。

主人公の大和田は、丸高百貨店に入社以来いくつもの部署を経験してどこでも目覚ましい結果を出した同期の出世頭だった。しかし社長候補と目されていた専務の逆鱗《げきりん》に触れてコースを外れてしまう。また会社人間の彼をずっと支えてきた妻が食道がんの宣告を受ける。大和田は看病のために会社を早期退職するが妻は二年後に亡くなる。彼は虚脱感《きょだつかん》にさいなまれるが、行きつけのスナックで、ママから仕事で困っている人の手助けを頼まれることから物語は展開する。自分に合った仕事が与えられず満たされない気持ちを抱えるメンバーと協力しながら、営業先とのトラブルや販売不振を解決していく。それを通して大和田も、活動するメンバーも元気を取り戻すというストーリーだ。

大和田を軸としながら四つの物語が展開する。百貨店の外商、車の販売、マンション販売など四話とも営業に絡《から》む話が中心だが、「第4話　人の住む郷」は、本当に売り上げが目標額に達するのだろうかとハラハラしながら読んだ。定年退職して二年になるが、まだサラリーマンの感覚が残っていることを実感した。

この定年待合室にいる会社員は、その道のプロであるのに、会社からの評価や処遇で鬱屈《うっくつ》を抱えている。ほとんどが中高年社員である。なぜこうなるのだろうか。

この物語に登場する社員の多くは、学校卒業と同時に企業で働く新卒一括採用を前提とした会社で働いている。

採用された社員は、同じスタートラインに立つ。ここから会社員の出世レースが始まる。入社してからの十数年は最も成長できる時期である。会社も将来の戦力と期待して、惜しみなく教育や育成に注力する。年次別の研修を毎年のように行う会社もある。この背景には、入社年次の同じ社員を一つの集団として把握し、転勤や配置転換の繰り返しによって職務範囲を広げさせ、仕事能力の熟練度を高めていくという人事運用がある。同時に各職場での評定を積み重ねて各社員の人事評価を確定していく。

この運用が分岐点を迎えるのが、四十歳前後での管理職の選別である。一般企業でいうと、本部の課長クラスの登用に該当する。ここで社員間の選別がかなり明確になる。昨今は組織のスリム化によって、管理職に就けない社員も増えている。

そしてこの管理職登用後も、支店長や本部の部長、役員などの更なる上位職への選別が進む。しかしながら上位職になればなるほどポストの数は限られるので、組織のピラミッド構造から脱落する社員が増えていく。その場にとどまろうとしても、後輩たちが後ろから迫ってきている。もちろん役員まで進む社員はごく少数である。ある元銀行員の話では、二〇〇人の同期のうち役員になったのは二人であるという。

このように新卒一括採用によって入社した社員は、四十歳以降から徐々にピラミッド構造の枠外に順次押し出されていく。この過程で、「左遷された」「冷や飯を食っている」などの発言に見られるように、中高年社員の多くは働く意欲が落ちてくる。最近はバブル期に大量に採用された社員が五十歳前後になっており、今後のモチベーションの維持に苦労している人事部門も少なくない。

そういう意味では、定年待合室に集まる社員は怠《なま》けているのではなくて、新卒一括採用という日本型の雇用システムの下で生まれていると言えなくもない。ただ会社の中で敗者復活を目指したとしても、すでに評価も固まっているので現実的にはむつかしい。

五十代で仕事の意欲を失ったまま退職を迎えるとさらに大変になるかもしれない。定年待合室に在籍している間に、会社員とは違う「もう一人の自分」を見つける必要がある。それは仕事だけではなくて、趣味やボランティア的なものでも良い。とにかく自分なりの居場所を確保しておくことが、その後の長い定年後を過ごす大切なポイントとなる。逆に考えれば、定年待合室は次のステップに進む絶好の機会になる可能性もはらんでいる。

私が若い頃、社内旅行の宴会中に、先輩の役職者が旅館から急きょ自宅に戻ることになった。息子さんが家で暴れて奥さんからＳＯＳが来たとのことだった。タクシーを呼んで待っていた私に「単身赴任が長かったので俺の責任でもあるんだ」と自らに語るように車に乗り込んだ姿を思い出す。最近も五十代後半の時に、妻が若年性痴ほう症になった夫の経験談を聞く機会があった。参加したすべての人が身につまされる思いだった。みんないろいろなことを抱えながら働いているのだ。

この小説も単なる仕事だけでなく、会社員の誰もが抱える課題が随所に描かれている。そこがこの物語の幅を広げている。妻に先立たれた主人公、介護の必要な母親の面倒を見る人、左遷で苦労した人、精神的に不安定になった人なども登場する。

仕事や家族の課題を抱えて立ち往生していている会社員は、日本中では相当な数がいるのではないか。定年待合室にいる社員は、輝く定年後を過ごし、満足のいく老年期を迎えるためのヒントになる書籍や言説を求めている。

個々の社員にとっては、イキイキと「いい顔」をしている先達《せんだつ》の足跡を追う作業がことのほか力を持つ。その人と自分とは、個性も経歴も異なったとしても、何人もの人が歩んだ道筋に繰り返し自分を重ね合わせると、自らの歩む道も見えやすくなる。この際には自分の手の届く範囲の人であることが大切である。またその人が語る今後の目標を聞くことが、これから進む通り道のヒントになることも多い。

もちろん一人ひとりは出発点も行き先も異なっている。しかし一方では、多くの人は、似たような環境であれば同様な行動をとりやすい。頭の中ではいろいろなことを考えて発言していても行動のレベルになると、人は同じようなことをするというのが長く会社員を取材してきた私の実感である。それに対して頭で考えた理屈や感情だけでは、実際の行動に結び付けることができない。

そういう意味では、フィクション、ノンフィクションにかかわらず、会社員が自ら歩む道筋を検討できるようなリアルな物語、具体的なケーススタディが世の中にもっと流布されることが望まれる。私が江波戸氏の著作に何度か出会ったのは、単なる偶然ではなく、自分の今後の道筋のヒントを求めていたからである。

（人事・キャリアコンサルタント、作家）

本作品はフィクションです。実在の人物、団体等とは一切関係ありません。
本書は二〇一二年六月に小社より刊行された単行本を文庫化したものです。

定年待合室

潮文庫　え－1

2017年　10月20日　初版発行
2017年　11月3日　2刷発行

著　　者　江波戸哲夫
発 行 者　南　晋三
発 行 所　株式会社潮出版社
〒102-8110
東京都千代田区一番町6　一番町SQUARE
電　　話　03-3230-0781（編集）
03-3230-0741（営業）
振替口座　00150-5-61090
印刷・製本　中央精版印刷株式会社
デザイン　多田和博

ISBN978-4-267-02097-1 C0193